粛清の嵐
小説フランス革命15

佐藤賢一

JN243314

集英社文庫

粛清の嵐　小説フランス革命15　目次

地図・関連年表デザイン／今井秀之

【前巻まで】

1789年。飢えに苦しむフランスで、財政再建のため国王ルイ十六世が全国三部会を召集。聖職代表の第一身分、貴族代表の第二身分、平民代表の第三身分の議員がヴェルサイユに集うが、議会は空転。ミラボーやロベスピエールら第三身分が憲法制定国民議会を立ち上げると国王政府は軍隊で威圧、平民大臣ネッケルを罷免する。激怒したパリの民衆がデムーランの演説で蜂起。王は革命と和解、議会で人権宣言も採択されるが、庶民の生活苦は変わらず、パリの女たちが国王一家をヴェルサイユ宮殿からパリへと連れ去ってしまう。

議会もパリへ移り、タレイランの発案で教会改革が始まるが、難航。王権擁護派のミラボーが病死し、ルイ十六世は家族とともに亡命を企てるも、失敗。憲法が制定され立法議会が開幕する中、革命に圧力をかける諸外国との戦争が叫ばれ始める。

1792年、威信回復を目論む王と、ジロンド派が結び開戦するが、緒戦に敗退。民衆は王の廃位を求めて蜂起、新たに国民公会が開幕し、ルイ十六世は死刑に処される。共和国となったフランスだが、諸外国との戦況は暗転、内乱も勃発。国内外の危機に無為無策なジロンド派を、ジャコバン派が議会から追放する。

革命期のフランス

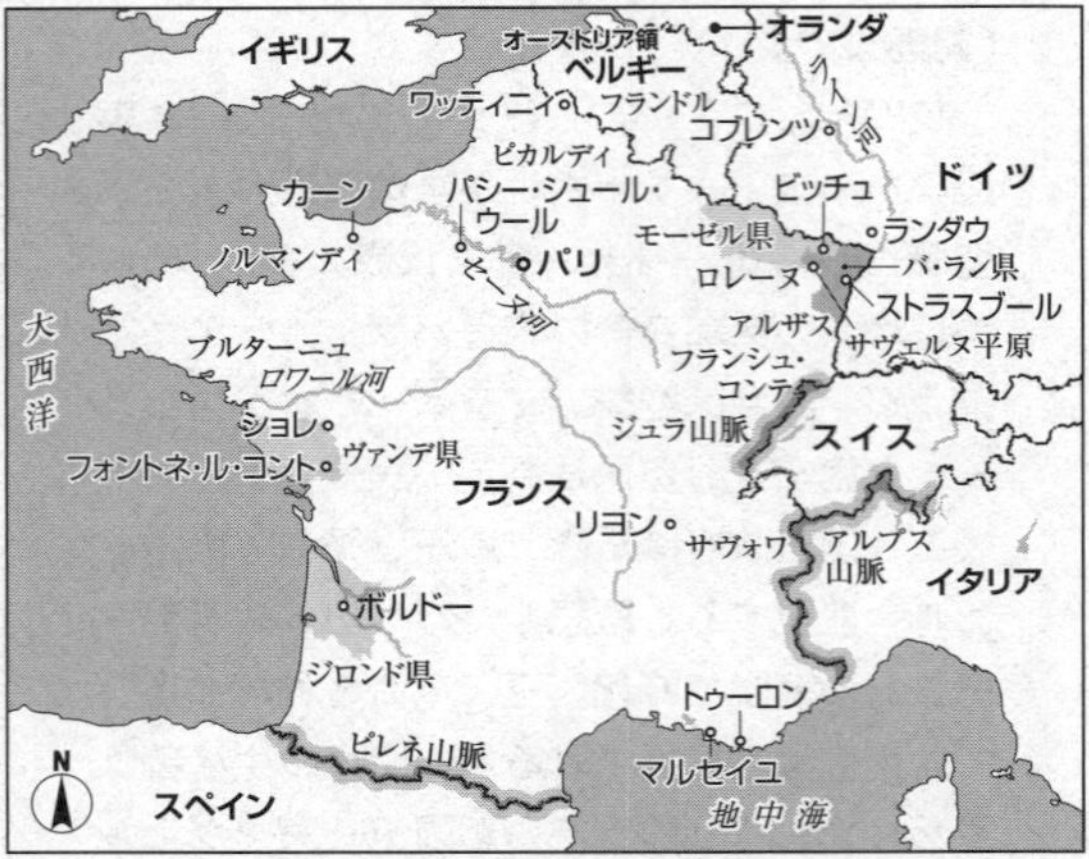

革命期のパリ市街図

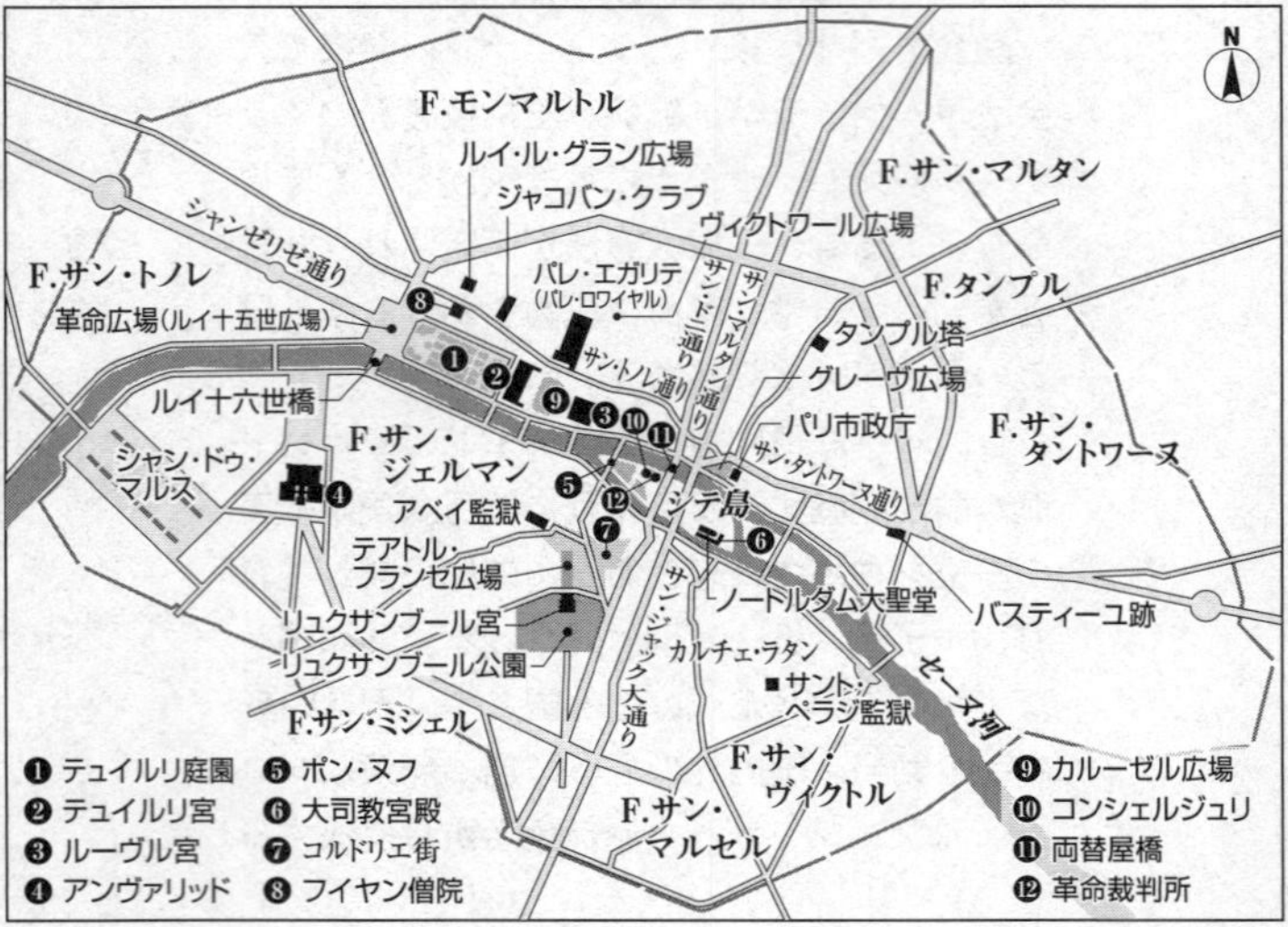

＊主要登場人物＊

マラ　新聞発行人。国民公会議員
ロベスピエール　弁護士。国民公会議員
エベール　新聞発行人。パリ市の第二助役
デムーラン　新聞発行人。国民公会議員
ダントン　国民公会議員。元法務大臣
サン・ジュスト　国民公会議員。ロベスピエールの側近
クートン　国民公会議員。車椅子の闘士
ルバ　国民公会議員。サン・ジュストの盟友
ダヴィッド　国民公会議員。新古典派の画家
ショーメット　パリ市の第一助役
フーキエ・タンヴィル　革命裁判所の訴追検事
クレール・ラコンブ　女性活動家。元女優
マリー・アントワネット　元フランス王妃
ロラン夫人　元内務大臣ロランの妻。サロンを営む

Citoyens,
ce n'est pas un coupable qui paraît devant vous;
c'est l'Ami du peuple,
l'apôtre et le martyr de la liberté.

「いいかい、市民諸君、
君たちの目の前に立っているのは、決して罪人なんかじゃない。
人民の友であり、自由の使徒であり、ことによると、
自由の殉教者になるかもしれない男だ」
（マラ　1793年４月24日　革命裁判所における言葉）

粛清の嵐

小説フランス革命15

1――画家

「確かに風呂《ふろ》に入っていた。だから、風呂に戻ってもらわなければならない」

そうやって吠《ほ》えるような大声を飛ばしていたのは、ジャック・ルイ・ダヴィッドという男だった。

ダヴィッドは国民公会《コンヴァンシオン》の議員である。四十四という年齢からしても、相応の貫禄《かんろく》が欲しいところだが、いつも怒鳴るような喋《しゃべ》り方で、しかも忙《せわ》しなく動き回り、その間ガリガリ頭を掻《か》き続けて、乱れ放題の癖毛を気にする様子もない。

――議員という感じがしない。

と、デムーランは思わざるをえなかった。なるほど、議員となる前の職業といえば、相場が法曹とか、企業家とか、学者とか、あるいは外れたところでも文筆家とか劇作家とかである。ダヴィッドはそのいずれでもなく、元々の生業《なりわい》は画家だった。

――それも有名な画家だ。

王立学士院の俊才にして、新古典派の雄として、ダヴィッドは一七八〇年代から売れっ子の名をほしいままにしていた。『ホラティウス兄弟の誓い』『ソクラテスの死』など、歴史に材を求める画風で王室の覚えもめでたかったが、くしくも一七八九年に手がけた『ブルートゥス邸に息子たちの遺骸《いがい》を運ぶ警吏《けいり》たち』で状況が一変した。古代ローマの王タルクイヌスを追放して、共和政を始めた英雄を描いたことで、画家は決定的に革命に結びついたのだ。

一七九〇年には『球戯場《ジユ・ドウ・ポーム》の誓い』に着手した。憲法制定国民議会に飾られる予定の大作だったが、その制作費が足りなくなった。財政難の折りであれば予算が下りず、ジャコバン・クラブにかけあっても、有志の献金は思うように集まらなかったのだ。

ダヴィッドは『球戯場の誓い』を、いったん断念しなければならなかった。が、かわりに政治に目覚めたようだった。ジャコバン・クラブの会員として熱心に活動し、一七九一年七月にはシャン・ドゥ・マルスの署名運動にも参加した。あげくに翌年の選挙に出馬し、激戦区パリで見事な当選を果たしたのだ。

——だから、すっかり政治家だ。

そう考えていただけに、デムーランは驚いた。いや、やはりダヴィッドは画家だ。

——それも天性の芸術家だ。

らんらんたる目の輝きが、そう納得させずにはおかなかった。ことによると危ない感じの迫力にも満ち満ちて、ダヴィッドは周囲に浴びせかける罵声《ばせい》まで、やけに嬉々《きき》とした印象だった。ああ、ああ、だから、なにやってるんだ、馬鹿野郎。

「違う、違う、そんなポーズじゃないよ」

首まで水に浸《つ》けちゃあ駄目だ。上半身は出すといって、ちっ、馬鹿か、おまえ。そんな臍《へそ》がみえるところまで出てたら、もう風呂の絵柄じゃなくなるだろう。一方的にやっつけられて、怒鳴られたほうも容易に文句をいえなかった。

恐らくは圧倒されたということだろう。画架越しに指示を飛ばすダヴィッドは、まさしくアトリエの絶対君主なのだ。

といって、画家の自宅ではなかった。その一七九三年七月十三日の夜に、デムーランが訪ねていたのは、コルドリエ街三十番地の一階だった。

「そうそう、水面は胸の下あたり、そうそう、ちょうど乳首が出る感じだ」

ダヴィッドは続けていた。右手は浴槽から出して、そう、縁から垂らす感じ、そうだ、いいぞ、いいぞ。張り上げられる声からは濁りが消えて、ようやくポーズが決まったらしい。が、それだからとて重畳《ちょうじょう》と、デムーランは微笑《ほほえ》む気になどなれなかった。

風呂の水に赤いものが泳いでいた。夜分の明かりの下であれば、ほとんど黒くもある色だが、柘榴《ざくろ》のように肉が弾《はじ》けた傷痕《きずあと》から推しても、それが血であることは間違いなかった。

——なかなかポーズが決まらないのは道理だ。

画布の中心にいるべき人間は、四肢を脱力させた死体だった。寝台に横たえられていたものを数人がかりで運びこみ、風呂の水に浸け、身体《からだ》の位置を合わせ、手を置き、顔の向きを整えとやればこそ、手間取らざるをえなかったのだ。

「ええと、あとは浴槽に木板を渡して、それの縁に布を敷いて、そのうえに書きかけの紙とか、インク壺《つぼ》とか、羽根ペンとかを散らせば、すっかり元通りだ。ああ、そう、これぞマラの執筆風景だったものさ」

満足げにまとめて、ダヴィッドは画架に画布を据えにかかった。

生前そっくりだと、それも嘘《うそ》というわけではなかった。

マラは皮膚病に悩んでいた。猛烈な痒《かゆ》みをもたらす慢性的な湿疹《しっしん》も、夏になり、気温が上がり、べとべと汗をかくほどに、いよいよ堪えがたいものになる。じっとして、ただ座していることも困難だったようで、実は議会も休みがちになっていた。

自宅で療養に努めながら、せめて新聞だけは書かなければならないと、そのためにマラは冷水で入浴した。薬も溶かせば、地獄の痒みも多少は和らぐ。風呂に入りながらであれば、なんとか執筆もできそうだというわけで、浴槽の縁に木板をかけてというのが、かの革命家の日常になっていたのだ。

——それが今や死体だ。

マラが死んだ。当然ながら裸だったが、額の白いターバンは余人ではありえない。湿らせた布を巻いておけば、ひんやり涼しく、すっきり頭も働いてくれると、それまた皮膚病対策のひとつだった。存分に足を伸ばすためと、特注で靴のような形に拵《こしら》えた浴槽も、余所《よそ》では御目《おめ》にかかれない代物《しろもの》だ。

――なるほど、ここはコルドリエ街三十番地なのだ。

革命家ジャン・ポール・マラの自宅であり、『人民の友』あらため『フランス共和国日報』の発行所として、パリでは知らぬ者もないような場所なのだ。そこに自ら足を運び、起きてしまった出来事を否応《いやおう》なく確かめさせられながら、それでもデムーランはなかなか本当にすることができなかった。

悲しみも湧《わ》かなければ、涙も零《こぼ》れず、それどころか心に波のひとつも立たない。だって信じられるはずがない。なんの前触れもなく、いきなりの話であれば、とてもじゃないが受け入れられない。

「マラが死んだ。自宅で殺された」

第一報を聞いたのは、だらだらと無駄に審議が長引いていた八時すぎの議会でだった。

事件は七時すぎに起きた。マラが入浴中に迎えた来客が、なにゆえか殺意を抱《いだ》いた。鋭利な刃物で右鎖骨の下あたりを刺してしまった。断末魔の叫びを聞きつけ、内縁の妻のシモーヌ・エヴラール、向かいの歯科医ドゥラフォンデ、近所の軍医ペルタンと駆けつけて、衣類や敷布で止血しようと試みたが無駄だった。

「犯人は逮捕された」

とも、一緒に伝えられていた。新聞の発行を手伝っていたローラン・バが、犯行直後の現場で捕まえた。

「どうも女だったらしい」

そうした情報も寄せられたが、どうしてマラが女に殺されるのか。痴情《ちじょう》のもつれということか。あるいは父親とか、夫とか、恋人とかが権力者で、毒舌の革命家に紙上で告発されたことでもあったのか。失脚を余儀なくされた男のために、報復の挙に出たということなのか。

「いえ、マラこそフランスの苦しみの元凶だから」

それで殺した。是が非でも殺さなければならなかった。逮捕のために急行した警視グラールによれば、それが犯人の口上だった。

そのままアベイ監獄に連行されたので、なお詳しい事情はわからない。が、政治的な犯行であることは間違いない。革命のための殉死であるといって、そこは早計ではない。

そろそろ日暮れだというのに、夜という感じはしなかった。内となく外となく明かりが焚《た》かれ、しかも騒々しくなっていた。

「マラの敵《かたき》を取れ」

「ああ、殺人鬼を八つ裂きにしてやる」
「ジロンド派の刺客《しかく》なんだろう。あいつらの逆恨みに決まってらあ」
通りからは、そうした声が絶えず打《ぶ》ち上げられていた。マラ暗殺の報が駆けるや、パリ中から赤帽子《ボネ・ルージュ》の群れが集まってきた。通りという通りを一色に染めながら、その勢いはといえば、コルドリエ街に身動きならないくらいの渋滞を生じさせたほどだった。松明《たいまつ》が振り回され、槍《やり》が突き上げられ、暴発なのか、威嚇《いかく》なのか、ときおりは銃声まで弾けるので、なんだか心が落ち着かない。また建物のなかも大勢の人でごった返していた。

警察関係者が、内妻シモーヌ、歯科医ドゥラフォンデ、軍医ペルタン、新聞編集助手バと、現場に居合わせた面々に、なおも詳しい事情を聞いていた。

国民公会も急遽《きゅうきょ》調査委員会を立ち上げたので、それも現場に立ち会っていた。ヴァレンヌ事件のときに王を捕えたことで非常な愛国者とされ、その功績で議員に当選したドルーエ、昨年六月二十日の蜂起《ほうき》のときにルイ十六世の部屋に押しかけたことで知られる、肉屋で今ではこちらも議員のルジャンドル、さらにシャボ、モールといった面々である。

もちろん、これという役など振られていなくても、関係者は続々とやってくる。デムーラン然《しか》りで、他にも足を運んだ議員は多かったし、パリ自治委員会《コミューン》やパリ県庁からも少なからず人が来ていた。

「ああ、だから、駄目だ、駄目だ。やっぱり駄目だ」

また画家の声が飛んだ。

2――マラの死

「おい、デシャン、その舌をひっこめろ」

ダヴィッドが大声で命令だった。「デシャン」と呼ばれた男が答えた。

「無理だ」

「なんだと」

「無理だろう、マラは死体なんだからな。自分じゃ舌をひっこめられない」

「それをなんとかするのが、おまえの仕事じゃないか」

「違うね」

「だって、死体が専門なんだろ」

「死体じゃない。私の専門は防腐処理だ」

と、デシャンは答えた。驚いたことに、ダヴィッドが命令していたのは、自分の弟子でも従僕でもなく、五人の助手を含めた全員が、ただの葬儀屋だったようだ。

「残念ながら、あとできるのは死化粧くらいのものだ」

いわれてみれば、マラの顔は綺麗《きれい》だった。白粉《おしろい》で赤黒い湿疹が隠されたというのだろう。が、残念といえば、専門家の防腐処理にもかかわらず、もう遺体が臭《にお》い始めていた。葬儀屋の腕が悪いというよりも、夏の暑さが原因だろう。わけても今一七九三年は、ただでさえ猛暑を懸念する声が多いのだ。日照りのせいで、また飢饉《ききん》が起こるのではないかと、今から危惧《きぐ》されているほどなのだ。

もとより、腐敗が自然の法則であるかぎり、その進行は誰にも止めることができない。

「人間のやることなんて姑息《こそく》でね、結局は自然に勝てないものなんだよ」

科学者でもあったマラ自身が、そうまとめたことがあった。ああ、あったなあと、デムーランが現実感なく思い出している間にも、鋭い声のやりとりは続いていた。

「つべこべいうより、早く描いたほうがいいんじゃないですか、ダヴィッド先生。専門家としていったはずです。今の季節は腐敗との競争だって」

「だから、急ぎたいんだ。下絵だけでも仕上げたいんだ」

「だったら、舌は描かなければいいじゃないですか」

「そういう問題じゃない。べろんと、だらしなく垂れたままじゃあ、革命家らしくないだろ。そんなんじゃあ、霊感が走らないっていってるんだ」

「霊感なんていわれましても、ねえ」

「切るしかないな」

「えっ」

「その舌を切れ」

そう命令を改めて、ダヴィッドは本気だった。誤魔化《ごまか》すような笑いひとつ浮かべることなく、作品のためなら人道も禁忌《きんき》もないという、これが天性の芸術家か。ああ、早く切れ。なくなっちまえば、だらしなく垂れたりしない。さあ、やってくれ。

「私がやるんですか」

「それくらいはできるだろう」

「まあ、小刀から、ヤットコから、道具は持ち歩いてますからね」

渋々ながらという感じで、デシャンも動いた。なにやら助手に囁《ささや》いて、黒革の鞄《かばん》をもってこさせると、なかから黒鉄《くろがね》の道具を取り出し、それを手に構えたのだ。

かたわらで他の助手には、大きく口を開けた形でマラの顎《あご》を押さえさせた。黒鉄が舌をつかみ、と思うや銀色の刃《やいば》が、燭台《しょくだい》の光を宿して橙色《だいだいいろ》に閃《ひらめ》いた。

「やめろ」

と、デムーランは叫んだ。振り返るも、デシャンは呆気《あっけ》に取られたような顔だった。が、わかるだろう。葬儀屋にだって、それくらいの常識はあるだろう。

「いくらなんでも、ひどい。死者に対する冒瀆《ぼうとく》だ」

いったん言葉にしたが、最後だった。遅れを取り戻そうとするように、どんどん怒りが噴き出してくる。マラは死んだんだ。どんなに嫌なことをされても、もう嫌だということができないんだ。

「だから、やめろ。敷布にくるまれて、寝台に寝かされていたマラを、また裸に剝《む》いただけで非常識なんだ。それを担《かつ》いで、風呂に入れなおして、ああだ、こうだとポーズを取らせたあげくに舌を切るだと。ひとが黙っていれば、おまえたち調子に乗って……」

デムーランは浴室を横切り、ずんずんと進んでいこうとした。が、その途中で後ろから手を押さえられた。いや、カミーユ、したいようにさせようじゃないか。

「マクシム……」

ロベスピエールも来ていた。そのことはデムーランも知っていた。が、お互い親しく喋《しゃべ》るという雰囲気ではなかった。ただ悲嘆に暮れていただけであれば、マラの死について何を感じ、またどう考えていたのか、それは全《まった》くわからない。

「ダヴィッドが絵を描くのは、国民公会《コンヴァンシオン》の命令なんだ」

と、ロベスピエールは続けた。なるほど、それまた急遽《きゅうきょ》なされた決定だった。

多分そうだろうとはいえ、真相が十全に究明されていない時点で、革命家の殉死を記念するもしないもないようなものながら、すでに前例あることから躊躇《ためら》われなかった。ルイ十六世の処刑に賛成したことで王党派の元近衛兵《このえへい》に刺殺された議員、ルペルティエ・ドゥ・サン・ファルジョーについても、画家ダヴィッドは肖像画の制作を依頼されていたのだ。

「しかし、マクシム、議会はマラの肖像画を描けといっただけで、どんな真似《まね》をしても構わないとは……」

「どんな真似をされても、もうマラは痛がらないさ」

「…………」

「舌なんかあったところで、あの天下に聞こえた毒舌家が、もう一語も喋れなくなったんだ。ならば、せめて永遠の偶像にしてやろうじゃないか」

ジャン・ポール・マラという革命家を、その言葉を、あげくの悲劇を、この世界が決して忘れないようにね。ロベスピエールがまとめると、あとを受けたのが話を聞いていたダヴィッドだった。ええ、デムーラン議員、お気持ちもわからなくはありませんが、ここは芸術家の仕事をご理解ください。ええ、一瞬を捕えて、永遠に昇華させる。それが画家の業《ごう》です。マラはそれに値します。マラの死の肖像だからこそ、私は燃えずにいられないのです。

「私だって……、ええ、私だって喜んでいるわけではありません。なんとなれば、政治家としての私はマラに……。誰よりもマラに傾倒して……」

芸術家の憑《つ》かれたような瞳《ひとみ》の奥には、革命家としての無念が確かに覗《のぞ》きみえていた。

「ああ、そうだな、ダヴィッド。ああ、おまえの仕事を続けてくれ。カミーユも、それでいいだろう」

最後に片づけたのが、ダントンだった。ああ、マクシムのいう通りだ。もうマラは何も感じたりしねえ。痛くもなければ、痒《かゆ》くもねえ。

「もっとも痒くなかったら、もう水風呂なんかにゃ入りたくねえかもしれねえが……」

こちらの巨漢も来ていた。とすると、感情の量は身体《からだ》の大きさに比例するのか、激情家にはそこまで続けるのが、やっとだった。

がくんと膝《ひざ》を落とすと同時に、ダントンは両の拳《こぶし》で床を叩《たた》いた。どうしてだ。どうして、マラが死んじまうんだ。あんたは革命に必要な男じゃねえか。

「切れてんじゃねえ。イッちまってるんでもねえ。マラ、あんたは勇敢な男だったんだ」

ごおお、ごおお。獣の咆哮《ほうこう》を思わせる声を上げて、そのままダントンは泣き崩れた。帰ってきてくれよ、マラ。あんたがいないんじゃ、フランスはお終《しま》いだ。俺《おれ》なんか役に立たねえ。あんたの百分の一も役に立たねえ。ひとり残されちまっても、俺みたいな腰抜けじゃあ、なにひとつできやしねえ。ああ、本当に、どうしたらいいかわからねえ。

――本当に……。

と、デムーランも心に繰り返した。どういうつもりで自虐したのか知れないながら、ダントンが「腰抜け」だというのは本当の話だった。

いや、公安委員を降りたとはいえ、今も有力議員のひとりである。発言力は大きい。左右を問わず、人脈も広い。ジロンド派が抜けた今や、平原派《プレーヌ》にまで顔が利く巨漢は、随一の伝《つて》を誇るとさえいってよい。それでも、ダントンは「腰抜け」なのだ。

どこか気が入らないというか、ただ演壇に立つ姿をみても、なんだか迫力に欠けるというか。

――もしや心が折れたのか。

だとすれば、その理由は宥和《ゆうわ》の試みが挫《くじ》かれた、六月二日のジロンド派の追放か。それとも七月十日の改選で、公安委員に再選されなかった失意が決定的なのか。あるいは真因を突き止めるためには、もっと前まで遡《さかのぼ》らなければならないのか。

――やはり二月に奥さんに死なれたからか。

ともにマラの死に臨むほど、デムーランは思い出さずにいられなかった。あのときも、ともに臨んだからだ。同じようにダントンは号泣したからだ。

死者を冒瀆するではないが、アントワネット・ガブリエルの遺体も墓から掘り出された。ダヴィッドに絵を描かせるではないが、あのときも彫刻家を招聘《しょうへい》した。形にして残さないではいられなかったのだ。さもなくば、その死を受け止めることができなかったのだ。

いや、そうして手を尽くしても、やはり受け止められなかったのか。奥さんの死で、ぽっきり心が折れてしまったのか。デムーランが疑うのは他でもない。

――ダントンは再婚した。

相手はルイズ・ジュリ、まだ十六歳の女である。むしろ少女というべきなのかもしれないが、いずれにせよ、その可愛《かわい》らしい新妻、いや、幼な妻を得た六月を境に、ダントンは明らかに「腰抜け」になった。

3——三人

浮気でも、裏切りでもない。再婚は前妻アントワネット・ガブリエルの遺志だった。それも単に誰かをみつけてという話ではない。ジョルジュ・ジャックは独りじゃいられないひとだから。二人の子供の世話だって頼みたいし。妻として、母としてのそうした思いから、生前に自ら探していたというのだ。ルイズ・ジュリに目をつけて、そのときが来たらと話を持ちかけてもいたらしいのだ。

さすが糟糠《そうこう》の妻であり、さすが底まで見透かしていたというべきか。そのルイズ・ジュリに、ダントンは見事に嵌《は》まった。まさに嵌まったという感じで、あれほど方々を歩いて回り、ろくろく家にも寄りつかなかったような男が、最近は議会が終わると、まっすぐ帰宅してしまう。コルドリエ・クラブにも、ジャコバン・クラブにも顔を出さず、場合によっては国民公会の審議さえ欠席する。もちろん、どこの委員会にも所属しない。

——陰で、なにか企《たくら》んでいる。

そこは政治の野獣ダントンであり、水面下の活動を逞《たくま》しくしているに決まっていると、そう深読みする向きもないではなかった。すなわち、ルイズ・ジュリは王党派で知られた家庭の娘であり、通じてダントンは右派と結びつつあるのだとか。亡きアントワネット・ガブリエルからして、夫の過激な政治活動に心を痛め、できれば保守派に転じてほしいと、密《ひそ》かに祈り続けていたのだとか。

――いや、そうは考えられないな。

無二の親友としてデムーランは、それは違うという感触だった。ルイズ・ジュリに政治は関係ない。ただ人間として、男として、その女に没入している。あるいは政治というもの自体に嫌気が差して、その新妻に逃げているというべきかもしれないが、いずれにせよ、ダントンは密かに仕事に励んでいるのでなく、仕事に身が入らなくなったのだ。

「ごおお、マラ、ごおお、ごおお、マラ、あの世に行くなら、俺《おれ》も連れていってくれ」

ダントンは号泣を続けた。拳《こぶし》に血が滲《にじ》むほど何度も強く床を叩《たた》き、飽きたらず額まで打ちつけたかと思えば、今度は鷲《わし》づかみの指で髪の毛を掻《か》き乱す。その嘆き方といったら、もしや明日にも自殺するのではないかと思わせるほどだ。ああ、わかるよ。ああ、ダントン、私も全く同感だよ。

「マラのかわりに、できれば私が死にたかった」

ロベスピエールも言葉にしていた。大男のいかつい肩を、常ないくらいの強さでバンバン叩きながらだった。励ましに気づいたダントンに組みつかれれば、いよいよ自分もおいおい声を上げて泣く。眼鏡《めがね》を白く曇らせて、やはり本気で泣いている。あの冷たい優等生ともあろう男が、である。

――マクシムまで、腰抜けなのか。

ダントンと同じに嫌になったのか。革命が、政治が、終わりのない闘争が嫌になって、やはり逃げたいということなのか。そう問えば、またぞろデムーランには思いあたる節があった。ああ、ロベスピエールの場合は、いつが転機になったのだろうか。

はっきり気がついたのは、六月二日の直後からだった。迷いを払拭《ふっしょく》できないまま、結局はジロンド派の追放に加担してしまったこと、通じて自ら議会の威信を失墜《しっつい》させてしまったこと、精神的な蜂起《ほうき》、道徳的な暴動を実現できなかったことを、ロベスピエールは本気で悔いたようだった。

であれば、ジャコバン派の勝利だとは喜べない。強いのは、むしろ敗北感のほうだ。少なくとも、自ら理想を貶《おとし》めたという罪悪感からは逃れられない。それが挫折感《ざせつかん》になってもいる。さらに絶望に転じるにつれ、無気力に捕われるようになり、ロベスピエールはロベスピエールで疲れたというか、すっかり気が抜けたというか。

――だからといって、いいなりになるのか。

そうやって正面からデムーランは問いたかった。ああ、それでいいのか、マクシム。

いいなりだから、サン・ジュストあたりが図に乗るんじゃないのか。ロベスピエール、ロベスピエールと君の名を振りかざして、あの若造はやりたい放題なんだぞ。

――実際、僕なんかも迷惑しているんだ。

ジロンド派を追放した後の議会諸委員会の改組において、デムーランは軍事委員会の書記を務めることになった。

戦争は目下の最重要課題のひとつである。専門として勉強するほど、フランス軍の活動は滅茶苦茶《めちゃくちゃ》だった。ヴァンデ軍の討伐に向かう西部方面軍、オーストリア、イギリス、プロイセンを迎え撃つ北部方面軍、それぞれの動きが全くチグハグであり、劣勢の因《もと》は最高指揮権者の無能に求めざるをえなかった。

――つまりは公安委員会が、まともに機能していない。

デムーランは議会で同委員会の改組を求めた。強権発動ひとつできない輩《やから》には、一刻も早く辞めてもらわなければならない。かかる要求が容《い》れられて、公安委員会が刷新されたのだが、なんたることか、連中はダントンを辞めさせてしまったのだ。

折りから無気力であり、ダントンは抵抗もしなかった。これほどの有力議員が辞めることの損失は明らかなのに、またロベスピエールも沈黙のままに流した。公安委員会に居座りを決めた無能な輩は、してみると保身のためか、すぐさま反撃に転じてみせた。

「いかにデムーラン議員が弁護しようと、ディロン将軍は断罪しなければならない」

アルテュール・ドゥ・ディロンは四十三歳である。アイルランド人だが、代々アイルランド連隊を率いてフランス王に仕《つか》えてきた、軍事の名門に生まれている。アメリカ独立戦争に参加し、カリブ海の島々で総督を歴任し、革命が起きてからも北部方面軍で活躍するなど、戦場経験も豊富だ。ヴァルミィの戦いの英雄のひとりでもあり、まさに働きざかりの将軍なのだ。

このディロン将軍をデムーランは、かねてサロンの客としていた。自らが軍事委員会の書記になるに伴い、貴重な助言者と頼みにするようにもなっていた。それが七月八日に逮捕されてしまったのだ。

敵軍の将校と私信を交わしていた事実が、祖国に対する裏切りだと取《と》り沙汰《ざた》された。が、それは古い時代の友誼《ゆうぎ》にすぎない。大袈裟《おおげさ》に騒ぎ立てて、優《すぐ》れた人材から働き場所を奪うべきではない。下野《げや》するべきは逆に高位の役立たずではないか。デムーランが十日に公安委員会を責めたというのも、実はディロン将軍を弁護する一環だった。が、これを逆手に反撃してきた輩がいたのだ。

「なるほど、感覚が古いはずで、ディロンは伯爵《はくしやく》の位を持つ貴族だった。貴族など信用ならない。ジロンド派と同じように信用ならない」

サン・ジュストは放言した。マクシム、なんとかしてくれよ。こちらのデムーランも持ちかけたが、ロベスピエールは生返事を繰り返すだけで、どう動いたという気配もない。しかし、それはおかしいだろう。あんな風に頭でっかちな正義を振り回されてしまったら、まともな政治にならないだろう。若造たちは正しい政治を貫いているつもりだろうが、政治には加減というものがあるからだ。扱うべきは輝かしい理想ではなく、常に汚れた現実だからだ。

――その現実というものを、僕らは嫌というほど味わわされてきたじゃないか。

前代未聞の激動を生き抜いてきたじゃないか。その経験を今こそ活《い》かさなければならないのじゃないか。僕ら革命の古株こそ、いよいよ真価を発揮しないといけないんじゃないか。デムーランとしては叱咤《しった》したいばかりなのに、ダントンにせよ、ロベスピエールにせよ、一七八九年からの戦友たちは俺は腰抜けだの、もう疲れただの、死にたいだのと、いじけた泣き言ばかりなのだ。

「しっかりしてくれ」

デムーランは声に出した。かなり大きな声だったが、思ったより周囲は気にしなかった。土台が騒々しくなっていたし、でなくともダントン、それにロベスピエールと、有力議員とされる男たちの意外なくらいの醜態をみせられた日には、そちらに気を取られてしまったきりなのだろう。

――あるいは、もう用なしということなのか。

注目を集めるのは、やはりというか、精力的な画家ダヴィッドの仕事ぶりのほうだった。

「おいおい、しっかりさせてくれよ。右腕の肘《ひじ》の曲がりが不自然だぞ」

「二カ所ほど脱臼《だっきゅう》してますからね。殺されるとき、妙な力がかかったんでしょうか。もちろん、もう死んでますから直せません」

「しかし、そんな腕の曲がりじゃ絵にならない」

「今度は切り取るわけにはいきませんよ」

「いや、切り取ろう」

「えっ」

「他の腕とつけかえればいい。大都会パリなんだ。今日も一人や二人は死んでるだろう。その新しい死体から、ひとつ骨のしっかりしたやつを拝借してくればいい」

できるだろう、葬儀屋なんだから。ダヴィッドの問答無用の態度にあてられ、デシャンは助手のひとりを走らせた。また、やるらしい。もっと、やるらしい。が、それどころじゃないと、デムーランは二人の古い友人に目を戻した。

「ああ、こんなんじゃあ、マラだって偶像にはならないよ」

「…………」

「ああ、無理さ。横並びに頑張ってきた僕らが腑抜《ふぬ》けてしまうんじゃ、マラだって同じにみられちまう。ダントンだとか、ロベスピエールだとか、デムーランだとか、ああいう駄目男たちと同じなんだって、きっと笑われてしまうよ」

「………」

「マラがいなくなったからこそ、また力を合わせて、頑張ろうじゃないか」

叫びながら、デムーランも両手を広げて抱きついた。片方にロベスピエールの小さな身体《からだ》、それだけに伸び上がりながら、もう片方にダントンの大きな身体。大中小の三人ながらで肩を組めば、ずいぶん懐かしいような気もした。

いや、古株といいながら、そんな年寄りではなかった。一七八九年からの話であれば、それほど古いわけでもない。ほんの四年にすぎない歳月でありながら、革命という出来事の密度は尋常でないくらいに濃厚であり、それがために、十年にも二十年にも感じられてしまうのだ。

――実際、どれくらいぶりだろう。

一七九一年七月、シャン・ドゥ・マルスの虐殺あたりが最後だろうか。ああ、あれから少しずつ距離が開いた。あの前なら今よりずっと普通に話すことができたし、あれをやろう、これをやろうと肩を組むのも日常だった。それが普通でなくなって……。ばらばらに行動するようになって……。

――だから、駄目だったんじゃないか。

とも、デムーランは思いついた。ああ、僕たちが団結しなくなったから、なにもかも、うまくいかなくなったんじゃないか。がっくり疲れて、気持ちが萎《な》えて、ただ前に進むことすら難しくなったのも、互いに助け合うことがなくなったからじゃないのか。

「その過《あや》ちに気づけたなら、マラの死は無駄じゃない」

ああ、無駄じゃないと、デムーランは声に出した。もしかマラは僕ら三人を集め、再び肩を組ませるために、死んでくれたのかもしれない。なるほど、「人民の友」という大きな大きな損失を埋めるためには、革命の最初期からともに歩んできたダントン、ロベスピエール、デムーランの三人が、マラの思い出のもとに再び結集するしかないだろう。だから、無駄じゃないんだ。マラの死は無駄じゃない。いや、無駄にするべきじゃない。

「だから、泣くな。泣くなよ、もう」

叫んでも、叫んでも、コルドリエ街三十番地は騒然として、誰が聞き耳を立てるわけでもなかった。それでも思いは届いたはずだ。ダントンとロベスピエールにだけは届いたはずだ。

そう信じられたとき、デムーランも号泣した。あまりにも突然に、あまりにも乱暴に訪れたマラの死を、ようやく悲しむことができた。

4――暗殺の真相

「その女の名前ってえのが、シャルロット・コルデーだ、くそったれ《フートル》」

いつもと変わらぬ「くそったれ調」で、エベールは吠《ほ》えていた。なんでも、あの世紀の劇作家コルネイユの、姪《めい》の、孫娘だって話だ。貴族の末にも連なってたらしいが、そこは革命前に落ちぶれて、シャルロット自身は女子修道院に入れられたらしい。

「いや、修道院てえのが、気に入らねえな。ろくなこと教えやがらねえからな」

演説が打《ぶ》たれたのは七月二十一日、うんざりするほど暑くて長い夏の日も、ようやく暮れた午後九時すぎ、コルドリエ・クラブでの話だった。まあ、このコルドリエ僧院なんかも同じだが、ざまあみろで、修道院なんか軒並み閉鎖だ。革命ばんばんざいってなわけで、シャルロット・コルデーがいた女子修道院も、無理矢理解散させられたそうだ。仕方がないんで、カーンで還俗《げんぞく》したらしいや、くそったれ。

「ノルマンディのカーンだ。マラを殺した女は、そこからやってきやがったんだ」

十三日の事件直後から調べが進んで、かなりのところまで明らかになっていた。マラ暗殺の犯人シャルロット・コルデーは、旧ノルマンディ州の都市カーン、現カルヴァドス県の県庁所在地でもあるカーンを、七月九日に出発していた。

乗合馬車を用いた一人旅で、パリ到着が十一日の昼ごろだった。ヴュー・ゾーギュスタン通り十七番地のプロヴィダンス荘に投宿、十二日は情報の収集と状況の確認に努めた。十三日、パレ・ロワイヤル改めパレ・エガリテの金物屋で、犯行に用いるべくモロッコ革の鞘《さや》がついた刃渡《はわた》り三十センチほどの包丁を購入、暮れ方の七時にヴィクトワール広場で辻馬車《つじばしゃ》に乗り、新橋《ポン・ヌフ》経由で左岸に渡ると、コルドリエ街三十番地で降車、マラ宅を訪ねたのだ。

「暗殺なんて、本当ならありえねえ話だ」

マラは独り暮らしではなかった。内妻シモーヌ・エヴラール、妹アルベルティーヌ・マラが同居し、新聞編集の助手ローラン・バもマラ宅に出入りしていた。

実際のところ、シャルロット・コルデーも最初は面会を断られた。二度目に訪ねて、特別に許されたのは、自分はノルマンディのカーンから来た、潜伏している反革命の犯罪人の情報をお知らせしたいと、そう申し出たからだった。

入浴しながら執筆していた革命家を相手に、それらしい話もした。シモーヌ・エヴラールの証言で、つまりはマラの内妻も同席していた。客が女ということで、あらぬ疑いも抱いての同席だったかもしれないが、いずれにせよ、すっかり油断したわけではなかったのだ。

それはシモーヌが入浴剤を取りに中座した、ほんの一瞬のことだった。

「よろしい。その連中、この数日で断頭台に送ってあげよう。そうマラがいったんで、この血に飢《う》えた怪物奴《め》がってブチ切れて、いきなり包丁を振り下ろしたって、それがシャルロット・コルデーの証言らしいや、くそったれ」

血飛沫《ちしぶき》が上がり、人が駆けつけ、マラの救命を試みるも無駄に終わり、かろうじて犯人の身柄だけは確保されと、あとは周知の通りである。

「許せねえな、くそったれ。実際に許されなかった。シャルロット・コルデーは即行で断罪された」

七月十三日のうちにアベイ監獄に収監され、十六日にコンシェルジュリ監獄に移され、すぐ隣の革命裁判所で公判が開かれたのが、翌十七日のことである。

裁判は僅《わず》か三十分で結審した。死刑の判決が出て、その午後には即日の執行だった。

「その見物人ときたら、とんでもねえ数だった」

と、エベールは続けた。ルイ・カペー、つまりは元フランス王ルイ十六世の処刑と同じくらいだったとか、いや、もっと多かったとか、あのときは大方が男だけだったが、今回は人気者マラの敵《かたき》が殺されるとあって、女子供も詰めかけたからとか、まあ、いろいろといわれているが、とにかく凄《すご》い人出だった。

「おまえらだって革命広場に出かけたはずだ。処刑を見物したはずだ。みんな、シャルロット・コルデーを目撃したはずだ。てことは、だ」

そこでエベールは一拍置いた。にやりと口角を歪《ゆが》めてから、そういう手の形を作りながら、いかにもという卑猥《ひわい》な感じで上下してみせた。ああ、おまえら、正直に白状しろよ。

「夜になって、シャルロット・コルデーを思い浮かべて、手こきしただろ」

おらおら、気持ちよく抜いた野郎は手を挙げろ。なに、ひとりもいねえだと。嘘《うそ》つけや、くそったれ。一人や二人じゃねえはずだ、くそったれ。正直も革命家の美質じゃねえのか、くそったれ。罵《のの》しられて、素直に反省した会員は皆無だったが、エベールがいわんとしたことは、コルドリエ・クラブの全体が理解した。

「ああ、シャルロット・コルデーてのは、かなりの美人だったよなあ」

色が白くってよお。それが、むっちりした感じでよお。荷馬車で刑場に運ばれてく途中、ほら、ちょうど夕立になったじゃねえか。ほんの五分くらいだったが、えらい勢いで雨が降ったじゃねえか。シャルロット・コルデーもズブ濡《ぬ》れで、だもんで、着てたものが身体《からだ》にぴったり張りついて、いや、もう山になったり谷になったりで、大騒ぎだったろうが。うんうん、乳首が透けてみえたっていう奴《やつ》もいた。桃色だったたって断言した者もいる。いや、俺《おれ》っちも桃色だと思う、ありゃ、絶対に——と続けかけたところで、エベールは気がついた。聴衆の最前列でショーメットが、美男だけにやけに冷たくみえる顔で睨《にら》んでいた。ああ、おまえ、いい加減にしろ。普通そこまではいわないぞ。仮に思っていてもいわないぞ。

「わかった、わかった。俺っちだって、下ネタ語りに来たわけじゃねえ。いや、真面目《まじめ》な話で、本当は二十五歳になってるらしいんだが、それより若くみえたくらいだ。どうしてかっていうと、俺っちがみるところ、シャルロットは処女だったからだ」

どやと笑いが起きた。おいおい、笑うところじゃねえだろう。だから、こいつは真面目な話なんだぜ。やや不満げな顔になりながら、エベールは構わず続けた。革命が起こるまで、修道院にいたってんだから、ありえねえ話じゃねえだろう。まあ、修道女が処女だと相場が決まるわけじゃねえが、確率の問題でいえば、かなりのもんだろうよ。

「いや、わかった。認めるから、もう笑うな。ああ、俺っちエベール、いうほど処女に詳しいわけじゃねえ。けどよ、なんとなく、それっぽかったと思わねえか」

そこで気づいた。またショーメットが怖い顔だ。エベール、おい、エベール。

「なんだよ、ショーメット。わかってるって。下ネタじゃねえって。だから、真面目な話なんだって。つまり、シャルロット・コルデーは汚《けが》れを知らなかったんだ、くそったれ。純粋だったんだ、くそったれ。それだけに騙《だま》されやすいってえか、うまいこと話しかけたら意外と簡単にひっかかるってえか、それくらいの想像して、てめえら、やっぱり抜いたんだろうってえか……」

「やっぱり下ネタじゃないか」

「違う。本来は人殺しするような女じゃないって、それが俺っちの言い分よ」

「はじめから、そういえ」

「いおうとしたのに、おまえが邪魔したんじゃねえか、ショーメット」

やりとりに笑いが大きくなっていた。かたわら、エベールは少し黙った。なにか作為があるではない。演説の効果を高める演出でもない。実際のところ、こみ上げるものがあった。唐突に上がってきたので、うまく呑《の》みこむことができなかった。

「とにかく、マラは死んだんだ、くそったれ」

それでも死んだんだ、くそったれ。続けるうちに、本当に泣けてきた。ぼろぼろと涙が零《こぼ》れて、どうやっても止められなかった。

マラは憧《あこが》れだった。死なれてみて、その存在の大きさが身に沁《し》みた。二人といない男だった。この革命の宝だった。ああ、あんな孤高の毒舌家は、今後二度と現れまい。なのに死んでしまったのだ。人殺しなどしそうもない女に、ぶすりと刺されて殺されてしまったのだ。だから、おい、おまえら、笑ってねえで、答えやがれ、くそったれ。

「無垢《むく》なシャルロット・コルデーが、どうして、あんな残忍な真似《まね》をしたと思う」

コルドリエ・クラブの聴衆に問いかけたが、答えは自明のものだった。ただシンと静かになったところに、エベールは言葉を投じた。

「ああ、そうだ。ジロンド派だ、くそったれ」

裁判の焦点のひとつが、それだった。つまりは、シャルロット・コルデーの動機が知れない。どうしてマラなのか、それについても判然としない。ところが、ジロンド派とたった一語を加えるだけで、たちどころに全てが説明されてしまうのだ。

5――後継者

事実として、ノルマンディのカーンといえば、ジロンド派の拠点だった。逮捕が命じられながらも、パリから逃れた議員たち、すなわち、ペティオン、バルバルー、ルーヴェ、さらに故郷のエヴリューを経由して、ビュゾまでが集結していたからである。カルヴァドス県庁の協力が得られていた。事前に協調が模索されていたからで、ジロンド派が流れてくるや、山岳《モンターニュ》派と、パリのサン・キュロット（半ズボンなし）と、それらに支配された国民公会《コンヴァンシオン》に対する抗戦が打《ぶ》ち上げられ、実際に軍隊まで動員された。

くしくもマラが殺された七月十三日、パシー・シュール・ウールに進んだ軍勢がそれで、共和国軍が辛くも撃退したが、連邦主義者の反乱が現実のものとなった事件として、各方面に少なからず衝撃を与えたものである。

さておき、そのカーンからシャルロット・コルデーはやってきた。

「ジロンド派が暗殺を命じたのではないか」

「それならマラが狙《ねら》われたのも、わかる。ジロンド派ときたら、とにかくマラを目の敵《かたき》にしていたからな」

「計画を立てたのは間違いないだろう」

「ああ、あの女が一から十まで、ひとりでやれるわけがない」

そんな風に黒幕の存在が疑われるのは、当然の話だった。

無垢《むく》だの、純粋だのを別にしても、シャルロット・コルデーの単独犯行だとすれば、出来すぎの感は否《いな》めなかった。マラの住所くらいは調べがつくとしても、皮膚病のために入浴の習慣があることとか、浴槽から動けないから狙いやすいとか、実行の機会を巧みに見定めている点となると、やはり事情に通じた共犯者を想定したくなる。

修道院出の若い女が、包丁の一振りで過《あやま》たずに急所を突いている点も、単なる偶然とは考えにくかった。マラの右胸に振り下ろされた刃《やいば》は、鎖骨をかすめて肺を貫通、その動きで動脈を見事に断ち切っていた。だからこそ、コルドリエ街三十番地は血の海になったのだ。医者が駆けつけて、なお止血の術《すべ》もなかったのだ。

シャルロット・コルデーは実は特別な訓練を施された女殺し屋なのだと、そこまで穿《うが》った解釈を寄せないまでも、あらかじめ立てられた暗殺計画に基づいて、多少なりとも訓練が施されたとみるほうが、何倍も自然なように思われた。

もちろん、シャルロット・コルデー本人は黒幕の存在を否定した。共犯が証明されれば減刑もありうるからと、いくら自白を促しても、頑として単独犯行を主張した。

「しかし、ジロンド派が関係ないなら、どうしてマラなのだ」

「関係ないとはいっていません。マラの話はカーンに来たジロンド派の皆さんに聞かされました。血に飢《う》えた殺人鬼だと教えられました。フランスが強《し》いられている全ての不幸は、ことごとくがマラのせいなのだとも語られていました」

「だから殺せと、君に命令したのではないのかね」

「いえ、ジロンド派の方は、そんなことは仰《おつしや》いませんでした」

七月七日にカーンで義勇兵が募《つの》られた。が、パリと戦うために志願した若者は、ほんの三十人しかいなかった。それからも募られ続け、もう少しは集まったようだが、これでは勝てないと直感した。ならば自分がやるしかない、諸悪の根源であるマラだけなら殺せるかもしれないと、ひとりで全て決めたのだと、それが裁判が結審するまで貫かれた、シャルロット・コルデーの主張だった。

「可哀相《かわいそう》に、あの女だって、ある意味じゃあ犠牲者だぜ、くそったれ」

エベールは演説を続けた。汚れを知らない処女は、やっぱり騙《だま》されたってことだ。うまく、いいくるめられたんだ。あくまで自分の考えなんだと、言葉巧みなジロンド派に思いこまされちまったんだ。

「ああ、まだジロンド派は生きてやがる、くそったれ」

追放しても、巻き返しを狙ってやがる。それも卑劣な了見で、まさに手段を選びやがらねえ。だから、マラは死んだんだ。あんな小さなところに入れられて、ゆらゆら揺れているしかなくなっちまったぜ、くそったれ。しゃくるような顎《あご》の動きで、エベールは皆の注意を促した。その先にあったのは、コルドリエ・クラブの天井に梁《はり》から鎖で吊《つ》るされている、小さな瑪瑙《めのう》の壺《つぼ》だった。

マラは愛されていた。その訃報《ふほう》にパリは悲しみに包まれた。十四日まで自宅でダヴィッドの画業に委《ゆだ》ねられると、革命家の遺体はコルドリエ・クラブに移された。集会場に安置されて、香を焚《た》き、あるいは香水を振りかけることで、腐敗が進む一方の悪臭を誤《ご》魔化《まか》し誤魔化し、十五日、十六日と今度は一般に披露されたのだ。

葬儀が行われたのは、十六日の夜だった。そのままコルドリエ・クラブの内庭で、埋葬も行われた。マラの遺体が安置されたのは、番人のように聳《そび》えるポプラの木の根元に、建築家マルタンが造作した人工の岩穴という、なかなか凝った趣向の墓地だった。

心臓だけは取り出され、また別に安置された。納められたのが小さな瑪瑙の壺であり、マラの心よ、常にコルドリエ・クラブと共にあれかしと、天井から吊るされることになったのだ。

信じられないという思いが、エベールには今でもある。マラが死んだことではない。その心臓が飾られたのが、コルドリエ・クラブであるにもかかわらず、余所《よそ》から後継者たらんとの声が上げられたことである。

ジャック・ルーはマラの葬儀が行われた十六日、早くも『人民の友マラに守られしフランス共和国の広報係』の発刊を宣言した。続く二十日には、あろうことかジャン・テオフィル・ルクレールのような新参者の若造が『ルクレールの人民の友』を発表し、我こそはとマラの後継者争いに名乗りを上げた。

——激昂《アンラジエ》派の野郎ども……。

共感もないではない。もっともだと話に感心することもある。いわれるほどに危険だとも思わない。かたわら、なかなか報われない、損をしていると、同情も禁じえない。が、これだからとエベールは嘆息するのだ。これだから信用ならねえ。マラの死にちゃっかり乗じようという、この目敏《めざと》さ、この臆面《おくめん》なさ、この生臭さが、連中が唱える正義までを、たちまち嘘《うそ》にしちまうんだ、くそったれ。

——マラの後継者だと。

いや、そう称したい気持ちは理解できないではなかった。マラの後継者になれるものなら、成功は約束されたも同然だからだ。ああ、マラの遺産は大きい。影響力をそっくり手に入れられれば、一夜にして革命の指導者になれる。

単純に新聞の売り上げだけを考えても、簡単に見逃せる金額ではない。あわよくばと食指を動かしたくなる気持ちは、しがないサン・キュロットの本音として、それこそ切ないくらいに理解できるのだ。

——でなくたって、ぽっかりと大きな穴が空いちまった。

マラの死は途方もない損失だ。そのままにしておいては、革命は前進できない。前に進むどころか、右に揺れ、左に戻り、ことによると後退するのかもしれないが、いずれにせよ誰かがそれを埋めなければならない。

——が、おまえらに、その資格があるのか、くそったれ。

エベールはそれを問いたかった。ああ、調子づいて新聞を出したからって、どれだけのものが書けるってんだ。一本調子に暴論を叫ぶだけの連中が、どうやったらマラのエスプリを継げるってんだ。蜂起《ほうき》ひとつ起こすにしても、パリ自治委員会《コミューン》だの、パリ県庁だのに頼りきりで、自分じゃあ汚れ仕事のひとつもできなかったじゃねえか。手前勝手で虫のいい計算から、マラの後継者を自称してみたはいいが、実際どれほどの覚悟があるってんだ。

「ああ、そうだ、ジロンド派は生きてるんだぜ、くそったれ」

エベールは聴衆に向けて繰り返した。てえことは、だ。これからも戦いは続くんだ。いつまた暗殺をしかけられるともしれねえんだ。こんな調子じゃ、ジロンド派の捲土《けんど》重来《ちょうらい》もあるかもしれねえ。正面きっての戦いだって、挑まれるかもしれねえ。それでもマラは、いねえんだ。これからはマラなしで戦わなきゃならねえんだ、くそったれ。

「そのとき、マラの後継者が必要だっていうんなら、だ。二番目の犠牲者が要《い》るってんなら、だ。きちんと用意ができてる人間てことになるだろうし、そのへん、皆さんだって、よおく御存じなんじゃねえか」

そこで言葉を切った、というより、切らざるをえなかった。自負心の昂《たかぶ》りに手が震えた。いや、もう俺《おれ》っちは成功してる。革命の指導者のひとりだし、新聞だって売れてる。マラの遺産が欲しいわけじゃねえ。激昂派の奴《やつ》らみたいに不純な動機からじゃねえ。

――だけど、マラの後継者だろ。

なりてえじゃねえか、やっぱり、とエベールは思うのだ。譲れねえじゃねえか、と余裕の傍観など決めてはいられないのだ。ああ、マラが死んだってんなら、注目を集めるべきは従前パリの人気を二分してきた男だろうが。もう『人民の友』が読めないんなら、『人民の友』の出来の悪い物真似《ものまね》じゃなく、すでに双璧《そうへき》をなしている『デュシェーヌ親爺《おやじ》』にこそ、こぞって手が伸ばされるべきじゃねえのか、くそったれ。

演壇のエベールは、飽きたらず演台のうえにまで攀《よ》じ登った。それこそ身を乗り出せば、マラの心臓にも手が届くんじゃないかという高さだった。突き出した右の親指を、ぐいと自分の鼻先に向けたなら、決めの台詞《せりふ》は他にはありえない。ああ、マラの後継者がいるとすれば、他の名前はありえない。

「つまりは俺っち、このエベールだ」

言葉に出すほど、胸が震えた。俺っちが後継者になるんだ。俺っちがマラになるんだ。俺っちは憧《あこが》れを実現するんだ。幸いにして満場の拍手に迎えられたものの、仮にソッポを向かれたならば、それこそコルドリエ・クラブを隅々まで回りながら、ひとりひとりを口説いてまわりたい。エベールとしては、そこまでの気持ちだった。

6――強い指導者

「だから、もうロベスピエールさんしかいないのです」

余人に任せられる話じゃありません。声が裏返っていると、そのことはサン・ジュストにも自覚があった。堪えがたいほどの醜態だとも思うのだが、なりふり構っていられないという思いのほうが強かった。どうしてって、マラさんが死んだのです。あのマラさんが、いなくなってしまったのです。

「もうロベスピエールさんしかいないじゃないですか」

返事はない。ロベスピエールは元気がないままだった。マラが死んで、いっそう元気がなくなった。血色が悪いどころか、もはや幽霊さえ思わせる青白い顔をして、ときに誰が死んだのか定かでなくなるくらいである。

――それでも、逃げなくなった。

と、サン・ジュストは感じていた。土台が責任感が強い人である。革命のために一身を捧げて悔いなしと、それくらいの覚悟もあるだろう。挫折から立ち直れないとか、今の政治のありかたが釈然としないとか、革命に失望感は否《いな》めないとか、この期《ご》に及んでは全て甘えにすぎないのだと、きちんと理解もしているだろう。

——マラさんには悪いが……。

サン・ジュストには千載一遇《せんざいいちぐう》の好機だった。これでロベスピエールさんに再起を促せる。使命感を喚起することができる。また俺《おれ》も六月二日の失敗を取り戻せる。

「君の他に誰がいるのだね」

後を受けたのは、ジョルジュ・オーギュスト・クートンだった。下半身が不自由な男が車椅子《くるまいす》を寄せていたのは、デュプレイ屋敷の食堂に据えられた大卓だった。下宿に籠《こも》りきりならばと、その夕《ゆうべ》はルバともども押しかけると、ロベスピエールの四方を皆で囲んでいたのである。

七月二十四日になっていた。夏も盛りに近づく今は、どこも屋内は蒸し蒸ししていた。同じ大卓も本当なら裏庭に運び出し、夜風の涼なりとも得たかった。が、その場所こそ暗殺未遂《みすい》の現場なのだと、かつてロベスピエールは銃殺されかかったのだと思い起こせば、軽々《けいけい》に寛《くつろ》ぎたいともいえなかった。

汗が噴き出すのは、やむをえない。ハンケチを出し、玉が伝う額を拭《ぬぐ》い、さらに眼鏡《めがね》の曇りをとり、かけなおしながらでロベスピエールは返答した。

「ダントンがいるじゃないか」

デムーランだっている。ファーブル・デグランティーヌだっている。実績も十分だしね。昨年の秋には面々で法務省を率いていたわけだからね。いや、当時の臨時執行評議会じゃあ、ダントンこそ事実上の首班だった。さらに続けられる気配もあったが、それをクートンは手を差し出して止めた。いや、だから、ロベスピエール。もうダントンの芽はなくなってしまったんだよ。

「もうマラが殺されてしまったんだよ」

「……………」

「暗殺の黒幕はジロンド派なんです」

ルバが話に加わった。ええ、ジロンド派と妥協する余地があるうちは、ダントンさんでもよかったのかもしれません。なお私の本意ではありませんが、ええ、橋渡しを頼むなら、逆にダントンさんしかいないことになったでしょう。けれど、その道は金輪際《こんりんざい》なくなりました。ジロンド派がマラを殺したからには、ダントンさんという選択肢もなくなったのです。

「残るはロベスピエールさん、あなたしかいないのだと、私たちが繰り返している所以《ゆえん》です」

「ということは、つまり、私にジロンド派を殺せと？」

有体《ありてい》な言葉を選ばれて、ルバは刹那《せつな》ギョッとした顔になった。目つきも弱気に捕われて、おろおろと泳ぎかけた。それをサン・ジュストは向かい側から励ました。なにもたじろぐことはない。結局はそういうことなのだから、仕方がない。

「断固たる処置をお願いします」

言い換えることで、ルバは答えにした。ロベスピエールは肩を竦《すく》めて誤魔化《ごまか》したが、それを咎《とが》めることはできなかった。ルバも誤魔化してしまったからだ。が、この俺だけは曖昧《あいまい》に逃げるものか。

「私が殺します」

と、サン・ジュストは自分が出た。ええ、私がジロンド派を告発します。議会に告発委員会を設けていただけるなら、私が担当いたしましょう。革命裁判所のほうにも、私から因果を含めます。それ以前にジロンド派が捕まらないというならば、私が一隊を率いて地方に飛びましょう。立憲派から探して、懺悔《ざんげ》を聞く僧侶《そうりょ》も私が手配します。

「最後の最後で、処刑を引き受ける者がいないのなら、私が自分で断頭台の紐《ひも》を引きます」

「そ、そうか。いや、うん、しかし、なんというか、エベールは、どうなんだ」

「どうと仰《おっしゃ》いますと」

「マラの後継者なのだろう」

ロベスピエールはまた話を逸《そ》らしにかかった。さっきは失敗したと自責の気持ちがあるのか、すかさずルバが飛び出した。後継者というわけではありません。

「マラの後継者を自称しているだけです」

「後継者争いになっているとは、私も聞いた。しかし、エベールが最有力であることは間違いないだろう。ジャック・ルーとか、ジャン・テオフィル・ルクレールとか、激昂《アンラジェ》派の連中では対抗馬にもならないのじゃないか」

「エベールがマラさんの後継者だとして、どうなるというんです」

脇《わき》に大きく逸れる前に、サン・ジュストは話題ごと断とうとした。が、なおもロベスピエールは固執する。エベールだって、実力十分だろう。

「パリの第二助役にすぎないとはいえ、形のうえでは上役《うわやく》の市長パーシュ、第一助役ショーメットまで含めて、あの男こそ市政庁を動かしている領袖《りょうしゅう》だろう。陸軍省の大臣補佐ロンサンとか、書記官長ヴァンサンとか、省庁筋に人脈もある」

「それでも、議員ではないのです。エベールたちが国政の舵《かじ》を取るなら、そのときは議会政治の否定を、でなくとも破綻《はたん》を意味してしまいます」

「サン・ジュストに付け加えさせてもらうとね、単に政治の理念を歪《ゆが》められるだけじゃなくて、そのときは現実的にもフランスはバラバラになってしまうだろう」

と、クートンも続けてくれた。ああ、あの六月二日で、地方はパリに決定的な反感を抱《いだ》いてしまった。連邦主義者の蜂起《ほうき》も予断を許さない。ノルマンディはなんとか鎮圧に成功したが、まだまだ反乱軍は各地に跋扈《ばっこ》している。シャルロット・コルデーのような刺客《しかく》が、再びパリに送りこまれない保証もない。ああ、殺されたのはマラだけではないわけだしね。

「リヨンにしても、シャリエを処刑したわけだしね」

ジョゼフ・シャリエはジャコバン派の協力者であり、そのリヨンにおける代表者でもあった。ローヌ・エ・ロワール県の公安委員会を組織し、またサン・キュロットによるサン・キュロットのための食糧徴発隊、いわゆる革命軍を組織するなど、市長として展開した政策は、かえってパリより先進的であるほどだった。

そのシャリエが、市内の富裕層、さらにジロンド派、加えるに王党派の策謀で、あえなく失脚させられた。パリでジロンド派議員の追放が決まると、その報復のつもりか、連中は断頭台に押し出すことまでした。

シャリエの処刑は、マラの葬儀が行われた日と同じ、七月十六日の話である。

「ということは、ただ捨て置くわけにはいかないから、私にリヨンまで破壊しろと?」

またしても、ロベスピエールは切り返した。クートンも狼狽《ろうばい》の相になったが、ルバのときのように目で励ましてやるより早く、サン・ジュストはもう自分が出ることにした。

ええ、ロベスピエールさん、その通りです。

「リヨンは破壊されるべきです。なんなら私がリヨンを壊してまいりましょう。自ら銃を構えながら、あの街の金持ちどもを皆殺しにしてきましょう」

「サン・ジュスト、ああ、サン・ジュスト。随分はっきりものをいえるんだね、君は。羨《うらや》ましいくらいだが、その自信は全体どこから来るのかね」

「あなたを信じる心からです」

「………」

「ええ、ロベスピエールさん、あなたは正しい。だからこそ、こうして指導者になってほしいと、頼んでいるのです」

「しかし、正しいものが常に世のなかを指導するとは限らない……」

「かもしれません。けれど、今は正しい人間が指導者になるべきときです。正しさは、とりもなおさず強さだからです。今は強い指導者が必要なときなんです」

「現状認識として、私もサン・ジュストに同感だ」

そう受けられたからには、クートンに任せてよいようだった。ああ、強い指導者だよ。有無をいわせぬ将軍のような指導者だよ。フランスは全体でひとつの軍隊にならなければならないときなんだ。フランス人は全て兵士にならなければならないんだ。

「連邦主義者だけじゃない。カトリックの王党派、いうところのヴァンデ軍も暴れるまだ。オーストリア、プロイセン、それにスペイン、イギリスと、フランスは諸国と交戦中でもある。実際に戦争一色なんだ」

「それに、食糧問題も深刻の度を増してきています。この夏の暑さときたら、いよいよ各地で河を干上がらせるほどなんです。流通が滞《とどこお》って、不足を補うこともままならず、この八月は前代未聞の飢饉《ききん》になるともいわれています。アッシニャの暴落も止まらない。経済問題だって、待ったなしなんです。その意味でも強い指導者が必要なときだと思います」

ルバも前のめりの勢いを取り戻した。まさに畳みかけるときだった。ええ、ロベスピエールさん、フランスの指導者になってください。

「断固たる決意をもって、事に当たる指導者です。革命の精神を守り、そうすることでフランスの民を救い、またフランスを勝利に導いてくれる指導者です」

「しかし、サン・ジュスト、それじゃあ、まるで救世主じゃないか」

「ロベスピエールさんに救世主になっていただけないと、もうフランスは破滅してしまうんです」

「ルバまで、なんだい。いや、荷が勝ちすぎるよ。ミラボーでも生きていれば別なのだろうが、ネッケルだって、ラ・ファイエットだって、そんな救世主さながらの指導者となると……」

「ですから、ロベスピエール、君に」

「よしてくれ。クートンも現実的に話してくれ」

「強い指導者が必要なんだと、これは紛《まご》うかたなき現実です。ロベスピエールさんが引き受けてくださらなければ、明日にも何千人という人間が虐殺されてしまうんですよ」

「ど、どういうことだね、サン・ジュスト」

「国家存亡の危機なんです。かてて加えて、マラさんは殺されてしまったんです。みんな、まともな神経でなんかいられません。ええ、また人々が爆発します。『九月虐殺』が繰り返されてしまいます。それこそマラさんはいませんから、その攻撃的な活字に託《たく》して、怒りを紛《まぎ》らわせることもできない」

「だから、苛立《いらだ》ちが蓄積される。爆発も時間の問題である。強い指導者として、それを私に抑えろということかね、サン・ジュスト」

「はい」

「無理矢理に抑えつける、それを独裁者というのではないのかね」

「独裁者になるのは、お嫌ですか？　たとえフランスのためであっても、独裁者の汚名を着せられることだけは受け入れられないと？」

「…………」

「私が思うに、人々を抑えつけるのは、本当の独裁者ではありません。無軌道に暴走しがちな暴力を皆に託され、それを適正に行使するからこそ、独裁者なのだと思います」

「…………」

「ええ、そうなのです。フランス人は今まさに暴力を欲しているのです。自分のかわりに外国人を倒してくれ、ヴァンデ軍を鎮めてくれと。あるいはジロンド派を殺してくれ、リヨンを破壊してくれ、金持ちを罰してくれと」

ロベスピエールは目を伏せ、少し考えたようだった。いや、考えるまでもなく、答えは出ている。その答えに向けた一歩を踏み出すか踏み出さないかの、二者択一だけが残っている。

ロベスピエールは顔を上げた。

「しかし、指導者になるといって、どうしたら……」

サン・ジュストは飛びついた。周到に返事を整えて、それこそ投げかけられる瞬間を待ち焦がれていた問いかけだった。

7――大公安委員会

　七月二十七日、ジャンボン・サン・タンドレは公安委員会の名において、同僚委員ガスパランが健康上の問題を抱えていること、ために辞職を認めざるをえないことを議会に報告し、あわせて欠員の補充に議員マクシミリヤン・ロベスピエールを充てる提案をなした。

　国民公会《コンヴァンシオン》も賛成多数でこれを可決した。

「しかし、指導者になるといって、どうしたら……」

　そう問われたデュプレイ屋敷で、サン・ジュストは即答したものだった。

「公安委員会に入ってください」

「しかし、過日に改選したばかりじゃないのか」

「欠員を補充するという形はとれます」

　クートンと二人で図り、すでに絵図は描かれていた。そのときは病気になってほしいと、ガスパランにもとうに因果を含めていた。

「手回しがいいことだな、サン・ジュスト。しかし、公安委員会に席を占めたからと、フランスの指導者になれるわけではあるまい。なにができるということでもあるまい」

「確かに、これまでは何もできませんでした。ええ、公安委員会とて、外交委員会、憲法委員会と変わらない、国民公会の一委員会でしかありません。しかし、なのです」

硝子窓《ガラスまど》には、まだ光が溢《あふ》れていた。公安委員会の会合は、その日の議会が引けてからだった。

テュイルリ宮フロール棟の上階、緑色の壁紙で四方を飾られた一室に、場所も与えられていた。楕円《だえん》の大卓がひとつ置かれ、その周囲に九脚の椅子《いす》がある。その全てが満たされ、つまりは全員が出席していた。

もはや議会の名物男として、精力的な発言で知られるベルトラン・バレール、三十七歳。

法服貴族の名門に由来し、開明派の系譜を今に引き継ぐマリー・ジャン・エロー・ドゥ・セシェル、三十三歳。

元の高等法院官僚で、議会では派遣委員としても実績あるピエール・ルイ・プリユール・ドゥ・ラ・マルヌ、三十六歳。

法曹出身で、バスティーユの闘士としても名が通るジャック・アレクシ・テュリオ、四十歳。

やはり法曹の前歴あり、議会では革命裁判所の設立に尽力したロベール・ランデ、四十七歳。

本業がプロテスタントの牧師という変わり種、ジャンボン・サン・タンドレ、四十四歳。

いわずと知れた車椅子の革命家、ジョルジュ・オーギュスト・クートン、三十七歳。

そしてルイ・アントワーヌ・サン・ジュスト、二十五歳。

これらに続く九人目として、新任委員マクシミリヤン・ロベスピエール、三十五歳は、その末席についたのだ。

そういいたいところだが、椅子に上下の区別はなかった。車座に着席して、つまり公安委員会においては、誰が長、誰が副、誰が平というような区別はない。集団指導体制と、それが公安委員会の建前だったが、それでも、なのだ。

七月二十七日、午後四時をもって開かれた会議は、ロベスピエールにとって初委員会でもあった。その冒頭に予定されていたのも、新任委員の挨拶《あいさつ》だった。

皆の注目のなかに起立しながら、ロベスピエールに動じるところは皆無だった。

同僚と同じようにみつめながら、サン・ジュストは胸が震えた。とうとう心を決めてくれた。ロベスピエールさんは逃げずに引き受けてくれた。自分が置かれた立場、自分に課せられた使命、自分に求められる働きを、すっかり理解してくれたのだ。

無論のこと、ロベスピエールにも新参然とした殊勝な姿勢は皆無である。無言のまま、まるで睥睨《へいげい》するかに他の委員の顔を順に見比べてから、ようやく始められた挨拶からして遜《へりくだ》る素ぶりもなく、見方によれば高飛車なものでさえあった。眼鏡《めがね》をかけ、紙を開くと、これは私見にすぎないと断りながらも、堂々の読み上げを図ったからだ。

「我々の目的は何か」

問いかけられても、誰も答えるものはなかった。期待していたわけでもないらしく、ロベスピエールは自分で答えて話を進めた。

「いうまでもなく、人民の利益のために憲法を施行することである。

かかる我々に刃向《はむ》かう者がいるとすれば誰か。金持ちと腐敗の徒だ。

連中の常套《じょうとう》手段は何か。中傷と偽善だ。

そうした手段を助長してしまう不幸は何か。サン・キュロットの無知であり、それゆえに人民は啓発されるべきなのだ。

では、人民の啓蒙《けいもう》を邪魔するのは誰か。恥知らずの曲解で、日々人民を迷わせている、連中お抱えの新聞屋どもだ。

我々は、いかなる手を打つべきか。国家の最も危険な敵として、不埒《ふらち》な文士どもを追放するしかない。かつまた良書ばかりを出回らせることだ。

人民の教導を邪魔する、いまひとつの障害とは何か。貧困だ。

人民の教育はいつになったらなされるのか。空腹を満たすに十分なパンが得られたときだ。富者と政府が人民を騙《だま》す不実なペンと舌を使うことを止《や》め、そのかわりに自らの利益と人民の利益を同一視したときだ。

そのときが来るのは、いつか。残念ながら、このままでは決して来ることはないだろう。

自由を達成するための障害は他に挙げられるか。内外の戦争が挙げられるだろう。

諸外国との戦争はどうやれば終わらせることができるのか。我らの軍隊の先頭に共和派の将軍を据えることだ。我々を裏切ってきた将軍を追放してしまうことだ。

内戦を終わらせるには、どうすべきか。裏切り者や陰謀家、わけてもそう非難されている議員や官僚を追放することだ。

リヨンの貴族主義者たち、マルセイユ、トゥーロン、ヴァンデ軍、その他、王党派と反乱の旗が掲げられた全ての郡区は、どうやったら倒せるのか。愛国的な指導者に率いられた愛国的な部隊を送ることだ。そうして、自由を侵し、愛国者の血を零《こぼ》させた全ての罪人を、恐ろしいみせしめに用いることだ」

静けさのなか、ロベスピエールの声ばかりが響き続けた。問答形式を用いながらも、それは自らの主張を一方的に押しつけるかの演説だった。にもかかわらず、全員が聞き入るのだ。異議ひとつ申し立てられやしないのだ。

末席どころか、ロベスピエールこそ公安委員会の、いや、フランス共和国の指導者なのだと、全員が理解していたということだ。たとえ独裁者の汚名を着せられようと、ロベスピエールのほうにも指導者たる覚悟ができたということだ。

——これでフランスは……。

救われる。ロベスピエールが起《た》った。とうとう本気になってくれた。これで祖国のみならず、俺《おれ》もまた救われる。あらんかぎりの力を出し尽くすまで、ようやく働くことができる。心のなかで続けるほど、胸が震えて、胸が震えて、サン・ジュストは涙まで出た。

8——コルドリエ派

「いや、フランスはちっとも良くなってねえぞ、くそったれ」

のっけからエベールは吐き捨てた。こんなんだったら、テュイルリ宮のどてっぱらに大砲の一発くらい、ズドンとお見舞いしてやるんだった。国民公会《コンヴァンシオン》なんか一思いに解散させてやるんだった。内憂外患のフランスに選挙している暇なんかないなんて諭《さと》されて、どうして遠慮しちまったんだろ。

「ジロンド派さえ追放すれば、全部うまくいくなんて、いい加減な約束しやがったのは、全体どこのどいつなんだよ、くそったれ」

かく嘆くエベールにせよ、一夜にしてフランスが救われる、四囲の状況が嘘《うそ》のように好転すると、そんな夢想に遊んでいたわけではなかった。

六月二日にジロンド派を追放した。しかし、すっきり解決したわけではない。逮捕命令が出された議員の大半が、逃亡に成功している。パリに残った数人は数人で、裁判こそ望むところだと鼻息が荒い。告発に賛同したはずの議会も、なんだか掌返《てのひらがえ》しになっている。地方となると、あからさまなパリへの怒りを隠さない。

——もしか蜂起《ほうき》は失敗したのか。

そんな言葉まで頭に浮かぶ段になって、不意にマラが殺された。ジロンド派に殺されてしまった。息の根なんて、ぜんぜん止めてねえ。反パリの反乱まで起こして、こんなにまでジロンド派が元気なら蜂起が成功だったわけがねえ。ひどく落胆もしたのだが、その同じときにパリは怒りと悲しみに震えたのだ。

それは議員の面々も同じだった。少なくとも演技としては、マラ暗殺に憤らないではいられなくなった。

——だから、走るか。

今度こそ覚悟を決めて走り出すか、一気呵成《いっきかせい》の勢いで難局打開に乗り出すか。そう思いかえして、我ながら不謹慎にもワクワクするところさえあったのだが、なお政治は変わらなかった。

七月二十七日には、かのロベスピエールが公安委員会に入ることになった。今度こそはと期待に胸を膨らませたが、やはり代わり映えしない。わけても戦局は危機的だからと、八月十四日には二人の軍事専門家、カルノとプリュール・ドゥ・ラ・コート・ドールが公安委員会に加えられることになったのだが、だからと目にみえた好転はない。

いや、魔法のように全てが一変するわけがない。急《せ》いては事を仕損じるという理《ことわり》もある。ほんの一週間、まだ二週間と、エベールはサン・キュロットの我慢強さで、じっと成果を待つことにした。

が、もう三週間、ああ、八月の半ばがすぎた、いや、九月に入った、いよいよ一月《ひとつき》がすぎたとなると、力ない呟《つぶや》きばかりは変わらざるをえなかった。

「いくらなんでも遅すぎる」

もう限界だからとジロンド派を排除しておきながら、それほどの非常時にして善処の手際《てぎわ》が悪すぎる。やはり、議会は駄目だ。出直し選挙でもやれば変わるのか、議員を入れ替えても無駄で、議会政治そのものに無理があるのか、それは意見が分かれるところだが、少なくとも今の国民公会じゃあ駄目だ。

動き出す気配すらないというのは、どうにもこうにも腰が重い連中がいるからだった。

「やはり、ダントンは信用ならないな」

と、ショーメットが受けた。ないな、ないなと語尾が響いて、ほとんど気味が悪いくらいなのは、がらんとして、なにもないような広いところに、ほんの数人きりでいたからだった。

九月二日、その夜も頭の上にはマラの心臓が揺れていた。昼間は議会を傍聴して、夕《ゆうべ》に審議が終了となるや、そのまま皆でコルドリエ・クラブに流れてきた。いわずと知れたコルドリエ僧院の跡であり、集会場もやたらと天井が高い。演者の声も聴衆を詰めこんでこそ、ほどよい響き方になるのだ。

咎《とが》めるような色があるなら、その声はまして耳に痛くなる。ショーメットは続けた。

「なにか密《ひそ》かに考えているなら、協力するにやぶさかでないなんていわれて、まさかエベール、本気にしたんじゃあるまいな」

「いや、本気にした」

「なに」

「協力はしてくれるだろ。ダントンは昔から酒を奢《おご》るといったら、必ず奢ってくれる男だった。ただ……」

「ただ？」

「いつも混ぜ物の安酒だったな、くそったれ」

そうまとめて、エベールはゲラゲラ笑いを響かせた。陽気にもなるはずで、一緒に呷《あお》った酒というのが、さる支援者に贈られたブールゴーニュの銘酒だったからである。これが、美味い。煙り立つようだの、どっしりしているだの、思わず薀蓄《うんちく》語りそうになるほど、美味い。この世のものとも思われない美味さで、飲まないではいられない。

呆れ加減も足しながら、ショーメットは釘《くぎ》を刺した。

「ダントンも出世したから、酒ならそれこそ地元のシャンパーニュから取り寄せて、最高級の銘柄を飲ませてくれるだろう。が、だからといって、なあ、エベール、昔のように酔い潰れるわけにはいかないぞ」

「ショーメットさんのいう通りだ。あいつのせいで、エベール兄《にい》は内務大臣になりそこなったわけだからな」

と、ヴァンサンが続いた。内務大臣になりそこねたというのは、それとして事実であり、八月二十日の話になる。免職されたガラの後任人事が議題になるや、パリ自治委員会や街区《セクシオン》が強硬に推したのが、人気の「デュシェーヌ親爺《おやじ》」だったのだ。

盛り上がり方からして、国民公会も呑《の》まざるをえないかと思われた。まさかサン・キュロットが入閣するなんてと、本気にしない声もありながら、内務大臣エベールの人事が実現すれば政治の停滞も一気に動くと、市井《しせい》の期待感もかつてないほど高まった。が、そこでダントンが動いた。みえないところで根回しして、国民公会の議決を巧みに調整してしまった。

内務大臣に就任したのはジュール・フランソワ・パレ、全く無名の男であり、聞けばダントンが秘書として使ってきた、いわば子飼いのひとりだという。

「あのデッカイ旦那《だんな》は、こういうことだけはうまいんだ」

そういったヴァンサンは、陸軍省の書記官長である。二十六歳の食い詰め者を抜擢《ばってき》したのも、他ならぬダントンだった。

「しかし、内輪の口利きばかりで、いつまでも実力者を気取られても、なあ」

受けたショーメットは、パリ市の第一助役である。昨夏の八月十日の結果であれば、やはりダントンのおかげといえなくもない。が、自ら蜂起に参加して、当然の処遇だという感覚もあるらしい。

市長のパーシュも顔を出していたが、こちらは選挙で選ばれている。強力な応援があったとしても、それはロベスピエールのほうだ。

エベールも第二助役になっているが、別にしがみつくつもりはない。しがみついても、パリの人々は変わらず「デュシェーヌ親爺」と思うだけだ。公職についているといっても、サン・キュロットのなかのサン・キュロットが冗談きついぜと、いまだ本当にされないことがあるほどだ。

「ダントンは、あまり関係ない」

陸軍省の、こちらは大臣補佐を務めるロンサンが後を受けた。ダントンが無理にも気取りたがるのは、実力者が実力者でなくなりつつあるからじゃないか。怖くて、怖くて、仕方なくなってるんじゃないか。

「というのも、俺《おれ》たちの実力だって、どうして、馬鹿にしたものじゃないからな。パリ自治委員会を抑えて、陸軍省を抑えて、さらに内務省まで抑えちまったら、もう、ほとんど俺たちが政府みたいなものになる」

ちなみにロンサンの就職は、エベールがパーシュと一緒になって運動した成果である。

「へへ、いくらダントンに奢ってもらったことがないからって、へへ、へへ、ロンサンも大それたことというじゃねえか、くそったれ」

「いや、エベール、本気で狙《ねら》っていいんじゃないか、俺たちの政府というのも」

印刷屋のモモロが続けた。

「ええ、実現させるべきでしょう。我々が動かないとなにも動かない、それが現下のフランスの形勢なわけですから」

馬よろしく長い顔が突き出された。さらに後押しするような発言は、ビヨー・ヴァレンヌだった。

ジャック・ニコラ・ビヨー・ヴァレンヌは三十すぎまで、作家というか、哲学者というか、ちょっと難しい本を書いてきた男である。ジャコバン・クラブの一員として、政治の現場に関《かか》わるようになり、昨秋の選挙にパリから出馬して、今や国民公会の議員だ。ところが、やはりというか頭でっかちで、発言もジャコバン・クラブの一員にしては、いくらか過激といわざるをえなかった。昨秋九月二十二日の議会に、「本日の公文書にはフランス共和国第一年第一月一日の日付を入れるべし」と提案して、結果なんの熟議もなしに事実上の共和政宣言としてしまったのが、このビヨー・ヴァレンヌなのである。

ジャコバン・クラブの会員にしては過激といえば、劇団の座長から転じたという変わり種の議員、ジャン・マリー・コロー・デルボワも過激だった。昨秋の九月といえば、そもそも二十二日に先立つ前日に、いきなり王政廃止を提言したのが、このコロー・デルボワなのだ。

二人ながら、いくらか食《は》み出し者の嫌いがある。勢い、相棒として二人で動くようになる。この二人が二人とも、昨年八月十日の直後、議員になる前までは「蜂起のパリ自治委員会」に籍を置いていた。エベールやショーメットとも、その頃《ころ》から懇意だった。ジャコバン・クラブで食み出すほどに、頻々《ひんぴん》とコルドリエ・クラブを訪ねるようになり、すでにして常連の感がある。コロー・デルボワの顔がみえないのは、たまたま出張中だからなのである。

こちらにすれば、貴重な「議会筋」だった。ビヨー・ヴァレンヌ、コロー・デルボワを含め、今のパリで「コルドリエ派」といえば、このエベールを中心とした一党の意味になる。

9――俺っちの天下

「必要なんですよ、実力者が」
と、ビヨー・ヴァレンヌは続けた。変革者こそ実力を持たなければならないんです。
というのも、この革命は単なる政治革命じゃない。すでにして社会革命なんです。ブル
ジョワとサン・キュロットの戦争、富者と貧者の内戦なんです。戦いであるかぎり、理
屈じゃありません。
「力なんです。決定的なのは実力なんです」
エベールはといえば、それこそ力任せに、ドンドン胸を叩《たた》いていた。
酒が止められないならば、摘みに伸びる手だって容易に下がらない。これまた支援者
の差し入れで、テリーヌだか、ガランティーヌだか、とにかく、これ本当に食いものな
のかと確かめたくなるくらい色鮮やかな冷製料理が、ここはヴェルサイユかってくらい
並べられたものだから、またぞろ美味い、美味いとやることになっていた。あげくに喉《のど》

を詰まらせたのだ。

　これは流しこむに限ると、やっぱり酒杯を干してから、エベールは答えた。いや、いつもながらビヨーの話は難しすぎて、俺《おれ》っちにはよくわからねえんだが、それでも思うのは、いうほど簡単じゃねえってことだ。

「現に俺っち、内務大臣になりそこねてるし、くそったれ」

「閣僚の椅子《いす》に座ることが、必ずしも実力者を意味するわけじゃありません。言論の力で政治を動かすことができるなら、それを有する人間は実力者です」

「マラみたいに、か」

「ええ、そういってよいでしょう」

「しかし、マラみたいになりてえったってよ、これまた簡単な話じゃねえ」

「んなことねえぞ、エベール兄《にい》。実際、マラの後継者は、あんたで決まりだろ」

　またヴァンサンが飛びこんできた。うん、うん、それだけは議会も認めてんだろ。

「あれから議会も厳しくなって、ジャック・ルーやルクレールは、政界追放だの、逮捕だのと受難の日々だが、エベール兄には絶対に手を出そうとしねえもんな」

「『デュシェーヌ親爺《おやじ》』の発言は恐れられているんだ」

　ショーメットも認めた。ああ、エベール、そこは自信を持っていい。あの目敏《めざと》いダントンが擦《す》りよってきたくらいなんだから、相応の実力者は自負できるさ。

あげくに勢いづくのが、苦労人時代が長かったロンサンなのである。

「あのロベスピエールだって、本音は『デュシェーヌ親爺』頼みなんだろう。あんたに動いてもらって、パリのサン・キュロットを動かしてもらって、その圧力に後押しされないと、公安委員会も満足に働けないのじゃないか」

「ええ、駄目でしたしね。刷新なった公安委員会も、やっぱり駄目でしたしね」

受けたビヨー・ヴァレンヌは、憤然たる口ぶりだった。

九月二日はパリに衝撃の報が飛びこんできた日でもあった。

南フランス、ヴァール県の港湾都市、軍港都市でもあるトゥーロンは、かねてジロンド派支持を表明し、パリとジロンド派の追放を決めた現議会ならびに現政府に対して、反感を隠さなかった都市である。

そのトゥーロンが実力行使に出ていた。八月二十七日、王党派を宣言するや、あろうことかイギリス海軍を呼び入れて、その港湾を占拠させてしまったのだ。

「いや、軍港ですよ。国家の重要な軍事拠点のひとつですよ。それを敵国に奪われてしまったのです。フランスは喉元に短刀を突きつけられているのと同じです。どう責任をとるつもりですか。公安委員会は統治能力を欠いていると、いわざるをえないのではありませんか」

にもかかわらず、トゥーロン陥落の事実を伏せていたのではありませんか。もっと早くに知っていながら、自分たちで解決できると自惚《うぬぼ》れて、あるいは自分たちだけで解決しなければならないと焦りに駆られて、秘密にしておいたのではありませんか。けれど、どうやっても露見してしまうのです。自らに解決の能力がないならば、すぐさま公《おおやけ》にするべきだったのです。そうやって、議会で公安委員会を締め上げたのが他でもない、ビヨー・ヴァレンヌだった。

「ううん、そうなんだよな、くそったれ。意外に大したことないんだよな、くそったれ」

と、エベールも認めた。もったいつけた酒だの、昔の宮廷料理だのは驚くほど美味いってんだから、何事も食ってみねえとわからねえもんだよ、くそったれ。

ロベスピエールとマラ、いずれも巨大な名前だった。

とんでもない男だったとは聞くが、ミラボーのことはよく知らない。ラ・ファイエットも、バイイも、デュポールやラメットにしてみたところで、そんなに大物という印象はなかった。バルナーヴやヴェルニョーならば、確かに才気を感じさせた。それでも、とてもかなわないとは思わなかった。端《はな》から白旗を上げて、エベールが迷わなかったのは、マラとロベスピエールだけだったのだ。

コルドリエ・クラブだの、ジャコバン・クラブだの、同じ場所に集まりながら、言葉を交わしたことはある。いや、それは違うとか、別な意見もありえるとか、もっともらしい議論に及んだことさえないではない。が、ダントンやデムーランと同じように、まっすぐ目をみては話せなかったのだ。

——ロベスピエールとマラは違う。

こいつらだけは役者が違うと、エベールは直感で畏怖《いふ》していた。その二人のうち、マラのほうは死んでしまった。エベールは我こそ後継者と乗り出した。それでも、これで自分の天下だとは思わなかった。まだロベスピエールがいたからだ。絶対にかなわないと思いこんで、それを疑いもしなかったのだ。

——ところが、意外に大したことがない。

確かに普通の男ではない。無味無臭で、つけいる隙《すき》もみつからない。けれど、いざ政権の座に就《つ》いてみれば、ロベスピエールは期待外れだったのだ。

正義感は強い。頑固なほど意志も固い。執拗《しつよう》なくらいの持続力もある。それでも働きぶりをいえば、残念ながら凡庸《ぼんよう》の誹《そし》りを免《まぬか》れないのだ。

——てことは、もしかすると……。

俺っちの天下が来るんじゃねえか。マラの分まで手控えて、その先を遠慮する理由なんかねえんじゃねえか。いや、待て。いや、いや、こんな大それた話は、そう簡単には口走れねえぞ。それはエベールともあろう男が、胸の内だけで言葉を続けていたときだった。

「とにかく、もうロベスピエールたちに任せてはおけません」

ビヨー・ヴァレンヌは仕切りなおした。ですから、作戦を練りましょう。

「議会も駄目、公安委員会も駄目、パリ自治委員会《コミューン》が独走すれば地方の反発を買うというのであれば、あとはジャコバン・クラブを動かすしかありません」

それがコルドリエ派が進めている新しい戦略だった。ジャコバン・クラブを巻きこめれば、自《おの》ずとフランス全土的な動きを起こせる。各地に地方支部を張り巡らせている組織だからである。

実際、これからサン・トノレ通りに乗りこんで、ジャコバン・クラブで演説を打《ぶ》つ予定になっていた。

飲み食いに忙しいのはエベールだけで、実のところ皆が夕食も後回しだ。コルドリエ・クラブに集まり、寸暇を惜しんで会議に熱くなるというのも、その勝負の演説を練りに練りたいからなのだ。

ビヨー・ヴァレンヌのような、ジャコバン・クラブの会員が欠かせないのも、それゆえだ。面々がコルドリエ派と呼ばれるようになったのも、実のところコルドリエ・クラブで自分たちの集まりに終始するより、ジャコバン・クラブはじめ余所《よそ》での議論に参加して、そこで賛同を募《つの》る機会が増えていたからなのだ。

「なんといっても、今は救貧策じゃないかなあ」

と、ショーメットが始めた。ビヨー・ヴァレンヌも強く頷《うなず》く。救貧策といえば、リヨンのシャリエの遺志を継ぐというのが、政策的にも、政治的にも、賢明な方向ではないかと思います。

「食糧徴発隊、いわゆる革命軍の構想かい」

ヴァンサンが出れば、ロンサンも遅れない。いや、具体的な構想は、とうに出揃《でそろ》っているんだよ。問題は、どうやって実現するかだ。

「結局のところ、決めるべきはひとつじゃないか」

「なんだい」

そう脇《わき》から確かめたとき、モモロは少し臆病《おくびょう》な顔になっていた。

「わかってるでしょう。蜂起《ほうき》するか、しないか、ですよ」

「また、やるのか」

ショーメットが割りこむと、答えたのはビヨー・ヴァレンヌだった。思うような成果がもたらされなかったなら、蜂起は何度でも試みられるべきでしょう。

「にしても、五月末に決起して、まだ三カ月しかたっていないんですよ」

「もう三カ月だろう、ショーメットさん。ジロンド派と変わらない無為無策でズルズルと、もう三カ月なんだよ」

「それは、そうだが、ロンサン、やはり蜂起となると……」

それは男たちの議論が熱くなりかけたときだった。

「あの、すいません」

臆したような声を差し入れ、不意に訪ねてきた者があった。皆が一斉に振り返ったのは、ガランとした集会場に、よく響いたというだけではなかった。

鈴をころがすような声は、明らかに女のものだった。

――それも、うっとりするほど魅力的な声だぜ、くそったれ。

男たちの注目を察したのだろう。暗がりになっていた集会場の入口から、女は何歩か前に出た。明るいところに進んでも、なお顔は浅黒いままだった。昨今の猛暑で日焼けしたというより、その小麦色は恐らく南フランスの女に特徴的なものである。

それが証拠に艶々《つやつや》した髪も黒、濡《ぬ》れたような瞳《ひとみ》も黒、びっくりするほど長い睫《まつ》毛《げ》も黒で、唇だけが赤々と輝いていた。

女にしては大きな口だった。が、それこそが稀《まれ》な美人であるとの印象を、不思議と決定づけていた。

「クレール・ラコンブじゃないか」

こちらでヴァンサンが小さく洩《も》らした。エベールは少し慌てた。名前が出た女に聞かれたくない話を、あっさり口走られそうな嫌な予感がしたからだが、あながち杞《き》憂《ゆう》というわけではなかった。

ヴァンサンは続けた。ほら、やっぱり、クレール・ラコンブだ。

「一回でいいから、おっぱいモミモミしたいなんて、エベール兄、凄《すげ》えこだわってた女だ……」

殴られてえか、てめえ。エベールがそういって弟分を窘《たしな》めたのは、拳骨《げんこつ》で脳天を殴りつけたあとだった。

10――クレール・ラコンブ

「エベールがいるって聞いたんだけど」

と、クレール・ラコンブは切り出した。皆の目がまた自分に集まるのがわかった。エベールは今度は慌てた。おっぱい云々《うんぬん》で失笑しながらの、さっきまでの注目とは意味が違う。女のほうから名指ししてきたとなると、これは大事件である。

怪訝《けげん》な顔で首を傾《かし》げながら、皆の目つきには微妙な嫉妬《しっと》も混じっていた。いや、まて。おまえらにとって大事件である以前に、俺《おれ》っちにとって大事件じゃねえか。そう心に呟《つぶや》いているうちに、エベールは額に汗まで掻《か》いた。いや、知らねえよ。本当にモミモミなんかしてねえよ。

「いや、マジ、なにもやってねえってば、くそったれ」

おろおろ動揺している間にも、クレール・ラコンブは扉のところで続けていた。ああ、なんだ、エベール、いるんじゃない。

「いま、ちょっと話せる？」

てめえ、なんでタメロなんだ。女じゃなかったら、許さねえところだぜ、くそったれ。

そう小声で呟きながら、エベールは酒杯を置いて立ち上がった。

スッと滑らかに腰を浮かせて、造作なく立ち上がれることをみせたかった。いや、膝《ひざ》なんか震えてねえよ。少し酔っ払ってるけど、どうってことねえよ。だって、話したいってんだろ。ああ、話したことくらいはあらあ。激昂《アンラジエ》派のところで、居合わせたクレールを捕まえて、ベラベラやったことだって、一度や二度にかぎらねえ。話せるといえば、確かに話せる仲なんだ。

そうやって歩を進めると、あとに残る面々は遠慮もなく、背中に投げつけてくる。

「へええ、デュシェーヌ親爺《おやじ》もやるもんだなあ」

「クレール・ラコンブとそういうことになっていたとは、いやはや、知りませんでした」

「おいおい、エベール兄《にい》、こんな浮気がばれちまったら、さすがにヤバいんじゃないか」

戸口に進みながらも、後ろを振り向き振り向き、エベールも返した。

「おいおい、冗談はよしてくれや。俺っち、まじめな妻帯者なんだぜ」

「そっちじゃねえ、エベール兄。あんたに浮気されて怒り狂う女ってえのは、ベアトリス姉《ねえ》のことじゃねえか」

「いや、だから、ヴァンサン、あの女だけは勘弁してくれよ」

陽気な冷やかしに送られながら内心まんざらでもない、なんて話であれば、どれだけの幸せ者なんだろう、俺っちは。そう突き放して考えられただけ、エベールも少しは落ち着いてきた。が、いくらか頭が働き始めると、とたんに気が重くなる。

そういう関係ではない。それどころか、これから先も、そういう関係にはなりえない。なにせクレール・ラコンブなのだ。つまりは他人の女なのだ。思い上がりも甚《はなは》だしい蛇男、あのジャン・テオフィル・ルクレールの恋人なのだ。

――だから、気が重い。

マラの後継者争いを演じている、敵のひとりだからではない。それなら、もう勝負は決まったも同然だった。

はっきりいって、エベールの敵ではない。ジャック・ルーのような年季の入った活動家でさえ、まともに相手にならなかったのだ。ルクレールのような若造となると、もう物の数ではなかった。

明暗が分かれていた。マラの後継者争いで、優劣が分かれただけではない。マラの内縁の妻シモーヌ・エヴラールが、『人民の友』の名前を勝手に使われたとルーとルクレールを告発すると、これを取り上げたのがロベスピエールだったのだ。

激昂派は激昂派で、戦争は勝てない、内乱は鎮められない、貧民は救えないと、公安委員会を扱《こ》き下ろしたものだから、もう対立は決定的になってしまった。

八月二十三日、ジャック・ルーが逮捕された。公安委員会の圧力で、パリ自治委員会が出動した。厳重注意のうえ、二十七日には釈放されたが、その間にもロベスピエールのいいなりだと公安委員会を非難する声明を出した男が他でもない。

――ルクレールの逮捕も近い。

それが専《もっぱ》らの噂《うわさ》だった。当座は後先も考えられないほど業腹《ごうはら》だったのだろうが、その蛇男も今頃《いまごろ》は後悔しているはずだった。

恋人の逮捕が、いや、命さえもがかかる話であれば、それ以前にクレール・ラコンブが心穏やかでいられない。自明の図式であればこそ、エベールは気が重かったのだ。

「ルクレールを助けてほしい」

できれば、公安委員会に話してほしい。少なくとも、パリ自治委員会は抑えてほしい。そんな感じでクレール・ラコンブに頼まれるのじゃないかと、エベールは読んだのだ。

――なにが楽しくて、俺っちが骨を折る。

そんな風に考えれば、腹も立つ。ああ、蛇男を助けてやる義理なんかねえぜ、くそったれ。だいいちルクレールの野郎、さんざ楽しみやがったんだ。ポリーヌ・レオンはともかくとして、クレール・ラコンブみたいな美人に、あんなことや、こんなことや、そんなことまで、させてもらったってんだ。天罰てきめんで、そろそろ地獄をみていい頃なんだ。

そう思うなら端《はな》から邪険にすればよいようなものだが、マラの後継者争いに勝利を収め、政界での地位も高まるばかりの「デュシェーヌ親爺」ならばと別して見込まれたのだと思い返せば、いくらか痛快な気分もあった。

まあ、おっぱいの片方でも触らせてくれるんなら、俺っちだって冷たい男じゃないからなと、助平心も微《かす》かに動いていないでもない。うん、うん、それが他人の女でも、クレール・ラコンブが美人だってのは事実だ、くそったれ。

――いや、これだけの女がルクレールなんかのために身を売るのか。

その理不尽を考えれば、やっぱり癪《しゃく》な感じがあり、だから気が重く、それでも容易に断りきれず、つまるところエベールは悶々《もんもん》として歩を進めた。いや、どうして俺っちが、あれこれ悩まないといけねえんだ。とりなしを頼みてえなら、クレール・ラコンブも、ダントンとか、デムーランとか、あのあたりで当たりをつけやがれってんだ。てえか、面倒くさい回り道なしで、いきなりロベスピエールに当たれ。腐敗知らずの「清廉の士《アンコリュプティブル》」だって、これほどの美人にチンコのひとつもなめてもらえるんだったら、くだらねえ情夫のひとりくらい、見逃してやるに違いねえや。

「なのに、なんだって、俺っちに……」

「えっ、なに、エベール」

「だから、クレールよお、どうして俺っちなんかに声かけたんだよ」

「ジャコバン・クラブに出たいのよ」

「なに!?」

エベールは何度か目を瞬《しばたた》かせた。

虫が鳴いていた。夏の間に草丈を伸ばしたまま、芝生は荒れ放題だったが、元が僧院だけにコルドリエ・クラブの中庭は、それとして見事なものだった。月あかりに覗《のぞ》いている岩の塊《かたまり》の影絵が、マラの墓だ。その周囲をぐるりと回廊が取り囲み、これが石造りなものだから、やけに音が反響する。

といって、聞き違いではなかった。ジャコバン・クラブに出たい、それがクレール・ラコンブの言葉だった。間違いでない証拠に、女の声は先を続けた。

「エベール、あんた、今夜のジャコバン・クラブで、なにかするんでしょ」

「なにかって、細かい詰めはこれからだが、うん、まあ、なにかは、するな」

「だったら、私のところも、一緒させてもらっちゃ駄目かなあ」

「おまえんところっていうと、共和主義女性市民の会か」

うん、とクレール・ラコンブは頷《うなず》いた。

「私たちも、なにかやりたいんだ」

「なにかって、いつもやってるじゃねえか、おめえは激昂派の連中と一緒によ」

「けど、ただ叫んでいるだけだもの。それじゃあ、ちょっと虚《むな》しいもの。実《じつ》のある政治に、きちんと参加したいのよ。そうすることで、少しでも世のなかを動かしたいのよ」

「わからねえ話じゃねえが、いいのかよ、本当に」

「なにが」

「ただ虚しく叫ぶことこそ、激昂派の十八番《おはこ》じゃねえか。それが嫌で、俺っちなんかと一緒に活動しちまったら、ある種の宗旨替えになるんじゃねえのか」

「そうかなあ。私のなかじゃあ、特に矛盾はないんだけどなあ」

「おめえに矛盾がなくたって、仲間は裏切られたって思うだろ」

「仲間って、激昂派のこと？　ルーとか、ヴァルレとか？　確かに一緒にやってきたけど、ああしろこうしろと指図《さしず》される間柄じゃないわ」

「それでも、ルクレールは怒るだろ」

「どうしてよ」

「どうしてって、俺っちはエベールだからよ。『デュシェーヌ親爺』は敵だろう、『ルクレールの人民の友』からみれば」

「マラの後継者争いのこと？　それはそうかもしれないけど、私には関係ないもの」

「どうして関係ないんだよ。おめえの男だろ、ルクレールは」

そう問うてから、あれとエベールは思った。隠すでもなく、憚《はばか》るでもなく、ハキハキした質《たち》だと思いきや、クレール・ラコンブは何も答えなかったからだ。無視するような冷たさはないながら、ひとり、さっさと回廊を抜けていったからだ。

中庭に出る階段のところで、白い手が動いた。膝の後ろから裾《すそ》をまとめて、クレール・ラコンブは石段に腰を下ろした。呆気《あっけ》に取られたまま、その後ろ姿をエベールはしばし眺めた。

11——俺っちに任せろ

そうなって、はっきりしたところ、これまた見事な尻だった。ぐんと左右に勢いよく張り出す印象があり、ということは尻そのものは立派な割に、これでもかというくらいに腰のほうは括《くび》れているのだ。いや、俺《おれ》っちには、わかる。いや、すげえ。こいつは美尻だ。それこそ俺っちの女房と張り合えるくらいの美尻だ。この世に二つとない代物《しろもの》だと思ってきたが、いやはや、あるところにはあるもんだぜ、くそったれ。

「あんたも座れば」

小さな頭だけで振り返り、クレール・ラコンブが促した。お、おおと短く答えて、エベールも隣に腰を下ろした。

ちょこんという感じになったのが、我ながら情けなかった。ったく、臆病者《おくびようもの》め。隣に座るくらい、なんなんだ。イチモツまで縮んじまって、おめえ、どういう勘違いだってんだ。だいたいが、そういう話じゃねえんだから、てめえの出る幕じゃねえ。

――と思いきや、意外と……。

デケえんだなと、エベールは心に続けることになった。自分の持ち物の話ではない。並んで腰かけてみると、顎《あご》の斜め下くらいのところで前に突き出す影があった。クレール・ラコンブも荷物を抱えてきたもんだと覗《のぞ》いてみれば、丸い物体が二つながらくっつきあって、これまた見事な谷間の影を、くっきり描き出していたではないか。

その立派なことときたら、それこそ尻が胸まで移動してきたのかと、またぞろ感嘆させられたほどだ。

――だから、おっぱい、デケえんだよ、クレールは。

それは前から気づいていた。うん、さすがは元女優だ。うん、うん、なにからなにまで、見事に造られている。承知しながら、これまでは多少の余裕もないではなかった。ああ、舞台に上がって、客にみられなきゃならないんだから、当たり前だぜ、くそったれ。だからって、浮気心なんか起きないぜ、くそったれ。俺っちにいわせれば、女ってのは尻だからね。最高が誰でもねえ、うちの女房だってんだからね。

――いや、まて、クレールは尻だって……。

素晴らしかった。さっき気づいたばかりだが、服を着ていながらにして、もう価値を疑わせないほどの逸品だった。それこそ女の尻についてなら、一時間や二時間は平気で語るというエベールをして、素直に感嘆せしむるほどだったのだ。

これに、おっぱいまでが洩《も》れなくついてくるという。

——おっぱいだって、あえて断る理由はねえ。

ぶんぶんと頭を振って、エベールは自分に言い聞かせた。だから、そういう話じゃねえ。断るとか、断らないとか関係なくて、そもそも誘われてねえ。

「ポリーヌと結婚するんだって」

クレール・ラコンブが始めていた。えっとエベールは、また聞き返さなければならなかった。

「えっ、なに」

「だから、ルクレールの奴《やつ》よ」

「ああ、ルクレールの野郎ね。ポリーヌってのは、ああ、ポリーヌ・レオンのことか。なるほど、蛇男だったものな。それがポリーヌと結婚するんだってって……。ええ!?」

「二股《ふたまた》かけられてたの」

「あ、いや、そうなのか」

「エベール、あんたも知ってたんでしょ」

「いや、その……」

「二股をエベールにも叱《しか》られたとかなんとか、いってたわよ、ルクレール」

「うん、まあ、チラとは聞いてたな」

「ふうん、男たちの間では、話題にされちゃってたんだ」

「いや、そんな、話題ってほどじゃあ……」

「私、もう笑いものだわね」

「………」

「そう、ポリーヌに負けちゃったの。親友と思ってた子に出し抜かれて、私、入れ込んでた男に捨てられちゃったのよ、簡単にいってしまうと」

だったら気が済むまで俺っちの胸で泣け、なんてマジいいそうになっちまった、くそったれ。そう心に続けながら、エベールは必死に息を止めていた。だから、声が外に洩れては、まずいのだ。ああ、いっちまったら、下心みえみえの助平親爺《すけべいおやじ》そのものだ。前髪も残り少ない禿《は》げ男で、最近の暴飲暴食で腹まで出てきて、おいおい、万が一そういうことになるんだとしても、みられたくねえよなあ、ぶよぶよの贅肉《ぜいにく》なんて。特にクレール・ラコンブみたいな、どこもかしこも造り物みてえな美人には。

そんな軽口も、これまでは声に出してきた。割合平気だったというのは、クレール・ラコンブなど土台ありえない相手だと疑《うたが》わないできたからだ。それが一種の余裕になっていたわけだが、それが今や綺麗《きれい》に消え失《う》せていた。

「………」

クレール・ラコンブは、こちらの肩に頭をもたせかけてきた。うへえ、臭い。甘ったるくて、女臭い。

「はは、みっともないよね、男に捨てられて、政治にかけるなんて女は」

「んなことねえよ」

いっちまった、とエベールは心に呻《うめ》いた。とうとう嘘《うそ》をついてしまった。ああ、政治にかける女なんか、みっともねえ。そんなことねえと嘘で慰める中年男は、輪をかけて格好悪い。だって、まるで艶笑《えんしょう》コントじゃねえか、くそったれ。

自分を冷やかし、そうすることで第三者の立場で俯瞰《ふかん》しようとするも、エベールの胸奥《きょうおう》では自問が繰り返されるばかりだった。空き家なのか。クレール・ラコンブは本当に空き家なのか。んでもって、入居者募集中なのか。譬《たと》え方から助平な中年男めいているが、この際それは仕方ないことにして、もしか俺っちにも入居の望みがあるってえのか。

――馬鹿、エベール、てめえは妻帯者じゃねえか。

最高の尻を誇る最高の女房じゃねえか。そうやって、不適当な妄想を追い払おうとするのだが、すぐ隣に座したまま、まだ女は小さな頭を肩にもたせかけている。だから、いいかな。一回、二回の間違いくらいは、起こってもいいかな。

「と、とにかく、今は政治だ」

誤魔化《ごまか》しがてら、とりあえずエベールは打《ぶ》ち上げた。それが唐突だったのだろう。

「えっ」

聞き返しながら、クレール・ラコンブは顔を上げた。それは占い婆《ばばあ》の水晶玉を盗んできたかと思うほど、大きく、また底まで澄んだ黒の瞳《ひとみ》だった。しかも、睫毛《まつげ》なげえ。針金でも刺したのかと思うほど、なげえ。こんなの、みたことがねえ。

「だから、かわいい」

エベールは思わず呟いた。かわいい。脳天くらりと来るくらいに、かわいい。おっとっと、と直後には身構えた。ヤバい。これは、ヤバい。美人だったら、我慢できる。もう三十五歳で、しかも禿げで、腹が出て、こんな粗末な男が相手にされるわけがねえ、強烈な肘鉄《ひじてつ》くらわされるのが関の山だと呻きながら、綺麗だなあ、綺麗だなあと遠くから眺めるだけで、もう満足できてしまう。

――けど、かわいい女は駄目だ。

三十五歳で、しかも禿げで、腹が出て、こんな粗末な男でも受け入れてもらえるんじゃないかと、夢みたいな話を真面目《まじめ》に考えてしまう。三十五歳で、しかも禿げで、腹が出て、こんな粗末な男でも力になってあげられるんじゃないかと、勘違いで奮い立《た》ってしまうからだ。ああ、三十五歳で、しかも禿げで、腹が出て、こんな粗末な男でも起つものは起ってしまうのだ。

「いや、だから、俺っちエベール、さすがに弁が立つってんだ」

「なんなの、エベール、さっきから」

「俺っちに任せろ」

つまりは、そういうことだ。エベールは立ち上がった。一緒に拳《こぶし》まで高く突き上げてしまったが、もう取り返しがつかないので、そのまま続けた。ああ、ジャコバン・クラブの議論に参加してえんなら、俺っちが話を通してやる。実際に政治を動かしてえんなら、ひとつ動かしてみせてやる。

「男なんて忘れられるよ。ルクレールなんか下らねえと思えるほど、でっかく動かしてやるからよ」

だから、俺っちに任せろ。そう繰り返したとき、エベールの腹は決まった。ああ、蜂《ほう》起《き》だ。六月二日に飽き足らず、またぞろの大蜂起だ。やるぞ、やるぞ、デュシェーヌ親爺はやってやる。一世一代の大勝負をかけてやる。

12——蜂起再び

九月五日における国民公会《コンヴァンシオン》の議長は、マクシミリヤン・ロベスピエールだった。昼十二時四十五分、赤帽子《ボネ・ルージュ》の群れがテュイルリ宮に押し寄せたとき、議会は革命裁判所の四分案を審議していた。

戦争の激化、内乱の深刻化が否《いな》めない時局であれば、貴族政治家、宣誓拒否僧、外国の諜報員《ちょうほういん》、祖国の裏切り者、つまりは反革命の輩《やから》の取り締まりが強化されなければならない。裁かれるべき被告の数が、急激に増えることも予想される。この事態に対応するため、革命裁判所においては同時並行的に四法廷が稼働できるようにすること、判事や陪審員の補充については、その任命を公安委員会に一任されること、等々が論じられていたのだ。

そこにサン・キュロットの猛《たけ》る声が投じられた。

「暴君と戦え」

「貴族政治家と戦え」

「買い占め人と戦え」

新たに仕立てた看板の文句を合唱されては、審議を続けられるはずもない。議事を中断させられながら、それでも議長ロベスピエールは怒らなかった。

なるほど、激怒してみせたところで、サン・キュロットたちの勢いが萎《な》えるわけではない。無駄を知り、はじめから抵抗の意志もないのか、九月五日の衝突は衝突というほどに緊迫した空気もなく、議会と群集の間に生じたのは、むしろ協調の和やかさに近いものだった。

「暴君と戦え」

「貴族政治家と戦え」

「買い占め人と戦え」

「ああ、どんどん取り締まろうではないか」

「なるほど、手を拱《こまね》いている場合じゃないな」

それぞれが叫ぶ言葉も、奇妙なくらいに嚙《か》み合った。ロベスピエールはサン・キュロットに手招きを送り、きちんと入場せよと勧めることさえした。応じてパリの薄汚れた連中は、ぞろぞろと列をなしたが、それで混乱が生じるわけでも、混雑が起こるわけでもなかった。

狭い、狭いと嫌われたテュイルリ宮の「からくりの間《マシーヌ》」も、ぎっしり詰まった印象がなくなっていた。議席に空席が目立つというのは、ジロンド派の議員がいなくなったからだった。ジャコバン派もしくは山岳《モンターニュ》派、さらに平原《プレーヌ》派もしくは沼《マレ》派まで、過半の議員は健在であるとはいえ、それも少なからずが派遣委員として、諸県に、諸前線に、出張中なのである。

——その隙間《すきま》に行儀よく……。

少なくとも八月十日や六月二日のように、場所もないところに強引に押しかけたという風ではなかった。

やはり空気は緊迫しない。がやがや騒がしくはあったものの、罵声《ばせい》が響くでも、怒号が轟《とどろ》くでもなく、九月五日の国民公会には一種の秩序さえ感じられたのだ。

——なんだか調子が狂うぜ、くそったれ。

空いた議席のひとつに腰掛けながら、エベールは居心地の悪さを覚えていた。てえのも、請願者を受け入れることは議会の名誉でありますなんて、ロベスピエールの大将ときたら演壇まで空けたじゃねえか。パリ自治委員会《コミューン》を代表して、第一助役が歩を進めて、請願文の草稿を開いた手つきときたら、妙な余裕まで感じさせているじゃねえか。おいおい、ショーメットも、そんなの、整然と朗読するような文章じゃねえだろうが、くそったれ。

「立法者たる市民諸君」

と、請願の読み上げが始まった。パリ市民たちはユラユラ揺れる浮島に暮らしているかの運命に、すっかり倦《う》んでしまっている。自らが生きる道筋を確かなものとしたいと、いよいよ思いを強くしている。

「ヨーロッパ諸国に居座る暴君ども、のみか国内における国家の敵どもまでが、フランスの人民を飢《う》えさせるという、残忍で、恐るべき作戦を遂行《すいこう》しているからだ。なんたる恥辱か、自由と主権とを一切れのパンと交換せざるをえなくなるまでに追いこみ、そうすることで我らを屈服させようというのだ。が、そんな企《たくら》みは通用しないと、まずは宣言しておこう」

「おお、俺《おれ》たちには通用しないぞ」

「おおさ、通用するものか」

「俺たちを馬鹿にするな、なめるんじゃねえ」

サン・キュロットの野次は響いた。議員たちを脅《おど》しつける迫力もないではない。が、これくらいなら、普段の議会でも叫ばれる。かえって、大人しいくらいだ。なにより、少なからぬ議員たちに頷《うなず》かれた。にべもなく突き返されても悔しいが、あっさりと容《い》れられても、これまた調子を狂わされるのだ。

こちらでも美男ショーメットが澄まし顔で続ければ、なんだか妙に行儀正しい感じがして、いよいよ朗読会めいてくる。

「歯がゆいのは、新しい支配者が生まれつつあることだ。古い支配者に劣らず、残酷で、欲深で、傲慢《ごうまん》な、その新しい支配者どもは、封建制の残骸《ざんがい》から生まれたのだ。古い主人たちの財産を買い、あるいは借り上げることで、その犯罪行為で踏み均《なら》された道を、かわって歩き続けようというのだ。世の不幸とひきかえに投機で儲《もう》け、この国の豊かな資産を干上がらせ、いうなれば暴君を打倒した人々の頭上に座りながら、また暴政を敷こうというのだ。立法者諸君、この国の子供たちと、それを滅ぼそうとする悪党たちの間で争われる、かくも不愉快な闘争を、今こそ終わらせるときではないか」

「おお、もう我慢ならねえ」

「なるほど、裏切り者には慈悲をかけるべきではありませんな」

「新しい支配者など殺せ。ブルジョワなど滅びてしまえ」

「ああ、そうなのだ」

拳《こぶし》を突き上げ、ショーメットは台詞《せりふ》を決めるつもりなのだと思われた。ああ、我らが奴《やっ》らを叩《たた》かなければ、奴らのほうが我らを叩きにかかるだけだ。ならば、我らと奴らの間に、永遠の防壁を打ち立てるしかあるまいぞ。

満場の拍手がおきた。エベール自身つられて、パチパチと手を鳴らした。音には耳が痛くなるくらいの厚みもあり、確かに熱気ムンムンである。が、その熱気にまで予定調和の風が感じられてならなかった。

気味悪くも覚えれば、自問しないでいられなかった。こんな穏やかなものなのか、くそったれ。いくら事前の仕込みがあっても、普通はもっと滅茶苦茶《めちゃくちゃ》なもんじゃねえのか、くそったれ。

――だって、これは蜂起《ほうき》なんだろ。

またぞろの実力行使で、パリは立ち上がったんだろ。少なくともエベールは、そのつもりだった。いや、これは確かに蜂起だった。野卑なサン・キュロットの、野蛮な政治参加の手法で間違いなかった。

九月二日、エベールを先頭にして、コルドリエ派はジャコバン・クラブに乗りこんだ。演壇を席捲《せっけん》して、集会場の意気を上げるまま、パリの人々が国民公会に行くときは、必ず同道する旨も約束させた。

三日にはパリが騒がしくなっていた。イギリス軍のトゥーロン入港が一般にも知られたからで、折りからの危機感に空腹の苛立《いらだ》ちが合わさったこともあり、もう人々はいてもたってもいられなくなったのだ。

まさしく好機とばかりに、エベールは動員にとりかかった。が、仲間を奔《はし》らせ、あちらこちら根回しなどしなくても、パリの人々は勝手に起《た》ち上がりそうだった。

実際に四日には、サン・タントワーヌ街とサン・タヴォワ街の労働者が決起した。パンがないぞ。あっても、高くて買えやしない。値段が下がらないなら、給金を上げろ。

そう叫びながら、市政庁にやってきて、まずは自治委員会に怒りの声を届けたのだ。

いうまでもないながら、グレーヴ広場で迎えたのは市長パーシュ、第一助役ショーメット、第二助役エベールの三役だった。

そのうち、ショーメットは必ずしも蜂起に前向きではなかった。それだけに率先して前に出ると、自ら人々を宥《なだ》める理屈を説きにかかった。

「なにも心配することはない。国民公会は一週間以内に、全ての食糧と必需品の公定価格を定めると、つまりは最高価格を決めると約束している。先延ばしなどさせない。させないように、圧力もかけるつもりだ。ジャコバン・クラブの協力も取りつけているのだ」

「必要なのは約束じゃねえ。パンだ。それも今すぐだ」

「まて。まってくれ。私もまた貧しい家の出だ。貧乏がどんなものかも知っている。今や金持ちと貧乏人の大っぴらな戦争が始まったのだとも考えている。ああ、奴らは我らを潰《つぶ》そうとしている。我らはその先手を打たなければならない。我らこそ奴らを潰さなければならないのだ。我らには、そうするだけの実力もある」

「というが、実際、どうするってんだ」

「革命軍の設立を急ぐ。何度も話に出てきた食糧徴発隊だ。麦の徴発のために村々を臨検するのだ。買い占め人がいれば、問答無用に逮捕する。金持ちの隠匿《いんとく》や売り控えがあれば、ただちに摘発しよう。きちんと兵隊を出しているかも確かめよう。その場で裁判にしたっていい。ああ、判事を同道させよう。いや、革命軍は断頭台をこそ、その行列の先頭に押し立てるのだ」

グレーヴ広場の群集は盛り上がった。革命軍だ。革命軍だ。愚図の国民公会に、どうでも設立を認めさせろ。かかる声を受けたショーメットとしては、あとはコルドリエ派と、ジャコバン・クラブと、パリ諸街区《セクシオン》代表と、そんなところを糾合《きゅうごう》して、国民公会に圧力をかけるだけと考えたのかもしれない。

が、そこでエベールが、すかさず前に出ていった。

「だから、おまえら、明日は仕事を休みやがれよ、くそったれ」

皆で議会に押しかけるんだ。去年の八月十日や、今年の五月三十一日にやったように、テュイルリ宮を包囲するんだ。みんなが救われるための方策が正式に議決されるまでは、絶対に囲みを解かないぜ。革命軍を設立するって、そう決まった瞬間に出発できるように、あらかじめ縦隊を作っておけよ。洩《も》れずに押し立てられるように、断頭台も用意しとけ。

「忘れんな。そう言葉を続けるほど、群集は危ういくらいの熱気を帯びていったのである。

指定した通り、明日、午前十一時、グレーヴ広場だ、くそったれ」

群集は今日五日にも、きちんと集まってきた。動員をかけた分だけ人数も増えていたし、また前回と同じく国民衛兵隊も大砲を引き引き出馬してくれた。十二時ちょうどをもって行進を始めれば、これぞ蜂起というくらいの見事な始まりだったのだ。

――それなのに……。

先の言葉を続けるより、エベールは唸《うな》るしかなかった。

13――成功

蜂起《ほうき》は期待外れだった、とはいえなかった。グレーヴ広場の熱い言葉そのままに請願文を読み上げて、ショーメットは革命軍の設立を要求した。受けて議会が審議に入れば、いち早く登壇したのはコルドリエ派の議員、ビヨー・ヴァレンヌだった。

「人民の熱意に背を押されるまま、我々は今こそ革命の敵を根絶しましょう。いや、今ですら遅すぎるほどなのですが、とにかく、革命の進路を今日こそ確固たるものにしましょう」

そう前置きしてから、かねて過激で極端な嫌いが否《いな》めないビヨー・ヴァレンヌは、陸軍省に革命軍の組織案作成を命じよ、それも今日の審議終了までに、と求めたり、疑わしきを逮捕できる新法を作れと迫ったり、立法だけ行われても常に運用が遅れるからには、法律の施行を監視する新しい委員会を設立してはどうかと持ちかけながら、公安委員会の牙城《がじょう》を突き崩そうとしたり。

「と、とにかく、提案された案件については、公安委員会でも討議しますから」

たじたじの答弁は、公安委員のひとり、サン・タンドレだった。もちろん、ビヨー・ヴァレンヌは引かない。

「討議することを楽しんでいるとは、まったく驚かされる。今は話しているときではない。行動するときだといっているのです」

「その通り、その通りだ、まったく」

大きな声と一緒に、ダントンまでが出てきた。ああ、俺《おれ》もビヨー・ヴァレンヌに賛成だ。人民の途方もない推進力には乗じるべきなのさ。てえのは、人民が必要だといったら必要で、敵に向かえといったら向かうべきだからだ。それも人民が自分でこうだといった方法でしか、やりようがないものだからな。ああ、国家という奴《やつ》にも魂があって、そいつは人民の声に耳を傾けるってわけだ。

「公安委員会が討議して報告書を作るってんなら、それも悪いとはいわねえよ。運用の方法なんか調整して、うまく提案してくれるんだろうとも思う。しかし、だ。今ここで革命軍の設立を宣言したって、別に不都合なことはねえと思うがなあ」

コルドリエ街の顔役だった頃《ころ》からの十八番《おはこ》というか、ダントンはそのまま大盤ぶるまいだった。ああ、あとの心配は戦争だけだ。外国の密偵だの、貴族の手先だのが隠れているんだったな。ここはパリ自治委員会に監督させて、諸街区《セクシオン》に疑わしい輩《やから》の逮捕を任せてもよかないか。いや、疑わしいといやあ、街区集会も疑わしいか。サン・キュロットとなると、昼間の仕事に疲れちまって、なかなか夜の会合には出られねえからな。勢い、ブルジョワの集まりになりがちだ。かえって反革命の会議になっちゃあ、元も子もねえ。

「よしきた。こういうのは、どうだい。街区集会は週に二度、これまでみたいに毎日はやらねえで、木曜と日曜にかぎる。そのかわり、二度の会合に出てくれるんなら、サン・キュロットには四十スーの日当を払うと」

「ブラボ、ブラボ」

「後ろを盤石《ばんじゃく》にしたら、あとは前のほうで頑張ってもらうしかないわけだが、なんだい、フランス軍じゃあ兵隊に武器が行き渡っていないってかい。だったら、ああだこうだ論じてる場合じゃねえ。武器製造のための資金を拠出するしかねえ。陸軍省に一億リーヴル、これでどうだい」

台詞《せりふ》を決めて、またダントンも満場の喝采《かっさい》を浴びた。

――よくやるぜ、くそったれ。

またもエベールは心に呻《うめ》くしかなかった。擦《す》り寄る気配は以前からあったというか、本当に鼻が利くというか、ダントンとは四日の段階で話がついていた。向こうから持ちかけてきて、どうやら公安委員会への復帰、自身の復帰でなくとも、かわりに誰か子飼いを押しこみたいと、そういう希望のようだった。だったら内務大臣の椅子《いす》を返せと捩《ね》じこんでみると、できないかわりに陸軍省に金が入るようにすると請け合ったのだ。

――本当にやっちまうんだものな、くそったれ。

続いたのが、ジャコバン・クラブだった。

「勇敢なるサン・キュロットが、連邦主義者の土牢《つちろう》で弱る一方になっている。にもかかわらず、ブリソの友人たち、逮捕されたジロンド派の面々は、パリの宮殿で害されることもなく、ゆったりと過ごしているのだ。この悪党どもを裁判にかけないつもりなのか」

そうした言葉でジロンド派の断罪まで持ち出されれば、今や人気者マラを殺した黒幕と目されているだけに、パリの群集は盛り上がるばかりである。

「共和国ばんざい《ヴィーヴ》、共和国ばんざい《ヴィーヴ》」

熱狂的な連呼のなか、最後に現れたのが、ベルトラン・バレールだった。

別室でなされた協議の結論として、バレールは公安委員会報告を読み上げた。ブリソとマリー・アントワネットの裁判を約束し、陰謀による食糧不足の事態に遺憾《いかん》の意を表し、貴族と外国の密偵による蜂起計画を非難し、イギリス首相ピットの甥《おい》がフランスで逮捕された旨《むね》を報告し、なかんずく六千の歩兵、千二百の砲兵を数える革命軍が設立され、公安委員会の監督下に置かれるべきことが発表され、これまた満場の喝采を浴びることになった。ええ、これまでの政治では通用しない。生ぬるい方法では革命は達せられない。

「ゆえに恐怖政治《テルール》の設置を今日の議決としようではありませんか」

拍手は続いた。議席も、傍聴席も、議員も、蜂起の人民も、皆が熱狂的な空気のままに、パチパチ手を叩《たた》き続けた。が、エベールは刹那《せつな》なぜだか息が詰まった。

それまた意外というべきではなかった。初めて言葉が飛び出したのが、八月三十日のジャコバン・クラブでの話で、クロード・ロワイエが「恐怖政治の設置を急げ」と訴えて、満場の賛意を得ていた。この九月五日にしても、議会に持ちこんだのがパリの四十八街区代表で、その言葉を公安委員会のほうは、ただ丸呑《まるの》みにしただけなのである。

——しかし、恐怖政治って、なんなんだよ、くそったれ。

あらためて考えると、わかるような、わからないような。恐怖を与える政治、恐怖で政策を推し進める政治、恐怖で決定を徹底する政治、つまり、生ぬるくて、中途半端で、だらだらしていた今までの政治を脱却して、いよいよ革命を全《まっと》うする政治と、それくらいの意味になるか。

悪い話ではない。むしろ望むところだ。そう認めながら、エベールは何故《なにゆえ》のことか、息が詰まってしまったのだ。

のみか、脈絡なく思い出された。それは今日の話も、グレーヴ広場に控えていた十二時前の出来事だった。さあ、テュイルリ宮に行進するかというときになって、白亜の市政庁が不意の陰りに捕われた。いきなり夜になったかのように、あたり一面が青黒い帳《とばり》に覆われた。

薄闇《うすやみ》は十三分ほども続いた。見上げれば、太陽がその四分の三までを、黒く齧《かじ》り取られていた。

「なんと不吉な……」

動揺した者も少なくなかった。が、エベールは笑い飛ばしたものなのだ。

「ただの日蝕《にっしょく》じゃねえか、くそったれ」

太陽に月が重なっただけじゃねえか。天文学で説明がついて、不思議でもなんでもねえ。中世の大昔じゃあるめえし、不吉でもなんでもねえ。そうやって片づけてから、エエベールは国民公会《コンヴァンシオン》への行進を宣言したのだ。

――しかし……。

おかしい。なにか、おかしい。やはり、おかしい。テュイルリ宮に到着してからというもの、これが本当に蜂起なのかと調子を狂わされっ放しだったエベールは、いよいよ釈然としなくなった。なにか見落としているのじゃないか。とんでもない失敗をしたのじゃないか。知らない間に破滅の道に足を踏み入れたんじゃないか。

自問が際限なくなりかけたときだった。

「すごいね、エベール」

いいながら、クレール・ラコンブがやってきた。すごいね。すごいね。みんな、あんたの思うがままじゃない。興奮に言葉を上擦《うわず》らせるまま、すぐ隣に腰かけられれば、自然と目が吸い寄せられる場所がある。やっぱり、デケえ。どうでも、モミモミしてみてえ。

「だから、みんな、わかってるのよ」

「おっぱいのこと？　えっ、なに？」

一瞬だけ目を丸くしたが、クレール・ラコンブは流して続けた。デュシェーヌ親爺《おやじ》のいうことは、やっぱり正しいんだっていうことをよ。くそったれ調を喜ぶサン・キュロットだけじゃなくて、議員の先生方だって実は感心していたのよ。

「だって、かたっぱしから聞き入れられて、つまりはエベール、あんた、あの『清廉《アンコリュプ》の士《ティブル》』にだって、実は認められていたのよ」

女の指に誘われて演壇に目を向ければ、ロベスピエールが議長として発表したのは、次の議長の人選だった。ええ、次の議長はビヨー・ヴァレンヌ議員がよろしいかと思います。そうコルドリエ派の仲間を推薦してくれて、なるほど認められている。

――なんのことはねえ。

革命軍からなにから、思えば九月五日の蜂起が押しこんだのは、元々ロベスピエールの政策だった。金持ちと貧乏人の対立を描き出して、政治の民主化だけじゃ足りない、社会の民主化を図らなければならないと最初に唱えたのも、またロベスピエールだった。

――反対するわけがねえ。

積極的に後押しすることはあっても、妨害するわけがない。自らの理想を実現できると思えば、御膳立《おぜんだ》ても惜しまない。

――てえことは、まんまと利用された憾《うら》みがなくもねえわけだが……。

なおエベールは難しい顔になるではなかった。クレール・ラコンブは興奮さめやらない様子だった。すごいね、エベール。すごいね、エベール。そう繰り返している間に、こちらの膝《ひざ》に手を置いた。

――やわらけえ。

んでもって、指なげえ。平気を装いながら、もちろんエベールはドキドキしていた。いや、クレール、おまえ、わかってんのか。女が男の膝に手を置くってことは、そういう意味になるんだぜ。つまりは、なんだ、そのまま上のほうに動いていって、いきついたところで僕ちゃんが張りきってたら、優しくいじってあげちゃうわ、なんてな。

「大きいね」

「えっ」

「エベール、あんた、大きいわよ」

「いや、なに、それほどでも……。なんてえか、勢いで吹いちまった法螺《ほら》を、どこかで聞いたのかもしれねえが、あっさり本気にされても、それはそれで困るってえか……」

「法螺なんかじゃない。こうして、ぐいぐい政治を動かしちゃうんだもの、あんた、間違いなく大物だわ。革命の指導者だっていっても、もう過言じゃないんじゃないの」

だから、なめなめしてあげる、なんてこたあ、いわねえだろうなとは思いながら、クレール・ラコンブのような美人が、すぐ隣に座っていることだけは事実だった。しかも、膝に手を置いている。隣り合う腿《もも》と腿まで、もうピッタリくっついている。

いや、馬鹿、エベール、おまえは妻帯者じゃねえか。ことさら元女優は止《や》めときな。だから、女優あがりはヤバいんだって。そう警告する自分もいながら、だって、ここにいるんだぜ、生身の女としているんだぜ、ぷんぷん煙るくらいに乳臭いんだぜと、開き直る自分もいる。ああ、ここまで来ちまってんだ。手を伸ばせば、もうおっぱいに届くんだ。

「近い。マジ、近い」

「なにが近いの、エベール」

「いや、その、つまりは、俺っちの天下に決まってんじゃねえか」

強引に打《ぶ》ち上げてから、エベールは立ち上がった。もう議会には用なしだと、通路を抜けようとしたところ、数えきれないくらいの人、人、人が寄せてきた。なんだ、なんだ、なにごとだと思ううちに、浴びせられたのは祝いの言葉の雨だった。

「やったな、デュシェーヌ親爺、やったな」

「エベール兄《にい》、もう怖いもんなんかねえぜ。フランスは俺たちのものだぜ」

「おめでとう、蜂起の成功、おめでとう」

「よろしいですか、エベールさん、ちょっと内密な話があるのですが」

「エベール様、実は拙宅に祝宴を用意してあるのですが」

「いえ、エベール閣下、これより一席ということでございましたら、是非にも手前どものところにお寄りいただきたく」

後から後から押し寄せて、絶えることなどないかにも思われる人、人、人は、ひとり残らず自分を求めてやってきた。そのことに気づいたとき、エベールは信じることができた。やっぱり、俺っちの天下が来るんだ。こいつは陽気になるなってほうが無理だ。

「だから、押すな。おまえら、そんなに押すなって」

ほら、立ち往生しちまって。いや、クレール・ラコンブも一緒だから。その、おっぱいが押しつけられて。柔らかいものが俺っちの背中で潰《つぶ》れて。背中だってえのが、少し悔しいというか。実は勃起《ぼっき》しちまってるのが、誰にもばれないといいなっていうか。そんなこんなの減らず口を心に叩いて、エベールはその九月五日から、にやにや笑いが容易に収まらなくなった。

14——革命的

本一七九三年九月二十日の国民公会《コンヴァンシオン》に議員ロムが提案し、十月五日に採用されたのが、革命暦もしくは共和暦と呼ばれるものである。

これまでの暦《こよみ》はグレゴリウス暦、つまりはカトリック教会が定めた、キリスト紀元の暦だった。そのものがアンシャン・レジームの因習といえなくもなく、革命なったからには改めようと持ち出されたのが、フランス紀元の革命暦もしくは共和暦だった。

フランス紀元というのは共和政が樹立した日、キリスト紀元にいう一七九二年九月二十二日を第一年第一月一日とするもので、そこから十二カ月を一年として数えていく。月は全て等しく三十日で計算され、十日毎《ごと》に休日が設けられる。いうまでもなく七日でなる一週間は廃止、「主《しゅ》の安息日」などという迷信に基づいた日曜日も、同じく廃止されている。

この革命暦もしくは共和暦で数えると、その十月十日は第二年第一月十九日になった。

報告書に記された日付も、第二年第一月十九日である。

「第二年第一月十九日付、公安委員会報告。
一、フランスの暫定《ざんてい》政府は平和の到来まで革命的である。
二、暫定執行評議会、諸大臣、諸将軍、諸団体は、公安委員会の監督下に置かれ、委員会は八日毎に国民公会に報告を寄せる。
三、保安に関《かか》わる一切の処置は、国民公会に報告をなす公安委員会の許可において、暫定執行評議会によって管轄される。
四、革命的諸法は迅速に執行される。政府は公安の配慮から迅速に自治体に通達する。
五、方面軍司令官は公安委員会の推薦に基づき、国民公会によって任命される。
六、政府の無気力は失敗の原因であり、法律および公安措置の執行に常に遅れを生じせしめてきたゆえは、遅滞の違反は以後自由に対する加害として罰せられる」
その日の国民公会で原稿を読み上げたのが、サン・ジュストだった。報告の作成に最も熱心だった委員も、サン・ジュストだったといってよい。いや、議員諸氏におかれては、あるいは驚かれるかもしれない。

「これだけ法律を作り、これだけ手をかけながら、政府一般の権力濫用《らんよう》について、今また諸君らの注意を喚起しなければならないとは、全体なにゆえのことなのかと」

キンと金属音にも似た自分の声の響き方に、サン・ジュストは満足した。冴《さ》えている。

我ながら、冴えている。最近の俺《おれ》は本当に冴えている。

実際のところ、議場は野次どころか、私語ひとつなく静まっていた。異論を唱える者もない。もっとも始められた演説には、首を傾《かし》げる議員もいないはずだった。

九月五日、コルドリエ派もしくはエベール派の蜂起《ほうき》を契機に、国民公会では法制化が相次いでいた。九日の議決で革命軍が正式に設立され、指揮官を命ぜられた陸軍省のロンサンの号令で、早速活動を始めたというだけではない。

九月十七日には、嫌疑者法が成立した。「行動において、接触において、発言において、文書において、暴君、連邦主義者、あるいは自由の敵の支持者であると思われた者」は問答無用に逮捕されるとした法律は、貴族政治家、宣誓拒否僧、外国の諜報員《ちようほういん》、祖国の裏切り者らの根絶を期したものである。

以後フランスでは全ての市民が市民証を携帯しなければならない、街区《セクシオン》によって行われる逮捕活動の監督権は、パリ自治委員会ではなく保安委員会に与えられる、等々の変更が入れられたものの、これまた蜂起が求めた法制化だった。

保安委員会とは、立法議会の監視委員会を前身とする国民公会の一委員会で、元々政治警察機構を管轄していた部門だ。

残るは「買い占め人と戦え」の声となるが、これも九月十一日に五月四日のそれを強化した穀物最高価格法、二十九日に一般最高価格法と制定され、政府の介入により物価の高騰《こうとう》が抑えられることになった。買い占め人や投機家などが儲《もう》ける芽がなくなったどころか、向後《こうご》は原価を割りながらの販売さえ予想される。

「もう沢山だ」

悲鳴にも似た声が上がって、不思議でない。わけても議会が騒いで、無理もない。議員の大半がブルジョワだからだ。革命軍に乗り込まれては、おちおち在庫を抱えられない。もとより値段を低く抑えられては儲けも出ない。文句をいえば、たちまちにして密告され、あれという間に逮捕されてしまうのだから、こんな暮らしにくい世のなかもない。

「なのに革命的とかなんとか論じて、公安委員会ときたら、この上さらに政府まで締めつけようというのか」

そうした反感を抱《いだ》かれるのではないかと、事前にもたれた公安委員会の討論でも反対意見がないではなかった。

もっといえば、ロベスピエールまでが懸念を示した。が、年嵩《としかさ》のクートンとロベスピエールが二人ながらで委員会の慎重派をなし、それを若い委員たちが強引に説得するというのが、公安委員会の常なのだ。

反感など関係ありませんと、サン・ジュストも譲らなかった。

「なんとなれば、我々は恐怖政治《テルール》を設置したのです」

「その恐怖政治からして反感を買わないかと、そう心配しているのだ。公安委員会は単なる一委員会にすぎない。議会の多数派を代表しているわけでもない。多数決の論理で突き上げられては……」

「それはありません」

「どうして、ないといえるのだ、サン・ジュスト」

「恐怖政治は、パリの蜂起に求められて成立したものだからです」

「しかし、恐怖政治を進める主体は、あくまで我々ではないか」

「だから、突き上げられる心配がないのです」

「どうしてだ」

「議会はパリの民衆を恐れています。もはや震え上がるほどなのは、二度、三度と蜂起を繰り返されたからだけではありません。数々の暴力、なかんずく九月虐殺を忘れることができないのです。もっとやれ、どんどんやれという声と一緒に、我々はその暴力までを集約したのです。いいかえれば、民衆の暴力の代行を請け負った。個々の小さな恐怖を集めて、大きな恐怖となした政治が、すなわち恐怖政治なのです」

「人民にかわり、自らが率先して恐怖となる。恐怖政治が突き上げられないというのは、議員たちにすれば無秩序で先が読めない民衆の暴力より、いくらかマシという理屈があるからか」

「その通りです、ロベスピエールさん。その意味では恐怖政治こそ、議会の盾なわけですから」

「なるほど、議会政治は死守しなければならない。どんなに腐敗が横行して、どんなに政治を停滞させても、人民の代表は守られなければならない。しかし、だ、サン・ジュスト」

「なんですか、ロベスピエールさん」

「その恐怖政治は正しいのか。あるいは、あえて行う必要はあるのか」

そう質《ただ》されて、サン・ジュストは嬉《うれ》しかった。それは指導者であればこそ、避けられない疑問であり、また省かれるべきではない自問だった。欠くはずのないロベスピエールだからこそ、正しい恐怖政治ができるのだ。そのことを、こちらから確かめるまでもなく、向こうから証明してくれたからこそ、いよいよ迷いも消し飛んだのだ。

――あえて行う必要もある。

いざ演壇に立てば、やはり国民公会は静かだった。あらかじめ予想された通り、恐怖政治に逆らうような素ぶりはない。いいかえれば、あえて反感を表するほどの気概もない。事なかれ主義で、周囲に流されるに任せながら、要するに主体性がない。だからこそサン・ジュストは、いっそうの仮借《かしゃく》なさで切りこむことができた。

「諸君らは賢明だ。愛国者たちは義憤に駆られている。けれど、まだ悪を打倒してはいない。悪には人民と革命とを向こうに回し、なお戦い続ける力がある。法律はなるほど革命的であるかもしれないが、それを執行する人間が革命的ではないからだ」

からだ、からだと響いた語尾に重なりながら、議場にザワと静かな波が立つのがわかった。はん、とサン・ジュストは思う。反感ではない。それは明らかに動揺だった。はん、こいつらは、すぐうろたえる。ちょっと強い言葉を遣うと、他愛《たわい》ないくらいに真《ま》に受けて、おろおろ狼狽《ろうばい》してしまう。

――それこそ胸に理想がないことの証左ではないか。

双眼に力を入れ、やや睨《にら》むような表情に変えながら、サン・ジュストは演説を続けた。

「統治者が肝《きも》に銘じるべき理《ことわり》を、今こそ伝えなければならない。すなわち、共和国を確固たるものとするためには、主権者の明確な意志をもって、君主政を奉じる少数派を圧し、同じく征服の権利を前面に出しながら、積極的な支配を行わなければならない。世に新しい秩序が生まれたからには、その敵に向けては一切の妥協が許されるべきではない。いかなる代償を払おうとも、自由は勝利しなければならないからだ」

そうした理を理屈としては認められ、また惜しみない拍手さえ捧《ささ》げられたとしても、実際には変わらない輩《やから》が沢山いる。嫌になるほど沢山いると、それがサン・ジュストの見立てだった。

――変わらなくても、なんとかなると思っている。

そうした輩も少なくないが、それほど馬鹿ではない人間も一定数は見出《みいだ》せる。変わらなくてはならない。変わらなくては、革命は駄目になる。フランスという国は破滅してしまう。頭では理解しながら、その一定数の人々も、なお実際には変わることができないのだ。

ジロンド派が然《しか》り。今日なお、ダントン派が然り。古《いにしえ》のフイヤン派も、恐らくはそうだった。

エベール派、あるいは激昂《アンラジェ》派の連中でさえ、意識が届くところまでは変われても、無頓着《むとんちゃく》から変われない部分があるかもしれない。無頓着といえば、無定見の平原《プレーヌ》派もしくは沼《マレ》派など、いうまでもなく変わらない輩、変われない輩の最たるものである。

――本当に変われる人間となると、ほんの一握りにまで減じてしまう。

多数決の論理が正義ならざる所以《ゆえん》である。恐怖政治が必要な理由である。サン・ジュストの演説は、今や言葉をぶつけるかの勢いだった。

「公安委員会は万事の中央に座している。その立場を利して、すでに公共悪の原因をも割り出している。それは弱さだ。行政は非効率、国家は不安定、熱意の有無で統治の如何《いかん》が左右され、それというのは大切な決定を実行するに、常に弱さをもってなすからなのだ」

これでは革命を確固たるものにはできない。連邦主義は打倒できない。人民の負担は軽くならない。フランスを富ましめることなど、夢のまた夢だ。軍隊の強化は覚束《おぼつか》ないまま、はびこる陰謀を国から一掃することもできない。なんとなればと、サン・ジュストは思うのだ。

「自由の敵の最後のひとりが息絶えるまで、繁栄を望むことはできない。ゆえに諸君は裏切り者を罰するのみか、それと同じとみなしうる輩も罰しなければならない。ああ、共和国にいながら受け身であるなら、その者は罰せられなければならない。フランスの人民が自らの意志を明確にしてよりのち、罰することに異を唱える者は国家主権の外に出されてきたからだ。国家主権の外に出された者は、つまりは敵ということなのだ」

議場の空気は動揺から緊張へと転じていく。はん、臆病《おくびょう》なことだ。はん、敵と名指しされたわけではないではないか。それとも、なにか後ろめたい思いでもあるのか。サン・ジュストは肩を竦《すく》めて、一拍おいた。

「諸君には力がある。しかし、公《おおやけ》の行政はそれを欠く。諸君が節約しても、会計はその努力に報いない」

いくつか失笑が起きた。そうしていったん弛《ゆる》んだ分だけ、続けるほどに倍して空気が固まった。ああ、結局のところ、あらゆる者が国家を収奪するのみなのだ。将軍とて自らの兵隊のためにしか戦わない。商品を蓄え、食糧を抱える者にいたっては、人民を敵に回して、つまるところ君主政の悪と結びつくことさえする。ということは、だ。

「人民は危険な敵をひとつしか持たない。それは自らの政府だ。諸君の政府こそは自らは罰せられることもなしに、諸君を不断の戦争へと駆り立てている張本人なのだ」

15——恐怖政治

戦争——それこそが現下最大の問題だった。

ヨーロッパ全土をほぼ敵に回すような戦争は、今に始まる話ではない。が、かかる火だるまの図式にも、九月五日の蜂起《ほうき》でいっそうの拍車がかけられた。コルドリエ派もしくはエベール派が唱えたのが「無制限戦争」、すなわち、民主主義の敵、人類の敵に対しては、それを根絶するまで戦うべしという主張である。

これを公安委員会が容《い》れていた。九月二十四日、スイスとアメリカ合衆国を除く全ての国々から大使と職員を引き揚げさせ、「フランス共和国について前向きでない」国々との交渉は、向後《こうご》一切持たない旨《むね》を布告したのだ。

文字通りに退路は断たれた。もう互いの痛み分けで和平にはできない。勝つか、負けるか、雌雄が決するまで、徹底的に戦う選択肢しかない。それゆえに骨のない輩《やから》は容赦されない。それゆえに少数派の意志が貫徹されなければならない。それゆえに恐怖政治《テルール》は肯定され、必要不可欠なものとして、熱心に求められなければならない。

「だからこそ、フランスの暫定《ざんてい》政府は平和の到来まで革命的であると、そういう文言《もんごん》になるのだろうが、『平和の到来まで』はよいとして、この『革命的』という意味は？」

公安委員会の討議では、そうもロベスピエールに確かめられた。指導者と仰《あお》ぐ男を複雑な表情での沈黙に追いこみながら、サン・ジュストとしては、革命とは合法ではありえないと、常に違法なものであると、最初の大原則を繰り返すしかなかった。同じ理屈を議場に投じようとするならば、もっとはっきり名前を挙げざるをえない。

「目下共和国が置かれている状況では、憲法は打ち立てられない」

さすがに議場がざわついた。戦慄《せんりつ》したというより、さしあたりは当惑のほうが強いようだった。が、よく咀嚼《そしゃく》するほど、それは聞き違いではありえない。

サン・ジュストが提案したのは、六月二十四日に採択されたばかりの共和国憲法、いわゆる九三年憲法の封印だった。

「というのも、憲法は自由を加害する者の保障となるからだ。憲法はそれらを抑圧するために必要な暴力を欠いているのだ」

そう断言して、サン・ジュストはいいすぎたとは思わなかった。憲法あるがゆえに、今日の惨状が生まれた面も否《いな》めないからだ。

憲法で「執行権の長」と位置付け、王の権利など護《まも》らなければ、拒否権の乱発で政治を混乱させられることも、いや、戦争を起こされることさえなかったかもしれない。その戦争では外国の軍隊と結びながら、亡命貴族が仕立てた旅団が相対している。貴族にも人権があるとして、亡命に寛容な態度を示した結果だ。

「フランスを苦しめ、祖国を裏切ろうとする輩に、人間としての権利を認める必要などないのです。そんな面倒な手間をかけている間に、前線の基地は敵軍に、どんどん抜かれてしまっているのです」

「気持ちはわからないではない」

と、ロベスピエールは共感は示してくれた。ああ、憲法を論じ、それに護られる市民の権利を論じ、あるいは国王大権を論じたのが、今は亡きミラボーだ。ときとして居直るような態度を取られ、釈然としない私は何度か嚙《か》みついたこともある。

「しかし、だ。憲法がないということは、なんの縛りもなくなるということではないのか」

「かわりに恐怖政治で、国民を縛ります」

「そうではなくて、国民公会を、もっといえば、公安委員会を縛る規範がなくなるというのだ。立法機関の派生委員会であり、任免と監督を通じて執行権まで掌握し、しかも憲法から自由だとなると、公安委員会というのは、まるで……」

「まるで？」

「王ではないか」

と、ロベスピエールは形容した。ああ、それは集団指導体制の君主政だ。一切の法律に縛られないからには、すでにして絶対の存在だ。恐怖政治というのは単なる独裁に留《とど》まらない、まさに現代に復活した絶対王政ではないか。

「だから、時限がつけられています。革命政府というのは、あくまで非常時の体制です。平和が到来するまでのもの、戦争が終わるまでのものにすぎません」

「というが、サン・ジュスト。こうまで強力な独裁が、果たして許されるものだろうか」

「許されます」

「恐怖政治で抑えればよいというが、それにも限界があるぞ。仮に議会は忍んでも、それこそパリの民衆が反発したら、どうするのだ。エベールあたりが、またぞろ騒ぎ始めたら、そのときは手の施しようがなくなる」

「結果を出せばよいのです。結果さえ出せば、エベールとて騒ぎません」

「その結果とは？」

「勝利です」

「その勝利とは」

「文字通りの勝利です。戦争に勝つことです」

と、サン・ジュストは答えた。敗北続きの善政には堪えられなくても、勝利に飾られた圧政なら我慢できる。外に勝利すれば、その後光で内にも勝利を収められるし、内に勝利を収めれば、その下支えで外の勝利も大きくできる。それは車の両輪のようなものです。首尾よく恐怖政治を成立させたなら、次は戦争に勝つこと、それは自明の図式なのです。

「政治なら、なんとかできる」

そう答えたとき、ロベスピエールは息苦しそうだった。その潔癖な信念は、万能のものである。とはいえ、その手腕は専《もっぱ》ら内政に向けられるものだった。そもそもが法曹の出身だからだ。専らの関心も、富者と貧者の闘争に向けられてきたのだ。

「戦争となると、私の手に余る。それはカルノやプリュール・ドゥ・ラ・コート・ドールに任せるしかない」

それは八月十四日に公安委員会に加えられた、新しい委員の名前だった。

ラザール・カルノは士官学校出の軍人である。数学の才能に恵まれて、工兵の道に進み、将校の位まで進んだところでアラス駐屯地《ちゅうとんち》に勤務して、ロベスピエールとは革命前からの顔馴染《かおなじみ》だ。そのままパ・ドゥ・カレー県の選出で、一七九一年には立法議会の、九二年には国民公会の議員になり、公安委員会に一席を占めることになった。

クロード・アントワーヌ・プリュール・ドゥ・ラ・コート・ドールも、士官学校出の工兵将校で、立法議会、国民公会で議員の職を歴任している。選挙区こそ呼び名の由来である「コート・ドール県」だが、おおよそカルノと重なる経歴といってよい。

この二人に期待されたのが、戦争の指導だった。そのために、別して公安委員会に召されたのであり、カルノは戦略と作戦の立案を、プリュール・ドゥ・ラ・コート・ドールは補給の手配と資材の調達を、それぞれ専門家として担当しながら、今もよく働いてくれている。

もちろん、任せきりというのではない。二人の説明を受けて、納得すれば公安委員会は許可を出すし、疑問を抱けば調査も命じる。なお事実上の決定権はロベスピエールが握るといってよいのだが、その声に自信が感じられないのは他でもない。

――必ずしも信用できない。

公安委員会の同僚であるのみならず、カルノ、プリュール・ドゥ・ラ・コート・ドール、ともにジャコバン・クラブの会員である。が、山岳派《モンターニュ》というほどには近くなかった。戦争の専門家であるからには、もとより政治家ではない。政争に参加する質《たち》でもなく、敵でもなければ、他派でもないが、こちらの思惑通りに連動してくれる保証もない。

――内の勝利と外の勝利は、車の両輪のようなものなのに……。

懸念はサン・ジュストにも理解できないではなかった。

カルノ、プリュール・ドゥ・ラ・コート・ドール、ともにブルジョワ的とはいわないながら、サン・キュロットの心情と同化しているわけでもなかった。

戦争を進めるうえで、陸軍省を掌握するエベール派と対立し、ときに主導権争いを演じるような場面もある。ダントンの人脈というわけでもなければ、どこまで懐柔できるか全《まった》く未知数なのである。

ロベスピエールは続けた。

「そのカルノたちの奮闘に一方的に期待しながら、こちらで恐怖政治を推し進めるとなると、それこそ不安定きわまりない綱渡りのような話になるのではあるまいか」

「ですから、私が行きます」

「えっ、なんだって、サン・ジュスト」

「ですから、私が戦場に向かいます」

サン・ジュストは宣言した。カルノはフランドル戦線に向かいました。勝敗の帰趨《きすう》は未《いま》だ知れません。ただフランス軍の陣容として、北部方面軍が強化されたことは事実です。となれば、オーストリア軍、プロイセン軍、いずれもライン方面軍を攻めようとするでしょう。兵備が手薄なフランス軍の弱点として、必ずや突いてくるでしょう。ですから、私が行きます。派遣委員として、アルザス戦線に行きます。

「行って、必ずや勝利します。誰からも文句が出ないような勝利を収めます。その間にロベスピエールさん、あなたはパリで恐怖政治をお願いいたします」

議場が乱れ始めていた。ぼそぼそ囁《ささや》かれる私語も、いたるところで交わされれば、全体で一種の騒擾《そうじよう》に近くなる。議席を立ち、なにやら駆け出す議員もいる。憲法を封印するだと。それで恐怖政治を敷くだと。それなら公安委員会自身が、まるで暴君じゃないか。そうやって野次まで飛ばすのは、恐らくはエベール派に連なる人間だろう。

サン・ジュストは負けじと声を張り上げた。ええ、革命的な法律があるとしても、政府自身が革命的に組織されているのでないかぎり、それは執行されえない。人民に向かっては優しく、また穏やかでありながら、同じだけ自らには厳しいという政府を樹立しないかぎり、繁栄を夢見ることなどできない。

「求めるべき政府というのは、人民によりかかる政府ではなく、自ら身を立てる政府なのだ」

意図して声を響かせながら、心のなかでは、静まれ、静まれ、馬鹿者ども、と繰り返す。してみると、騒ぎ出した議場が再びの静寂に返りゆく。おもしろいほど、いうことを聞く。サン・ジュストは、やはり悪い気がしなかった。ああ、俺《おれ》は冴《さ》えている。今の俺は神がかるくらいに冴えている。だから、できる。アルザスで戦争を指導しても、俺ならば必ずできる。

――いや、やるしかないのだ。

有言実行のサン・ジュストは、その夜にはもう旅支度にとりかかった。

16――マリー・アントワネット裁判

その日の革命裁判所は所長アルマン・マルティアル・エルマン、さらに四人の判事エティエンヌ・フーコー、ジョゼフ・フランソワ・イグナス、ドンゼ・ヴェルトゥイユ、マリー・ジョゼフ・ラーヌまでが勢揃《せいぞろ》いだった。

訴追検事がアントワーヌ・カンタン・フーキエ・タンヴィル、書記がジョゼフ・ファブリシウス、陪審員としてアントネル、ガネイ、マルタン・ニコラ、シャトレ、グルニエ・トライ、ソーベルビエル、トランシャール、ジュールドゥイユ、ジェモン、ドゥヴェ、スアールの十一市民が席につき、被告側には弁護人としてトロンソン・デュクードレイ、ショーヴォー・ラ・ガルドの二人も身構えていた。

被告席についたのは女だった。風体《ふうてい》は卑しくないながら、もう白髪の女だ。疲れて、やつれて、生気に乏しい印象は拭《ぬぐ》うべくもないのだが、同時に違和感も覚えないではいられなかった。老婆《ろうば》という風でもなかったからだ。

最初の手続きとして、裁判所長エルマンが尋ねた。

「名前は？」

「マリー・アントワネット・ロレーヌ・ドートリッシュと申します」

「年齢は？」

「おおよそ三十八歳です」

「現在の境涯は？」

「フランス王の未亡人です」

「出生地は？」

「ウィーンです」

「現住所は？」

「知りません。逮捕されたときは、審議中の議会におりました」

事実としては、フイヤン僧院に仮住まいしてからタンプル塔に移され、夫のルイ・カペーが処刑された後に、さらにシテ島のコンシェルジュリに移された。革命裁判所の隣の建物にすぎないながら、フランスに嫁いでからというもの、大半をヴェルサイユで暮らしてきた外国人であれば、パリの地理には疎《うと》いということなのか。あるいは嫌な思い出ばかりの街についてなど、はじめから詳しくなるつもりがなかったのか。

馴《な》れない巷《ちまた》では、まだ十月十六日といわれている共和暦第二年第一月二十五日、行われていたのは、かつての王妃マリー・アントワネットの裁判だった。

注目の裁判といってよかった。ルイ・カペーこと、元フランス王ルイ十六世が殺された今や、フランスの政体を左右する問題ではなくなっていたものの、オーストリア皇女という素性は外交問題の種であり続けていた。戦争が続く現下でもあり、敵国と内通したとの、なお予断を許さぬ嫌疑もかけられていた。

傍聴席も満席だった。無論のこと、政界、官界からも多くが傍聴に来ていたが、それ以上に目につくのはパリの庶民たち、それも頰《ほお》かぶりと襟《えり》あての白が目立つ女たちの姿だった。

苦労も知らずに、贅沢三昧《ぜいたくざんまい》ですごしてきた「オーストリア女」が、今や裁かれるときを待つだけの被告に転落した様がみたいのか。それとも同じ女として、なんらかの共感を覚えたがため、足を運ばないではいられなかったのか。

第一月二十三日もしくは十月十四日に始まって、三日目のその日は証人喚問の予定だった。証人は自ら拘禁中の身というジロンド派のマヌエルやヴァラゼ、フイヤン派で前のパリ市長バイイ、あるいはパリ市の第一助役ショーメットの細君ルネ・セヴァンにいたるまで、全部で四十人が呼ばれていた。

最初の証人が国民公会《コンヴァンシオン》議員ルコワントルで、一七八九年九月二十八日にヴェルサイユで持たれた酒宴、革命に反感を表明したことで有名な、フランドル連隊の歓迎会の模様について証言した。

二番目がテュイルリ宮の警備を担当していた軍人ラピエールで、一七九一年六月二十日の夜、国王一家がパリを脱出した、いわゆる「ヴァレンヌ事件」に関《かか》わる証言をなした。三番目が外科医ルーションで、国民衛兵隊では砲兵だという男は、一七九二年八月十日のテュイルリ宮の様子を述べた。

「んでもって、四番目に名前を呼ばれるのは……」

「パリ市第二助役、市民ジャック・ルネ・エベール」

裁判所長エルマンが名前を呼んだ。

「俺《おれ》っちの登場ってわけだな、くそったれ」

そう打《ぶ》ち上げながら、エベールは証言台に移動した。傍聴席から拍手が聞こえ、それに留《とど》まらず、太鼓が叩《たた》かれ、喇叭《らっぱ》が吹かれ、鍋釜《なべかま》までが打ち鳴らされて、裁判所長は思わず顰《しか》めっ面《つら》だった。

――顰蹙《ひんしゅく》を買っちまった。

とはいえ、今のエベールには、それさえも快感だった。落ち着き払われては、かえって落胆する。そう得心させたのは、無表情でやってきた曲者《くせもの》検事、アントワーヌ・カンタン・フーキエ・タンヴィルが、まさに期待外れという感じだったからである。

「さて、市民エベール、今日はどのような証言を寄せてくださるのでしょうか」

「タンプルでみたことを話すつもりだ」

「タンプルを訪ねたのは、パリ市の第二助役としてですな。なるほど、囚人の監督を委《ゆだ》ねられていたのは、パリの自治委員会でしたからな。で、なにをみましたか」

「あの女は教会の本を持ってたな。反革命の印だろう、くそったれ」

「どうして、反革命だと思ったのですか」

「赤い心臓の絵が描いてあった。矢に貫かれた心臓だ。たぶんラテン語で、意味はよくわからねえが、『イエズス・ミゼレーレ・ノビス』なんて言葉も書いてあった」

「主《しゅ》イエスよ、我々を憐《あわ》れみたまえ、という意味ですな。なるほど、被告は宗教的な図像は肌身離さずとも、三色の徽章《きしょう》をつける様子はなかったということですな。人権宣言の一節を唱えるかわりに、聖書の一節を朗読していたというわけですな」

「マジ許せねえだろ。いかにもアンシャン・レジーム的だろ。反省なんかひとつもしてねえ証拠じゃねえか、くそったれ」

「確かに反革命の嫌疑が濃厚ですな。で、市民エベール、その他には」

「こいつはシモンに聞かされた話だ」

アントワーヌ・シモンというのは本業が靴屋だが、国民衛兵隊に属した縁でタンプル塔に勤務していた男である。夫婦で「カペー一家」の世話役にも任じられていた。

「俺っちがタンプルに行くとな、若《ジユーヌ》カペー、つまりは殺されたルイ・カペーと被告マリー・アントワネットの息子で、ちょっと前までは『王太子』と称号がついていたルイ・シャルルのことだが、その若カペーについて報告しなければならないことがあります、なんて神妙顔で近づいてきたもんなんだ」

「ほう、それで」

「シモンがいうには、若カペーときたら、とにかく疲れているんだと。それも毎日なんだから、どういうことかと問い質《ただ》してみたんだと。ようやく白状したところ、なんてえか、ほら、あれよ」

にやりと笑うと、エベールは証言席から卑猥《ひわい》な手真似《てまね》をしてみせた。

「要するに若カペーは覚えちまったわけよ、手こきの気持ち良さって奴《やつ》をさ」

どやと法廷が笑いに満ちた。女たちの苦笑も含めて、「デュシェーヌ親爺《おやじ》」が引き起こすのは、その日も笑いと相場が決まった。まあ、男だもの、わからねえじゃねえよな。

「かくいう俺っちだって、若いころは、そりゃあ、こいた。毎日こいた。一日に二回、三回とこいた。嫁さんもらってからはやめちまったが、嫁さんとは、一晩に二回も三回もやらないってんだから、そりゃあ熱心に励んだもんだと、俺っち、そこは胸を張れるくらいだ」

張るな、そんなもので。どこかから合いの手が飛び入るほど、法廷という場所に本来そぐわない笑い声は、大きくなるばかりである。

気をよくして、エベールは乗り乗りだった。

「けどな、せいぜい十三か、十四の頃《ころ》からだ。こき方もコツを覚えて、しかも売春宿なんかで下手《へた》に童貞捨てちまったもんだから、やりたくって、やりたくって仕方なくなっちまって、んでもって、日に二回、三回とやってた頃となると、ええと、確実に五十は超えてた年増女《としまおんな》に、まだ二十四だわなんて騙《だま》されて大枚《たいまい》はたいちまったのが、十五の夏のほろ苦い思い出ってやつだから、そうだな、おおかた十六、七くらいからってことになるかな」

「まだ髪があった頃だな、エベール」

「うるせえよ、あっちが強いから、こっちが薄いんだよ」

「へへへ、デュシェーヌ親爺は要するに早いんだな、どっちにしても抜けるのが」

「やめて、やめて、あたしのデュシェーヌ親爺をいじめないで、早いのは事実だけど」

「だから、ベアトリス姉《ねえ》は裁判所まで来るなって。もう勘弁してくれって」

証言席と傍聴席で掛け合いのようなことになれば、いよいよ法廷全体が爆笑の渦と化していく。

ニコリともしないのが、訴追検事フーキエ・タンヴィルだった。別に怒るというわけでもないのだが、無表情で笑いの波が引けるのを待ち、そろそろと思われた瞬間に咳払《せきばら》いで引き戻して、裁判を先に進めた。

「それで市民エベール、若カペーの話を伺いたいのですが」

17——騒然

「そうだった。ったく、おまえらにつきあってると、まともな話ができやしねえ。なにをいいたかったかっていうと、若カペー《ジユーヌ》ってのは、まだ八歳の子供なんだってことさ」

法廷の空気が少し変わった。さしあたりは意外に感じられたようだ。フーキエ・タンヴィルはさらに促す。市民エベール、いわんとする内容を、もっと詳しく説明してください。

「つまりさ、こきたいと思えば、こけないこともないんだろうけど、八歳だぜ。さかりがつくには、まだ早いんじゃねえかってことさ。あふれて、あふれて、外に出さないじゃ苦しくてならないってのは、まだ小便だけなんじゃねえかってな」

「にもかかわらず、快楽だけ覚えてしまった。その年齢であれば自制も知らず、ただ際限なくなってしまえば、肉体的な消耗ばかりが激しくなる。それで若カペーはひどく疲れていたんだと、そういうお話と理解してよろしいですか」

「さすが検事さんだ、話がうめえ。とはいえ、俺《おれ》っち、これだけはいわせてもらうぜ。どれだけ疲れるんだとしても、だ。手こき自体は罪じゃねえ。断じて罪じゃありえねえ」

法廷に笑いが戻った。いくつか苦笑が洩《も》れたのをきっかけに、どやと大きく沸《わ》きもした。おめえの手こきは責めねえよ、デュシェーヌ親爺《おやじ》。ただ皆で笑ってやるだけだ。うるせえ、だから、今はしてねえ。ちゃんと女房に出してるんだって。あら、あたしにだって出したじゃない。だから、俺っち、覚えてねえって。本当だとしても、たった一回だけじゃねえかよ。一晩だけど、一回じゃなかったわ。早い分だけ、三回は出したわね。

「なにが問題なのですか」

今度のフーキエ・タンヴィルは、いきなりの介入だった。が、それで笑いは、あっさりと引けていった。もともとが、おかしくておかしくて止まらないと、そういう笑いではなかった。むしろ努めて笑おうとした。静かになるのが怖くて、無理にも冗談に落としたと、そんなような印象がないでもなかった。

そこなんだ、とエベールは続けた。

「びっくりしたシモンは、若カペーに聞いたんだそうだ。こんな罪深い真似《まね》を、まあ、俺っちは別に罪深いとは思わねえが、そこはシモンの言葉でだ、こんな罪深い真似を、ぜんたい誰に教えられたんだってな」

「それで」

「若カペーが答えたことには、母親に教えられたんだと」

にやにや笑いで、エベールは証言した。が、法廷は少しも笑わず、まるで怪物でもみせられたかのように、はっきり引いていくのがわかった。が、俺っち、笑われるばかりが能じゃねえ。

エベールは言葉を遠慮せず、さらに畳みかけていった。

「手こきを教えられたとき、叔母《おば》さんも一緒だったといったそうだ」

「市民エベールに確かめます。若カペーの母親、それに叔母というのは……」

「そこにいる被告マリー・アントワネットと、ルイ・カペーの妹、いわゆるエリザベート王女のことだ」

法廷は一気に騒然となった。悲鳴まで聞こえたが、エベールは構わなかった。嘘《うそ》じゃねえぜ。シモンの作り話でもねえ。若カペーが手こきを白状したときは、パリ市長パーシュと第一助役ショーメットも一緒にいたんだ。なんでも僕ちゃん、寝るときは二人の女の間に寝かせられてたんだと。そうしながら、あれを教えられたんだと。

「母ちゃんにしたって、叔母ちゃんにしたって、二人とも立派な大人の女だ。てえか、熟《う》れに熟れた年増女《としまおんな》だ。これに左右からいじられたってんだから、大変なことになるわけさ。僕ちゃんだって、そら、疲労困憊《ひろうこんぱい》するわけさ」

傍聴席の空気が恐慌を来《きた》すほど、証言席のエベールはますます身を乗り出した。えっ、なに、なんだって。それで手こきはおかしいんじゃねえかって。手こきは誤魔化《ごまか》しじゃないかって。

「いや、そんな、母子の近親相姦《きんしんそうかん》があったんじゃないかなんて、とてもじゃねえが、俺っちの口からはいえねえな」

まあ、亭主に死なれてからってもの、欲求不満だったことは事実だろうよ。だから、ちょっと悪戯《いたずら》ってえか、いじってやってるうちに自分も興奮してきたっていうか、いや、だから、おめえら、なに想像してんだよ。だから、そんな普通じゃないこと、俺っちの口からはいえねえんだって。

続ければ続けるほど、エベールの軽口はもはや洒落《しゃれ》にもならなかった。そういうことだったのかと呟《つぶや》く向きも、一人や二人でなかったからだ。

「いずれにせよ、今は若カペーも救われているけどな」

父親ルイ・カペーの処刑から間もなく、若カペーことルイ・シャルルは母親の元から引き離されていた。靴屋シモンの家庭に引き取られ、別に生活することになったのだ。市井《しせい》に紛《まぎ》れて暮らすことを通じて、革命精神を学ばせる。それが公《おおやけ》になされた説明だったが、そうか、そういうことだったのかと。

今やフーキエ・タンヴィルの厳《いか》めし顔こそ相応《ふさわ》しかった。市民エベールに確かめます。

「その普通ではない行為を、あなたは目撃したのですか」

「いや、してねえ。だから、俺っちの口からはいえねえって。でも、市政庁の連中は、みんなそういってるぜ」

市政庁の連中は、みんなそういっている。そう下ネタにして、みんなで笑っていたことは事実だった。

地位や身分のある人間、わけても女であるならば、卑猥《ひわい》な冗談の的《まと》にされてしまうのは、もう一種の宿命である。マリー・アントワネットを取り上げるのも、エベールが初めてという話でなく、ポルノまがいの小冊子だの、風刺絵だのならば、パリだけで何十、何百と刷られているくらいなのだ。

――けど、正式な裁判で口に出したのは、俺っちが初めてだろうな。

うん、やったなと、エベールは満足だった。ああ、やった。憎きオーストリア女の息の根は、これで完全に止められる。そのためになら、なんでもする。節度だの、加減だの、甘いことを唱えてきた連中が、革命の前進を止めたのだ。それを前に進めるためなら、手段を選んでいる場合ではないのだ。現状を打破するためなら、卑劣でも、下劣でも構わない。むしろ、そうあるべきだ。非常識であることこそ、今は期待されているのだ。

――わけても俺っち、エベールにはな。

フーキエ・タンヴィルは証言席の前から踵《きびす》を返した。向かった先で白髪の女は、深く俯《うつむ》きながら、椅子《いす》にうずくまるようにしていた。

「被告本人に確かめます。市民エベールの証言をどう思われますか」

「お答えしたくありません」

「しかし、それでは認めたと解釈されても仕方ありませんぞ」

数秒だけ沈黙が流れた。傍聴席の私語にいたるまでが慎まれ、刹那《せつな》は法廷中がその椅《い》子《す》に注目していた。すると、その白い頭が動いたのだ。

マリー・アントワネットは椅子にまっすぐ背筋を伸ばした。受け口ぎみの顎《あご》を上げて、もちろん目も伏せなかった。あげくに、はっきり声に出したのだ。

「わたくしが答えないのだとすれば、母親というものにそのような嫌疑をかけられたとき、なにか答えるということを、自然が拒絶しているのだと思います」

威儀を正した姿勢のままでありながら、マリー・アントワネットの頬《ほお》に涙が伝っていた。

「ここにおられる全ての女性、全ての母親に、わたくしは逆に問いたいと思います」

おお、意外とやるじゃねえかと、エベールは少し感心した。やっぱり、しぶとい。やっぱり、簡単には死なねえ。やっぱり、とことんやっつけといてよかったぜと思う間に、ものが頭に飛んできた。

「あやまれ、エベール、この下種野郎《げすやろう》」

「本当だ。こんな淫《みだ》らな話は、こんりんざい聞いたことがないくらいだよ」

「おまえなんか、パリの恥だ。サン・キュロットの恥なんだよ」

「ああ、許せない。侮辱《ぶじょく》だよ、侮辱。きちんと結婚して、きちんと子供を産んで、きちんと母親やってる女という女を、おまえは侮辱したんだよ、この粗チン禿《は》げ」

傍聴席の女たちが怒っていた。オーストリア皇女の生まれで、フランス王妃として生きたマリー・アントワネットとは、およそ接点も持てないような市井の上《かみ》さん連中が、私たちも同じ女なのだとして激怒したのだ。

「そうだよ。当たり前だよ。尋常な女だったら、考えられない話さ。売春宿の女とか、芝居小屋の女とか、エベール、あんた、特殊な筋と親しくなりすぎなんじゃないのかい」

いつもなら、タジタジになるところである。が、その日のエベールは強気だった。

「うるせえ、うるせえ、てめえら、誰にものいってんだ。俺っちはエベールだぞ」

そうやって一睨《ひとにら》み利かせれば、たじろがない相手もないと、それくらいの気分が今のエベールにはあった。なにせ、やることなすこと、全て思い通りなのだ。今や、なにも怖いものがないくらいなのだ。

18――理性を信じろ

――政府だって、俺《おれ》っちのいいなりだ。

九月五日の蜂起《ほうき》に続く六日、ビヨー・ヴァレンヌとコロー・デルボワが公安委員会に加わっていた。エベール派にも議員がいるどころか、二人までが公安委員会に、つまりは事実上の政府に席を占めた。

同じ異動でダントン派のグラネエも公安委員会に加えられたが、こちらは健康上の理由を口実に辞退した。ダントン派はテュリオが残るのみになったが、これも九月二十日に職を辞してしまった。

「あげく、ダントンまで田舎《いなか》に引いた」

家族を連れて、シャンパーニュの生まれ故郷アルシ・シュール・オーブに向かったのは、つい先ごろ十月十二日の話である。

どうして田舎に引いたのか、詳しいことは知らない。が、とにかくパリからいなくなった。もう出る幕がないとあきらめたのだろうと、それがエベールの見立てだった。エベール派の勢いは、もう誰にも止められない。すでにしてエベールの天下なのだ。昔から第六感だけは冴《さ》えた男であれば、そのへん、敏感に察知したのだ。

――またロベスピエールも怖くねえ。

というか、怖がる理由がなかった。第一に、考えていることが、ほとんど同じだ。第二に、ロベスピエールは今や万事に俺っちエベール頼みなのだ。自分の考えを実行したいと思えば、議会を動かす圧力として、エベール派の力を借りないわけにはいかないのだ。

――だから、もう誰も怖くない。

といって、今のエベールは単に自信があるだけではなかった。それが証拠に、やいのやいのと女どもにやっつけられながら、それを怒鳴り声で一蹴《いっしゅう》するという、いかにも権力を手にした男の態度に出るではなかった。

そのかわりに、理屈で答えた。くそったれ調の乱暴な言葉は変わらないながら、きちんと答えてやったのだ。ああ、いい加減に呆《あき》れちまうぜ、馬鹿女ども。本当に哀れだぜ、わからず屋ども。

「おまえら、啓蒙《けいもう》って言葉を知らねえのか。迷信に捕われてんのが、わからねえのか」

「なにが啓蒙だよ。なにが迷信だよ」

「キリスト教に決まってんだろ、くそったれ」

　はっきりと言葉にして、エベールは迷わなかった。ああ、きちんと結婚して、きちんと子供を産んで、きちんと母親やってる女が偉いなんて、そんなの、坊さんどもが千年と繰り返してきた、ただの御題目《おだいもく》にすぎねえじゃねえか。

「おまえら、いっぺんでも自分の頭で考えてみたことあんのか。女だからって、なんで結婚しなくちゃならねえんだよ。なんで子供を産まなくちゃならねえんだよ。んでもって、母親になったってだけで、どうして、そんな、清く、優しく、美しくみたいにならなきゃいけねえんだよ」

「それは、その……」

「納得できねえってんなら、ひとつ教えてくれや。母親になっちまうと、どうして急に助平でなくなっちまうんだよ」

「ちょっと、エベール、あたしら女が助平なんじゃないよ。助平なのは、男たちだよ」

「かああっ、よくいうぜ、くそったれ。だったら聞くが、御上さん、あんた、あそこが湿ったことがねえのかよ」

「なんてこと！　エベール、あんた、呪《のろ》われるがいい」

「とかなんとかいうけど、現に顔が赤くなってんじゃねえか。ぬるぬるに濡《ぬ》れた覚えがあるって、白状してるようなものじゃねえか」

またものが飛んできた。エベールが上手によけたところに、またぞろ飛んできたのが別な女の罵声《ばせい》だった。やい、こら、エベール。おまえ、なにもわかってないね。

「母親ってのは、いろいろと大変なんだよ。助平なんて考えてる暇がないんだよ」

「暇だったら、やっぱり助平するんだな」

「それでも、子供のことが気になって……」

「子守りがいればいいのか。手がかからない歳《とし》になれば、もうすっかり関係ないよな。だったら、ひとつ考えてみろや。暇で、子供に手もかからなくて、そんな王妃だか、元の王妃だか、とにかく結構な境涯にいた女が、どうして助平を考えたりしないんだい」

「…………」

「だいたいが、おかしいじゃねえか、くそったれ。大股《おおまた》ひろげて、アヘアヘやったから、子供が生まれたんじゃねえか。人並に助平だから、母親になれたんじゃねえか。それとも、おまえら、聖母マリアだってえのか。やらないで母親になったのか」

「マリア様だっていう気はないけど、あたしら、みんな、マリア様を目指してんだよ」

「はん、それが馬鹿だっていってんだ。マリア様こそ嘘《うそ》っぱち、坊さんたちの作り話の最たるものなんだって、どうしてわかんねえかなあ、おまえらは」

「罰当たりだよ、エベール。あんた、本当に神さまに叱《しか》られちまうよ」

「だから、神さまなんか、いねえんだよ。実際、おまえら、見たことあんのか。会ったことあんのか。話したことあんのかよ」

「ないけど……、あんた、そんなんだと、そのうち呪われちまうよ」

「呪いなんかもねえんだよ。あるみたいに坊さんに教えられて、みんな、騙《だま》されてるだけなんだよ」

「お坊さまが、どうして私らを騙さなくちゃならないのさ」

「騙しておけば、都合がいいからさ。もう革命の世だってえのに、未《いま》だに女の手本が聖母マリアだってえのも、それが男たちに都合がいいからなんだよ」

「そ、そうなのかい」

「そうだろう。当たり前だろう。おめえは聖母マリアだ、ありがてえ、ありがてえなんて口先だけで拝んでいれば、家のなかに閉じこめておけるんだからよ。飯は作ってくれるし、ガキは育ててくれるし、そんなに文句もいわねえし、まったく都合がいいじゃねえか」

「そ、そういわれれば……」

「だから、自分の頭で考えてみろってんだよ。革命が起きたってえのに、おまえら女は選挙に行けるか。市民権もらったのか」

「………」

「あるのは革命前と変わらない、ガキと洗濯物の山だけじゃねえか。男たちは市民になっても、てめえらは相変わらず、聖母マリアの出来の悪い焼き直しが関の山じゃねえか。母性愛なんてものは、絵空事《フィクシオン》にすぎねえんだよ。そんなガラクタで、おまえら騙され続けてるんだよ。神さまじゃねえ。拝むんなら理性《レゾン》を拝め。そしたら、自分で考えられるようになる、くそったれ」

で、いいんだな、とエベールは小声で結んだ。なお不服げな表情ながら、沈黙に後退した女たちを置き去りに、革命裁判所の大広間を後にしようとしたところ、すっと近づいてきた影があったからだ。

「はい、エベールさん、完璧《かんぺき》です」

いくらか訛《なま》りのある言葉だった。合流して答えたのは、アナカルシス・クローツという男だった。

生まれはグナーデンタールというプロイセン人だが、先祖はオランダ人だったとか、インド貿易で巨富をなした商家の出だとか、金で男爵《だんしやく》の位を手に入れて貴族になったとか、二十歳《はたち》からパリにいるのでフランス人のようなものだとか、国有財産の払い下げで四十五万リーヴルの土地を手に入れたとか、おまけに選挙に出馬して今や国民公会の議員だとか、ちょっとこれとは形容できないような人物である。

頭頂部が盛り上がる妙な白髪を悪目立ちさせながら、みてくれから気取りが勝つような紳士だが、これでなかなか学がある。革命前から、シェイエスやラヴォワジエと親交あったという知識人で、無国籍こそ誇りというか、「世界共和国」が理想というか、全世界を革命化するために「無制限戦争」を訴えているというか、とにかく突拍子もないことを、色々と考えている男なのである。

「我が主なるは人類」

というのも、クローツの口癖だった。革命裁判所を出て、コンシェルジュリの敷地を通用門に進みながら、エベールは続けた。

「にしても、聖母マリア云々《うんぬん》てなあ、ちと、いいすぎじゃなかったかい」

「いえ、模範的な解答かと。かえって控え目なくらいでした。ええ、この現代にキリスト教などという、旧態依然たる悪弊が留《とど》まり続けていること自体が、おかしいのです」

「確かに、ろくなこと教えやがらねえからな」

「そもそも啓蒙思想が敵としたのは、絶対王政というよりカトリック教会なのです。フランスの革命では、確かに教会改革が行われましたが、まだまだ生ぬるい。これでは真の革命は遂《と》げられません。真の理想郷は訪れません。我が主なるは人類であるべきなのです。この現代において、もはや神の僕《しもべ》であってはならないのです」

「どうすればいい」

いや、とりあえずコルドリエ僧院に行こうと、エベールは外国人の背中を押した。一杯やりながら、聞こう。飯を食いながら、話そう。

天下を取れば、いろいろな奴《やつ》が寄ってくる。ただ儲《もう》けたいとか、ただ権力の分け前に与《あずか》りたいとか、そういう下種《げす》の類《たぐい》も素敵だが、おもしろい考えを持ちこんでくる輩《やから》もいるから、楽しくて止《や》められない。だから、集まれ、くそったれ。どんどん集まれ、くそったれ。

「俺っちの天下は、おもしろいぜ、くそったれ」

もちろん、無理強《むりじ》いはしねえ。気に入らなけりゃ、勝手にいなくなってくれ。そう大声で続けながら、エベールはずんずん歩いた。

オーストリア皇女で、フランスの元の王妃、カペー未亡人こと、マリー・アントワネット・ロレーヌ・ドートリッシュについていえば、その女が革命広場の断頭台に送られたのは、裁判が結審したその共和暦第二年第一月二十五日こと、一七九三年十月十六日のうちだった。やはり有罪で、やはり死刑だった。

19——断罪

——ちょ、ちょっと待ってくれよ。

と、デムーランは思わずにいられない。

革命裁判所は不休の働きぶりだった。共和暦第二年第二月三日こと、十月二十四日に審理が開始されたその裁判も、今日第二月九日こと、十月三十日で結審に漕《こ》ぎつけていた。全ての審理が終了して、陪審員が別室に下がって、もう三時間になる。

陪審員が法廷に戻ったからと、早すぎることはなかった。その代表が評決に達した通知と思われる白い紙片を裁判所長エルマンに手渡しても、エルマンが判事たちを呼び寄せて、二言三言の小声の会話を交わしても、了解ができたと思《おぼ》しき頷《うなず》きのあと、訴追検事フーキエ・タンヴィルに改めて紙片が回されたとしても、全ては予定通りの段取り、いやや、かえって遅れ気味なくらいだった。

なにしろ陪審員が別室に下がったときで、もう夜の八時を過ぎていた。それから三時間であれば、もうじき日付が変わろうという時刻なのだ。

——でも、もう少し……。

デムーランは傍聴席の最前列に立っていた。陪審員席のすぐ横で、しかも戻ってきた陪審員代表、アントネルの背中が目前という位置である。

デムーランは声をかけようとした。が、言葉が音になる前に、ふとした動きで正面の顔が覗《のぞ》き、アントネルの表情が険しく一変していることがわかった。

評決の結果は問うまでもないようだった。デムーランは心に呻《うめ》かずにいられなかった。

——ああ、神さま、あなたをお恨みいたします。あまりに恐ろしい役目です。

続いて、これまた別室に下がっていた被告の入廷となった。先頭で入ってきたのが、ひょろりと背が高い男で、細長い印象ばかり勝つというのも、鬘《かつら》をつけない自毛を短く刈っていたからだった。

——ブリソ……。

桃色の鬘のほうはヴェルニョーだった。あとにジャンソネの神経質そうな顔が続く。ヴァラゼがいる。デュコがいる。ボワイエ・フォンフレードがいる。ラスルスの生意気顔までが覗く。

——ジロンド派の裁判が……。

元王妃マリー・アントワネットの後を受けた、次なる革命裁判所の目玉だった。

無論のこと、その日も傍聴席は満席だった。がやがや騒がしくもなっていたが、そのときが来たと悟るや、皆が一斉に静かになった。木槌《きづち》ひとつ打ち鳴らす必要もなく、革命裁判所長エルマンは始めることができた。

「陪審員は評決に達したようです。訴追検事に論告求刑を読み上げてもらいます」

渡された紙片を開きながら、フーキエ・タンヴィルは前に出た。しかし、待てと、まだデムーランは望みを捨てられずにいた。ああ、待て。おまえは僕のいうことを聞け。というのも、法廷のポストを得られたのは、この僕のおかげじゃないか。

「陪審員が決した評決に基づき、検察は共和国の名において求刑いたします。ブリソ、ヴェルニョー、ジャンソネ、デュペレ、カラ、ガルディアン、ヴァラゼ、デュプラ、シユリィ、フォウシェ、デュコ、ボワイエ・フォンフレード、ラスルス、レステル・ボーヴェ、デュシャテル、マンヴィエイユ、ラカーズ、ルアルディ、ボワロー、アンティブール、ヴィジェは、その全員が『共和国の統一と不可分を破壊したものは死刑に処する』と定めた昨年十二月六日の法律に反した罪で死刑。その財産は共和国の取得において、差し押さえられ、没収されるものとする」

連邦主義を唱えて、共和国に分断の危機をもたらした。マルセイユ、ボルドー、リヨン、トゥーロンの反乱にも、黒幕として加担した。それがジロンド派が罰せられるべき主《おも》な犯罪ということだった。

審理の過程では、ヴァンデの反乱までジロンド派に帰せられた。断罪されなければならないのは、ラ・ファイエットやオルレアン公、デュムーリエの共犯者として、陰謀を企《くわだ》てたからなのだとも唱えられた。

つまりは、なんでもアリである。もっともらしい話であれば、なんでもジロンド派の罪になる。作り話であっても、ジロンド派を悪者にできるなら罷《まか》り通る。あげくが死刑の判決なのである。

——ジロンド派は倒さなければならない。しかし……。

政治の停滞を招いた罪は大きい。無為無策で時間を費やし、フランスの危機をここまで拡大させた責任は、どれだけ問うても問いきれるものではない。ああ、ジロンド派の政治生命は、断固として絶たなければならない。

——しかし、本当に死ななければならないのか。

デムーランの観察によれば、はじめから死刑と決まっていた。やはりジロンド派が黒幕と疑われる、マラ暗殺の経緯があれば、どうでも避けられないという雰囲気だった。死刑でなければ、たとえ終身刑であったとしても、パリの民衆は収まらない。それは、わかる。身内の感情として、わかりすぎるくらいわかる。

——とはいえ、これは裁判じゃないか。

感情で裁いていいのか。確たる証拠が求められるべきではないのか。きちんと犯罪が立証されるべきではないのか。繰り返すが、これは正式な裁判なのだ。フランスは法治国家なのだ。

こんな出鱈目《でたらめ》な裁判はありえない。こんな恣意的《しいてき》な断罪はありえない。

――あるいは、これが革命的ということなのか。

ブリソは肩を落としていた。ジャンソネは顔面蒼白《がんめんそうはく》だった。ボワローなどは帽子を投げ捨て、私は無罪だと叫んだ。ヴェルニョーが床に叩《たた》きつけたのは、小さな硝子《ガラス》の容器だった。自殺するための毒を隠していたようだが、そうして命を絶つよりも、あえて処刑されることを選んだのは、抗議の意がこめられての話だろうか。

最前列のデムーランであればこそ、詳《つまび》らかなところまで観察できた。が、革命裁判所全体としては、そうした一切を無視して捨てた。

「共和国ばんざい《ヴィーヴ》、共和国ばんざい《ヴィーヴ》」

連呼に耳が痛くなる。なにも聞こえない。サン・キュロットの例の帽子が振り回されると、もはや傍聴席は乱舞する赤一色であり、ひたすら圧倒されるしかなくなってしまう。そうしてジロンド派の叫びが無視されたとき、デムーランは確信した。死ぬんだ。この男たちは、どうでも死ななければならないんだ。

直後にデムーランは弾《はじ》けた。癖の強い髪の毛を滅茶苦茶《めちゃくちゃ》に掻《か》きながら、もはや大声で嘆かないではいられなかった。ああ、神さま、お恨み申し上げます。ああ、神さま、あまりに恐ろしい役目です。

「なんとなれば、連中を殺したのは僕なのです。この僕の本なのです。『ジャック・ピエール・ブリソの仮面を剝《は》ぐ』なのです。だから、ああ、僕が殺してしまった……」

あらためて、出鱈目な裁判だった。例えばブリソは、外国の密偵であるとも責められていた。その決定的な証拠とされたのが、デムーランが出版した『ジャック・ピエール・ブリソの仮面を剝ぐ』の一節だったのだ。

──あれは……。

政治的な文章である。いうなれば、あからさまな中傷だ。それも悪意の中傷だ。全て嘘《うそ》というわけでなく、断片的には事実もちりばめてあるのだが、それを作為で連結してあるからには、結果として大方が嘘になる。

──そういうものじゃないか、政治的な中傷なんて。

居直るほどに、言い訳になるばかりだった。それが革命裁判所では、正式な証拠として採用されてしまった。あげくに殺される者がいるのだ。ああ、僕が悪かった。僕さえ、あんな本を出さなければ、ジロンド派は死なないで済んだかもしれない。

──いや、そうなのか。

デムーランは思い返さないでもなかった。僕が『ジャック・ピエール・ブリソの仮面を剝ぐ』を書かなければ、そのときは他の本が探されただろう。やはり信憑性《しんぴょうせい》など問われず、どんどん引用されたろう。なんとなれば、はじめから死刑にするための裁判だったのだ。

「だから、僕のせいじゃない」

そうした自分の呟《つぶや》きが、音としては自分の耳までも届かなかった。

20――ジロンド派の最期

一夜が明けた。共和暦第二月十日こと、十月三十一日、革命広場の人々は、わっと声を高めていた。

物凄《ものすご》い人出だった。ルイ・カペーの処刑、さらにシャルロット・コルデーの処刑のときは、見物人のあまりの多さに、その重さで革命広場が沈没するのではないかと本気で危ぶまれた。それもマリー・アントワネットの処刑で少し落ち着いた。ジロンド派の処刑となると、さらに落ち着いて、もう半分にすぎないともいわれたが、それでも物凄い人出だったのだ。

それが一斉に、わっと声を上げていた。なにごとかと目を走らせると、なにかみえてくるより先に、歌声が聞こえてきた。

「行こう、祖国の子供たち、
栄光の日は来《きた》り、

我らに向けて、暴君の、
血染めの旗が掲げられたぞ、
血染めの旗が掲げられたぞ」

『ラ・マルセイエーズ（マルセイユ野郎どもの歌）』だった。歌声に重ねながら、小僧が駆けて触れまわった。ジロンド派が来たぞ。ジロンド派が来たぞ。

してみると、『ラ・マルセイエーズ』もジロンド派が歌っているものらしかった。

——どうして、おまえたちが歌うんだ。

と、デムーランは不服に思わないではなかった。『ラ・マルセイエーズ』は昨年八月十日の歌だ。が、あの蜂起《ほうき》にジロンド派は関《かか》わらなかったはずだ。むしろ妨害しようとしたはずだ。成功してから分け前に与《あずか》ることはしたが、その歌詞を吠《ほ》えながら渦中の市街戦に乗りこんだわけではないのだ。

それなのに声も高く歌いながら、ジロンド派はやってきた。収監されていたシテ島のコンシェルジュリを出たときから、この革命広場にいたる道々ずっと歌い続けてきたとも聞いた。

——自らの処刑の道を飾る小道具として……。

ちゃっかりと利用した。なんだかずるいと、デムーランは業腹《ごうはら》でさえあった。ああ、ジロンド派の、こういう小利口なところが、僕は大嫌いだったのだ。

とはいえ、怒りは一瞬にして冷めた。実際に顔がみえれば、連中は歌いながら、自分で歩いて来たのではなかった。後ろ手に縛られながら、馬車の荷台に運ばれて、もう歌うくらいしかできなかったのだ。

ずぶ濡《ぬ》れの様子が、また哀れをもよおさせた。どんよりと空が重い、雨ふりの一日だった。晴れれば、まだまだ気持ちがよいのに、いっぺん濡れると、ぶるぶる凍えるくらいに寒くて、これだからパリの秋は気が滅入る。塞《ふさ》いで塞いで、やりきれない。

馬車は全部で五台だった。荷台に据えられたベンチに背中合わせで、左右それぞれ四人ずつ、最大八人まで乗れる馬車で、最初の二台が満席になっていた。

なにゆえか、後の二台がカラとボワロー、シユリィとフォウシェと四人が二人ずつで、あとは廷吏《ていり》と懺悔聴聞僧《ざんげちょうもんそう》が同乗していた。

五台目の馬車に乗るのが、デュフリッシュ・ヴァラゼだった。やはりベンチに座らされ、手首どころか身体《からだ》ごと縄で縛られてもいたが、それでも車体が揺れるたび転げ落ちるのではないかと、みているほうがハラハラする。ふらふら首が落ち着かず、よくよくみれば相貌《そうぼう》が鉛色に変じている。

死刑判決を下された昨夜遅く、牢《ろう》に戻されたヴァラゼは短刀で自殺していた。これまた抗議の意味なのか、あるいは断頭台が恐ろしくてならなかったのか、いずれにせよ自ら喉《のど》を突いて、ほとんど即死だったらしい。

——それでも刑は免《まぬか》れない。

革命広場まで運ばれ、ヴァラゼの遺体も断頭台にかけられるという。

五台の馬車は断頭台から少し離れて停車した。パリの死刑執行役人サンソンの仕切りで、革命裁判所の廷吏が書類を読み、その間に鋏《はさみ》で後ろ髪が切られ、首の後ろが空き次第、うつ伏せに寝かせて機械に縛りと、業務は淡々とこなされていった。

最初に殺されるのは誰なのか、デムーランの位置からは遠くてよくみえなかった。目を凝らしてみようともしないのは、もとより見物の群集が折り重なって、容易に目が通らないからだった。それを努めて避けようとするでなく、土台が処刑などは好んでみたいものではなかった。

——が、それなら僕は、どうして革命広場まで来たのだろう。

野次馬連中と変わらない好奇心か。一度は国家を指導した面々があえなく命を絶たれるという転落劇、その悲劇の現場に立ち会い、ある種の快感をもって目撃したいという、俗な衝動に駆られてのことか。

あるいは政治家としての使命感か。停滞を余儀なくされた政治が、これを潮に動き始める。後退さえ危ぶまれた革命が、再び前に歩み始める。その節目がジロンド派の断罪であるならば、その仮借《かしやく》なさと手段の選ばなさには疑問を覚えざるをえないにしても、フランスの未来を担《にな》う政治家としてはなお欠席するわけにはいかないという、高所からの意識があるのか。

はたまた当事者としての責任感か。事実としてジロンド派と対立し、その政界追放を運動してきたからには、他人事《ひとごと》のように無感覚には流せない。それが自ら関わった政争の、終《つい》の結末であるならば、愉快、不愉快の如何《いかん》にかかわらず、きちんと見届けないわけにはいかないという、ある種の強迫観念が働いているというのか。

——わからない。

それでも処刑の手続きは、デムーランの戸惑いなど一顧だにしなかった。

『ラ・マルセイエーズ』は今も歌われ続けていた。もう自棄《やけ》とも取れる、吠えるような歌い方だった。ところが、すとんと切り落とされたように、その声が聞こえなくなる刹《せつ》那《な》があるのだ。

「共和国ばんざい、隷属より死を」

殺されゆく者の訴えが聞こえた。その直後に物が滑る気配が走る。どすんと重い音と振動が伝われば、ひとつが終わったことを了解せざるをえない。

「共和国ばんざい、裏切り者を殺せ」

群集が応じた。負けるものかと、『ラ・マルセイエーズ』の歌声も再び高まる。三十分というもの、その繰り返しだった。

みえなくても、音だけは聞こえてくる。『ラ・マルセイエーズ』の歌声。共和国ばんざい、隷属より死を。共和国ばんざい、裏切り者を殺せ。『ラ・マルセイエーズ』の歌声。

そうする間に鉄の臭《にお》いが立ちこめてくる。小雨になったかと思えば、いくらか霧の気配があるのか、あたりが薄《うっす》ら赤くなったようにも感じられる。

ひとり、またひとりとジロンド派が死んでいく、いや、殺されていく現実に直面しながら、デムーランの想像力はなぜだか活発になるばかりだった。ああ、処刑台の様子が間近でみているようにわかる。雨なのに断頭台の刃《やいば》は輝く。雨だからこそ、不気味な鈍《にび》色《いろ》に底光りする。どれだけ調べても仕方がないのに、目が吸い寄せられて離れない。一瞬たりとて見逃せない気分なのに、乱暴な処刑役人どもは無理矢理にも身体をうつ伏せにしようとする。手足を革紐《かわひも》で括《くく》られて、もう動けない。頭《こうべ》を巡らせることもできなければ、高所で殺意を溜《た》めている刃を睨《にら》みつけることもできない。

「怖い」

そう呻《うめ》いて、ふと気づけば、顎《あご》が濡れている。ぬるぬる濡れて、その湿りには温度がある。鼻孔に満ちるのは血の臭いでしかありえない。ああ、みれば眼下の籠《かご》が赤黒く汚れている。すでに何人もの仲間が殺されている。

「…………」

デムーランは声もなく悲鳴を上げた。ああ、ああ、神さま。ああ、ああ、神さま。がりがり髪を掻《か》き毟《むし》りながら、内に留《とど》めておくのも、そこまでが限界だった。

「連中を殺したのは僕だ。やっぱり、この僕なんだ」

デムーランは声に出した。誰に聞かそうとも、また誰に聞かれるとも思わなかった。

しかし、だ。

「なんだよ、カミーユ。今日は懺悔か」

そう声をかけられた。ハッと目を飛ばすと、こちらに歩を進めてくるのは、前髪が糸のように細く、ほとんど地肌が覗《のぞ》いている老け顔の男だった。

「エベールか」

と、デムーランは呟《つぶや》いた。が、ジャック・ルネ・エベールは、ひとりではなかった。市長パーシュや第一助役ショーメットが一緒なら、パリ自治委員会の三役かとも思えるのだが、周囲を固めてやってきた十人ほどは、ほとんどが顔も知らない男たちだった。

ロンサンとか、ヴァンサンとか、エベールの子飼いとして名前だけは聞こえてくる者たちも、あるいは紛《まぎ》れていたのかもしれない。そういわれれば知らない顔も、どこかで見覚えあるような気がしてきたが、いずれにせよ取り巻き然としすぎていて、それがデムーランには不快だった。

――エベールも……。

コルドリエ街の仲間のひとりだった。金もなく、地位もなく、もちろん取り巻きなど従えず、だからこそ皆が対等の仲間であり、だからこそ人物として痛快だった。

もちろん、いつまでもうらぶれていろとはいわない。こちらのデムーランにしても、今や国民公会《コンヴァンシオン》の議員であり、秘書もいれば、従僕もいて、支援者が同道するときもあれば、取り巻きがついてくるときもあるのだ。

互いに、かつてのコルドリエ街の仲間ではない。それは悪いことでもない。しかし、だ。

――最近、いくらか増長がすぎるんじゃないか、エベール。

増長といえば、悪意が勝つのか。いずれにせよ、エベールならびにエベール派、かつての仲間を外しながら、自らコルドリエ派とも称するらしいが、とにかく一派の勢いには、ちょっと手がつけられない感があった。それにしても、なのだ。

「懺悔なんかしても無駄だぜ」

と、エベールは続けた。告白しても、罪なんかなくなりゃしねえ。そんなの、坊さんが拵《こしら》えた嘘《うそ》に決まってんじゃねえか。だいたいが告白するくらいで許されるんなら、そんな甘い世のなかもないってもんだぜ。

「うるさい、エベール、ほっといてくれ」

「なんだよ、いきなり。もしかして、怒ってんのか、カミーユ」

怒らないはずがないだろう、とデムーランは思う。増長がすぎるからだ。なんでも無理押しして、遠慮の素ぶりもないからだ。

ジロンド派の裁判には、パーシュやショーメットと並んで、エベールも出廷していた。マリー・アントワネット裁判に引き続き、証人としての出廷だったが、自ら志願しての証言は、またしてもというか、やりたい放題だったのだ。

五月二十四日に不当に逮捕された憾《うら》みがあるとはいえ、誹謗中傷《ひぼうちゅうしょう》にも程がある。デュムーリエのパリ制圧作戦に裏で通じていたとか、シャン・ドゥ・マルスで助かったのはラ・ファイエットと癒着《ゆちゃく》があったからなのだとか、どんどん話を遡《さかのぼ》らせたあげくが、ブリソは革命前はイギリス暮らしが長かった、その人脈で今もイギリスの諜報員《ちょうほういん》だ、その腕をみこまれてパリ市政庁で調査委員をしていたこともある、つまりはバイイやラ・ファイエットの手下だった、こんな卑劣な男は死刑にするべきだ、等々とまでも叫んだのだ。

——つまりは僕の本に書かれていた話じゃないか。

ジロンド派が、わけてもブリソが死ななければならないのは、自分のせいなのじゃないか。そうした負い目をデムーランに無理にも強《し》いた男こそ、法廷でも調子づいて、わきまえない放言を際限なくしつくしたデュシェーヌ親爺《おやじ》こと、このエベールだった。

21――弁護

「怒られる謂《いわ》れはねえぜ、カミーユ」

エベールには反省の色がなかった。というより、自分が悪いことをしたなどとは、ちらとも考えつかないのだろう。それは一発ぶつけてやろうかと、デムーランが思い詰めた矢先の言葉だった。

「だって、俺《おれ》っち、怒られたくなんかねえよ。反革命が疑われている奴《やつ》になんか」

「反革命だって。なんのことだ。誰の話だ」

「カミーユ、おまえの話に決まってんじゃねえか」

「どうして」

「当たり前だろ、くそったれ。ジロンド派が反革命だからだ。ジロンド派のために泣く野郎も反革命じゃねえか」

「ジロンド派のために泣く、だって？　あっ、昨日の革命裁判所で……」

「だけじゃねえ。今だってジロンド派のために、メソメソしていたじゃねえか」

「そんなことは……」

　言い淀《よど》んだとき、デムーランは息が詰まっていた。感傷的になっている場合じゃない。嫌疑者法が制定されたからには、誰にでも、すぐ逮捕され、出鱈目《でたらめ》な裁判だけ受けさせられ、そのまま断頭台に送られる危険がある。

　デムーランは自らを奮い立たせた。ああ、いうべきことはいう。これで僕だって革命家なのだ。エベールごときに口を封じられるつもりはないのだ。

「ジロンド派の裁判のとき、僕は確かに感情的な振る舞いをしたかもしれない。けれど、それを非難したいのなら、その前に僕の立場を考えるべきじゃないか」

「おまえの立場って、なんだよ」

「僕は共和国を熱愛しているし、また常に共和国に仕《つか》えてきた。しかし、人物については、ときおり見損なうことがある。ああ、もう故人だが、ミラボーなんかについても、僕は人民の真の守り手だと考えたことがある。けれど、実際のところは、好意が裏切られる格好になっている」

「ジロンド派も同じだってか、くそったれ。はん、裏切り者だってことが、はっきりした今になっても、カミーユ、おまえは泣いたじゃねえか」

「それは……、だから、それは僕の立場に立ってみないと……」

「だから、どんな立場だよ」

「僕の結婚証明書には、ああ、リュシルと結婚した証《あかし》の紙には、全部で六十人が署名してくれた。みんな、特別な運命によって結びつけられた、真の友人なんだと僕は思った。けど、亡命したり、断頭台に送られたりで、もう粗方《あらかた》いなくなってしまったんだ」

「だから、なんだよ」

「ジロンド派のなかにだって、七人いる。それも殺されてしまって、もう残っているのはダントンとマクシムだけだ」

おお、おお、と声が洩《も》れた。嗚咽《おえつ》がこみあげ、どんなに抑えようとしても、抑えられなかった。デムーランは思う。六十人もいたものが、もう本当に二人しかいなくなった。が、その二人の友人さえ、今なお友でいてくれるのか、判然としない有様なのだ。

ダントンはいなくなった。パリにいてくれれば、ここまでエベールたちを増長させないものをと思わせながら、なぜだか新妻と子供を連れて、故郷のシャンパーニュに下がってしまった。

ただの休暇なのか、それがいつまで続くのか、いつパリに戻るのか、それとも田舎《いなか》に引いたきり、政治から引退するつもりなのか。

――わからない。

他方のロベスピエールは、今もパリにいた。公安委員会に入り、それどころか事実上の指導者として、恐怖政治《テルール》を推し進める立場にある。が、その恐怖政治は九月五日の蜂《ほう》起《き》に押しつけられたものなのだ。むしろ歓迎して採用しながら、こちらの旧友にしても今やエベール一派に近い印象なのだ。

「わからねえな、くそったれ」

エベールが続けていた。だからって、カミーユよお、どうしてメソメソする理由になるんだい。

「いや、カミーユ・デムーランという男については、その美徳から理解してもらいたい」

また別な声だった。大急ぎで目を向けたが、なかなか姿を捕えることができなかった。革命広場は人出が物凄《ものすご》いからだったが、それでも重なる肩また肩を縫うような歩き方で、その小柄な男は近づいてきた。

どんよりした天気に眼鏡《めがね》の硝子《ガラス》が、やけに白くなってみえた。

「マクシム……」

ひとつ頷《うなず》くと、ロベスピエールは続けた。ああ、エベール、聞いてほしい。

「カミーユの美徳、それは弱さだ。それがために、ときに内気で、しかも往々騙《だま》されやすい。が、その弱さゆえに、しばしば己を奮い立たせ、ときには勇敢な振る舞いも全《まっと》うするのだ。常に共和主義者だったというのは、それゆえに誰にも勝《まさ》って事実なのだ」

「だからって、ジロンド派に与《くみ》するってえのは……」

「ミラボーの友人だったこともある。ラメットの友人だったことも、ディロンの友人だったこともある。そうした全てを私もみたが、同時に目も見張らされた。カミーユは自ら褒《ほ》めた偶像も、違うと思えば自ら躊躇《ちゅうちょ》なく壊すのだ」

「………」

「カミーユを反革命に問うつもりはない。それどころか、私は議員としての職責を全うしてもらいたいと考えている」

そこまでエベールに向けてから、ロベスピエールは眼鏡の奥の瞳《ひとみ》を、こちらに向けなおした。ただ、カミーユ、移り気だけは、そろそろ改めるべきだろうな。ああ、政治の舞台で大きな役割を演じる人間については、そうそう簡単に見損なえたものではないさ。

「それは自戒の意味も込めてだが……」

硝子の奥に、ギラと底光りするものがあった。再びエベールに向きなおると、ロベスピエールは刹那《せつな》に声まで変えていた。

「マリー・アントワネット裁判の話は聞いた」

「えっ、なに、俺っちの話かよ、くそったれ」

「エベール、愚劣な真似《まね》をしてくれたものだな」

「愚劣だと」

確かめるまでもなく、ロベスピエールが怒っているのは、若《ジユーヌ》カペーの自慰云々《うんぬん》、マリー・アントワネットの近親相姦《きんしんそうかん》云々の証言についてだろう。

それはエベールのほうでも了解したようだった。はん、あのことかい、くそったれ。

ったく、生真面目な優等生は下ネタがお嫌いだって、もう不文律だぜ、くそったれ。

「まあ、いいや。けどな、それなら聞くが、愚劣ってえのは全体どっちのほうなんだい」

「私の何が愚劣なのだ」

「先月の話だ。あんた、クレール・ラコンブを逮捕したろう」

にやにや笑いを装いながら、笑わない目でわかる。エベールは本気で怒っていた。ああ、共和主義女性市民の会の会長の話だ。九月十六日の出来事だ。犯罪の証拠もねえからには、当然ながら夜には釈放されたが、明らかな不当逮捕じゃねえか。

「命令を出したのは保安委員会だった。が、ロベスピエールの旦那《だんな》よお、あんたが知らないわけがねえだろ」

「知らない。恐らくは激昂《アンラジエ》派摘発の流れではないか」

「六日にジャック・ルーが八月に続いて逮捕、十六日にルクレールの新聞停止、十八日にヴァルレが逮捕、なるほど、全部あんたの差し金だったか」

「ああ、思い出したよ、エベール。君がいうクレール某《なにがし》とは、あの売れない元女優のことか」

ロベスピエールに返されて、エベールの目が燃えた。この惚《とぼ》けた男が、こんなに感情を露《あらわ》にするのも珍しかった。喉《のど》のあたりでは、ぐぐ、ぐぐと言葉にならない憤りが、低い音になってもいた。

ぺっと唾《つば》を吐いて、エベールは踵《きびす》を返した。取り巻きたちも、それぞれが睨《にら》みをくれて、それから後をついていった。

「ありがとう、マクシム」

二人になると、デムーランは旧友に礼をいった。ああ、旧友だ。なんだかんだといいながら、やっぱりマクシムは友人なのだ。色々あったからこそ、無二の親友なのだ。

ロベスピエールは珍しくも照れ臭そうだった。

「いや、カミーユ、礼をいわれるようなことはしていない」

「けれど、僕は……。僕はてっきり……」

「てっきり、なんだね」

「最近の君はエベールと組んでいるものと」

「全てを否定するわけじゃない。が、エベールの全てを肯定することもできない」

「あ、ああ、そうだね。うん、まったく同感だ」

「いまいましいのは、今のエベールには飛ぶ鳥を落とす勢いがあることだ。いかな公安委員会といえども、軽々しくは手を出せない」

そう続けられたとき、デムーランのなかで走るものがあった。バッと動いて、すぐさま確かめたことには、手を出すつもりがあるのかいと。

「えっ、どうなんだい。マクシム。エベールの奴に手を出すつもりが……。本当に、あいつを抑えるつもりが……」

「できれば、そうしたい。しかし、あの男には……」

「大衆の支持がある。『デュシェーヌ親爺《おやじ》』という新聞が売れているからだ。ブリソの『フランスの愛国者』も消え、マラの『人民の友』も消えたからには、ほとんど一人勝ちになっているからだ。が、その牙城《がじょう》を突き崩せれば、エベールとて怖くなる」

「かもしれないが、全体どうやって」

「競合紙を作ればいいよ」

「競合紙というと」

「あいつの『デュシェーヌ親爺』を調子づかせたのには、僕にも責任の一端はある。ああ、『フランスとブラバンの革命』も『愛国者の発言席』も廃刊にしちゃったからね」

「それでは、カミーユ、君がやってくれるのか」

デムーランは気持ちよく頷いた。もともと新聞屋だからね。ああ、マクシム、君さえその気だっていうなら……。

「協力してくれるか」

ロベスピエールは自分から確かめてきた。デムーランは胸が詰まった。

「するに決まってるじゃないか」

がっちりと握手して、そのまま抱擁《ほうよう》するほどに、デムーランは続けないではいられなかった。ああ、二人で戦おう。そうして、ダントンの帰りを待とう。ああ、やっぱりマラの魂は、僕らを見守ってくれてるんだよ。

気がつけば、もう『ラ・マルセイエーズ』が聞こえなくなっていた。ジロンド派の処刑は全て終了したようだ。最後に首を落とされたのはブリソだったと、デムーランはコルドリエ街で紙屋をしている男に後から聞かされた。

22――アルザス

一面に広がるのは薄緑の草原だった。

あちらこちらに鬱蒼《うっそう》たる森を繁《しげ》らせ、植生が弱いというわけではない。色の淡い印象は生命の営みに活気が乏しいというより、光の加減のせいなのかもしれなかった。

「太陽が頼りないな」

馬の鞍《くら》に揺られて、一本道を進みながら、天を仰《あお》ぐサン・ジュストは洩《も》らさずにいられなかった。

共和暦第二年第二月十日、グレゴリウス暦にいう十月三十一日になっていれば、土台が夏の太陽とは行かなかった。そのことを承知して、なお違和感が否《いな》めないのだ。

フランス語にいう「太陽《ル・ソレイユ》」は、男性名詞である。かっかと燃え立ち、じりじりと照りつける、どちらかというと荒々しい印象があるからだ。なるほど言葉に性を与えるなら、男性にしかなりえないはずなのに、この土地の太陽ときたら穏やかに光を降り注ぎ、まるで半透明の薄膜で下界を包みこむかのようなのだ。

——優しいな。

とも、サン・ジュストは思いなおした。にこにこ微笑《ほほえ》みかけながら、凍えるものを優しく優しく暖める。実際のところ、ドイツ語では女性名詞なのだという。

——太陽《ディー・ゾネ》、か。

共和暦第二年第一月二十六日、グレゴリウス暦にいう十月十七日に下りた辞令で、国《コン》民公会議員《ヴァンシオンシ》サン・ジュストは派遣委員の任についた。翌第一月二十七日、グレゴリウス暦にいう十月十八日に出発した先は、志願通りのライン方面軍だった。

前線としてのバ・ラン県、北東フランスの一角を占めている、いうところのアルザス地方である。

サン・ジュストも北東フランス、エーヌ県の出身だった。同県を含む旧ピカルディ州といえば、中世の昔から国境地帯だ。ほんの少し東に向かえば、フランドルもしくはベルギー、あるいはブラバンであり、人々が喋《しゃべ》る言葉も違ってくる。フラマン語というが、つまりはドイツ語の一方言だ。

いざ戦争が起これば、最前線になるというのも、何度となく繰り返されてきた歴史である。その戦争が今も起きている。国境の向こうがバーデンだったり、シュヴァーベンだったりするだけで、アルザスも似たようなものだろうと乗りこんでみたところ、その感覚が微妙に違っていたのだ。

国境でもなければ、最前線でもない。それどころか、フランスという感じがしない。

――ドイツか、ここは。

住民の大半はアルザス語という、やはりドイツ語の一方言を話す。名前もドイツ名が多い。色素が薄い金髪碧眼《きんぱつへきがん》ばかりいて、人種的にもドイツの血が濃いのだろう。県都ストラスブール然《しか》り、前線のランダウ然り。なるほど、アルザス地方は昔からフランスだったわけではなかった。

もともとは「エルザス」と呼ばれ、神聖ローマ帝国に属していた。つまりはドイツだ。それがフランスの支配を受けることになったのは一六四八年、三十年戦争を処理したヴェストファーレン条約で、積極的な軍事介入を展開していたフランス王ルイ十四世に、無理にも捥《も》ぎ取られたためだった。

エルザス地方が「アルザス州」としてフランスに併合されて、おおよそ一世紀半。この歳月を長いとみるか、短いとみるかは評価が分かれるとして、少なくともフランスへの帰属意識は他の諸地域と同じというわけにはいかなかった。

いや、何事も起こらなければ、すでに一世紀半である。アルザスも大人しくフランスであり続ける。

――しかし、戦争が起きたとなると、どうか。

アルザスは現下の戦争においても、模範的な祖国愛と称賛されるべき忠誠心を証明したとはいいがたかった。それもフランス政府に反抗的だとか、フランス軍に非協力的だとかの域に留《とど》まらない。この土地では外国の軍隊に投降する者、いや、むしろ志願兵として入隊する者までが、今も跡を絶たない有様なのだ。

――オーストリア軍のヴュルムザー将軍が、アルザスのストラスブール出身だからだ。六十九歳の老将の話だとはいえ、それまたアルザスらしかった。

ダゴベルト・ジグムント・フォン・ヴュルムザーは古いアルザス貴族の家系に由来して、確かに都市ストラスブールに生まれていた。もちろん「フランス人」としてであり、実際に軍歴の始まりは、フランス軍におけるユサール騎兵隊の将校としてだった。

転機が一七六二年で、ヴュルムザーは配下の部隊ともども、オーストリア軍に移籍させられた。その皇帝がプロイセン王とドイツの覇を争った七年戦争の梃入《てこい》れのためで、ありえない話のようだが、当時は一七五六年に結ばれた条約で、フランスとオーストリアは同盟関係にあったのだ。

その文脈において、皇女マリー・アントワネットもフランスに輿入《こしい》れするわけだが、かかる友好関係の持続において、ヴュルムザーはオーストリア軍に勤め続けた。

特に帰国を望まなかったというのは、ドイツ人として暮らすことに不都合がなかったからだ。帰省を望めば、形ばかりの国境を跨《また》ぐだけで、もうアルザスに戻れたからだ。

ことさらドイツから眺めるならば、アルザスに外国という感覚は持ちえないのだ。

——とすれば、ここは国境地帯でなく、すでに外国……。

最前線でなく、すでに敵地……。そう心に続けかけて、サン・ジュストは打ち消した。

いや、そういうことではない。今やドイツであってはならない。是が非でもフランスでなければならない。アルザスも一度は自由と人権の思想に共鳴したからだ。パリで起きた革命に賛意を示し、それに呼応しながら、自ら共和国の一員となることを選択したからだ。

農民は封建制の廃止を喜んだ。フランス発の文明、わけても啓蒙思想《けいもうしそう》に親しんできた都市の有識層は、終《つい》に打ち立てられた人権宣言に熱狂して止《や》まなかった。

——今になって、いや、それは違う、とはいわせない。

支持していたのはフイヤン派の立憲王政だったのだとか、共和政も穏健なジロンド派のそれがよかったとか、その種のもっともらしい台詞《せりふ》とて口走らせない。今や戦争が起きたからだ。それも激化の一途を辿《たど》っているからだ。革命に寄せる好意が嫌悪《けんお》に転じたとするならば、この苦難から逃れたいという浅ましい了見が最初に来るはずだからだ。

——それは断じて認められない。

戦争にならない分には革命に喝采《かっさい》するが、ドイツ人と戦うならば手放しには歓迎できない。そう正面から断られた日には、いきなり相手の襟《えり》をつかんで、無理にも引き寄せないでいられない。サン・ジュストは確かめないでいられないのだ。

――おまえにとって、全体なにが大事なのだ。

革命は全てを凌駕《りょうが》する価値ではないか。人間として一番に求めるべき徳目ではないか。フランスだの、ドイツだのは、後回しだろう。言葉や文化、風習や風俗、民族や人種、そうした全てに優先されるべき至宝がフランスにあるならば、その文脈においてドイツを捨て、フランスを取るべきだろう。そうやって絶対の理《ことわり》を叫びながら、ぐんぐん相手の眼前まで迫りたい衝動が、今このときもサン・ジュストを突き上げて止まないのだ。口惜《くちお》しくも果たされないなら、果たされないほど熱く滾《たぎ》る怒りとして、どんどん身体《からだ》に溜《た》まっていく。いや、待て。

サン・ジュストは一度大きく息を吸った。奥深くまで吸いこむほどに、早くも冷たさを孕《はら》んだアルザスの空気は、それとして清々《すがすが》しかった。ポクポクと馬の蹄《ひづめ》が鳴るばかりという街道筋の静けさも、また頭を冷やすのには悪くなかった。

――ああ、絶対の理などはない。

そのことはサン・ジュストとて承知していた。自らが唱えた理屈からして、すでに矛盾があるからだ。貫徹するためには全世界をフランス化しなければならず、また革命が全世界で受け入れられたなら、アルザスがドイツであっても一向《いっこう》に差し支《つか》えないからだ。

――しかし、それは認められない。

現実的な理由から認められない。現下のフランスは防戦一方である。この難局において、フランスを否定することは許されない。革命と同義と捉《とら》えず、分けてフランスだけ後退させる程度も認められない。

国として理念を背負い、戦争に突入してしまったからだ。国が負ければ、理念も否定されるからだ。その戦争で劣勢に追いこまれているからには、今はひとつも譲れない形勢なのだ。

——ひとつでも譲れば、あとは破滅あるのみだ。

全体の戦況としては、好転の芽がないではなかった。派遣委員カルノと北部方面軍司令官ジュールダン将軍の奮闘で、フランス軍はフランドルのワッティニィで大勝した。同盟軍を向こうに回して一歩も引かず、十月十五日、十六日と二日にわたる激戦を制したのだ。

翌十七日には国内においても戦勝が鳴り響いた。猛威を振るっていたヴァンデ軍が、ショレの戦いにおいて共和国軍に迎え撃たれ、大敗を喫したのだ。

連邦主義を掲げて、革命政府に反旗を翻《ひるがえ》していたリヨンも、すでに十月九日、共和国の軍門に降《くだ》っている。

——風が変わるかもしれない。

と、サン・ジュストは思う。恐怖政治《テルール》の効果が早くも表れた、とも考えられる。だからこそ、なのである。だからこそ、今はひとつも譲れない。譲れば、一気に押し戻される。押し戻すには今が最後の機会だと、敵も目の色を変えている。

23——前線

もとより、未《いま》だ窮地だった。フランドル戦線が安泰になったわけではない。ヴァンデ軍も逆転を期している。パリに反感を抱《いだ》いている都市はリヨンに限らず、南フランスの軍港都市トゥーロンなど、イギリス海軍を呼びこんで、これに港を占領させたままにしている。デュゴミエ将軍が急行しているが、難攻不落の海軍基地は容易なことでは陥落しないだろう。

これを奪還するべく、オーギュスタン・ロベスピエール、つまりは公安委員会を指導するマクシミリヤン・ロベスピエールの実弟が、派遣委員として現地に飛んだ。先発の派遣委員バラス、フレロンに加えた、強力な梃入《てこい》れというわけだった。

サン・ジュストのバ・ラン県出張も、同じ文脈で捉《とら》えられるものだった。ルメーヌ、バウド、ウールマン、ラコストら、すでに何人か派遣委員は赴任していたものの、容易に事態が好転しない。恐怖政治への移行を受けた決定的な切り札が、この土地でも求められていたのである。

誰がみても、アルザス地方は危なかった。派遣委員カルノ、司令官ジュールダンのデュオは、北部方面軍を勝利に導いた。が、そのためにフランドルに兵力を集中させすぎた。手薄になった他の国境線が狙《ねら》われる。そうした予想が現実のものとなっていた。

バ・ラン県は今や絶体絶命の危機だった。ヴュルムザー将軍のオーストリア軍が、ヴィッサンブールもしくはヴィッゼンブルク、さらにローターブールもしくはラウテルブルクの防衛線を破り、今やランダウ要塞《ようさい》を狙う形勢だからである。県都ストラスブールまで残すところ百キロを切り、バ・ラン県の命脈は風前の灯《ともしび》といってよい。

「実際ひどかったな、前線は」

並んだ馬から、泣き出しそうな声が届いた。サン・ジュストは苦笑した。こちらの不機嫌顔を気にしたらしい。同道していたのは、フィリップ・フランソワ・ジョゼフ・ルバだった。

保安委員を務める国民公会の有力議員、ジャコバン派もしくは山岳《モンターニュ》派の盟友で、なによりロベスピエールの側近で知られるルバも、バ・ラン県への派遣を命ぜられていた。

サン・ジュストが平素からの相棒を同僚に望んだというか、それなら自分が行くしかあるまいとルバから志願したというか、そうした阿吽《あうん》の呼吸を察して、ロベスピエールが手配したというか、いずれにせよ、それは理想的な組み合わせといえた。

――ぞんぶんに働ける。

そう意気ごんで着任したところ、現地は想像していた以上にひどかったのだ。

その共和暦第二年第二月十日、グレゴリウス暦にいう十月三十一日も、朝から前線の視察に費やされていた。護衛の小隊に守られながら、あちらの基地、こちらの陣地と回るほど、やはりというか、気分は暗くなる一方だった。

ルバは続けた。ああ、裏切りを云々《うんぬん》する以前に、あれじゃあ、勝ちようがないだろう。どんな兵士だって、脱走したくなるだろう。負けるとわかっているなら、敵軍に靡《なび》きたくもなるだろう。いや、本当に出鱈目《でたらめ》もいいところさ。

「だって、陸軍省にはライン方面軍の総数十万と教えられてきたんだよ」

「エベール派が牛耳《ぎゅうじ》る官庁だからな。あいつら、本当にいい加減だ」

「にしても、だ。ウニング、ランダウ、フォール・ヴォーバンと新たに敷いた防衛線の各所に守備隊を配してしまうと、どうだい。作戦に基づいて、自由に出動できる兵数は、たったの四万にまで減ってしまうじゃないか」

足りないよ。ぜんぜん足りない。これじゃあ、ヴィッサンブール、ローターブールの線までは押し返せない。ランダウの救援だって難しい。憤慨する同僚に、サン・ジュストは答えた。

「だから、モーゼル方面軍を合流させる」

こちらも苦戦を強《し》いられていた。南ロレーヌ、サヴェルヌ平原に展開していたものが、ザールブリュッケン、ザールゲマイネの防衛線を破られ、同じように最前線に位置する要害ビッチュを失いかけているのだ。

「もちろん、必要な守備隊は残す。けれど、遊撃できる兵力は全て合流させる。ライン方面軍の四万に、モーゼル方面軍の三万六千を合わせれば、なんとか作戦行動が取れる規模になる」

「しかし、サン・ジュスト、それではロレーヌが深手を負いやしないか。遊撃部隊が留守にしている間に、同盟軍に一気の攻勢をかけられ……」

「となるなら、かえって好都合じゃないか。裏を返せば、敵兵力はアルザスに集中されない。寡兵《かへい》を相手に、こちらは兵力を一点集中するのだから、もうランダウ防衛は達成されたも同然だ。同盟軍に撤退を強いた勢いに乗じて、フランス軍は急ぎビッチュに鉾《ほこ》を返す。囲まれていたなら、解放する。取られていたなら、取り返す。いずれにせよ、今度はロレーヌに兵力を集中させればいいだけの話だ」

「それはそうかもしれないが……。そんな口でいうように、うまくいくかい」

「わからない。が、勝ち目があるとすれば、これだけだ。二軍を合流させなければ、その時点で負けが決まる。ロレーヌが心配だから、ロレーヌの兵は割《さ》かない。アルザスが心配だから、アルザスの兵も割かない。全体に偏《かたよ》りなく兵を配したといえば聞こえはいいが、見方を変えれば、中途半端な手しか打てないということだからな」

「それは、わかる。理屈としてはわかるけど、君に戦略を明かされて、ライン方面軍のピシュグリュ将軍、モーゼル方面軍のオッシュ将軍、二人とも驚いた顔をしていたぞ」

「将軍というが、二人とも若いからだ。ピシュグリュは三十二歳、オッシュにいたっては二十五歳だ。二人とも経験不足なのさ。戦略理論に優《すぐ》れているわけでもない。共和国の将軍、つまりは一兵士から上り詰めた新時代の将軍と呼ばれているが、それも貴族が亡命したための人材不足というか、革命のどさくさに乗じたというか、とにかく急な成り上がりの嫌いは否《いな》めないわけだからね」

「ま、まあ、確かに若いし、経験不足だろうが、それをいうなら、サン・ジュスト……」

「おまえだって若いし、経験不足だし、それに軍事の専門家じゃないだろうと、そういうことか、ルバ」

「だって、そうじゃないか。年齢のこともそうだが、君の場合は軍人ですらないわけだし」

「死んだ親父《おやじ》は軍人だった」

「平民出でありながら、普通は軍曹止まりといわれる昇進の階段を、中隊長まで駆け上がられた。もって貴族の位も与えられている。異例の栄達を遂《と》げられて、御父上《おちちうえ》はブレランクールの英雄だった。それは聞いているが、サン・ジュスト、だからといって……」

「確かに具体的には何も知らない。ただ、そこは息子の強みで、父親から自然と学んだものがある。軍人とか、軍隊とかについては、意外に押さえているものなのさ」

いいながら、サン・ジュストは鼻の下を指でさわった。さらに顎《あご》に移動させて、今度は掌《てのひら》で撫《な》でるようにしながら確かめたのは、柔らかな鬚《あごひげ》の感触だった。

仄《ほの》めかされて、くくく、とルバは笑いを嚙《か》んだ。我ながら似合わない、とはサン・ジュストも思う。ああ、母親譲りの、せっかくの美男が台無しだ。鬚など流行遅れでもあり、パリにいる分には、ただの一日も剃《そ》らないじゃあいられない。が、父親はこういう鬚を生やしていたのだ。こういう鬚にこそ兵隊は畏怖《いふ》を感じるということなのだ。

ルバは受けた。なるほど、そのむさくるしい鬚は確かに効果覿面《こうかてきめん》だったな。

「どの基地でも、どの陣地でも、兵士たちは君の演説に熱心に聞き入るからな」

それは第二月三日あるいは十月二十四日、バ・ラン県に着任一番から取り組んでいる仕事だった。まずは全軍に霊感を与えなければならない。自身で前線を回り、回りきれない陣地にはルバとの連名で檄文《げきぶん》を配布してと、サン・ジュストが是が非でも届けようとした言葉は、次のようなものだった。

「特命によりライン方面軍に派遣された人民代表は、同軍の兵士諸君に告ぐ。

一《いっ》にして不可分の共和国の暦《こよみ》、第二年第二月三日、ストラスブールより。

我々が着任したからには、軍の面前において断言しよう。敵は必ずや打ち負かされるであろうと。

裏切り者は無論のこと、人民の利益のために身を粉にしない者がいればその輩《やから》まで、手ひどく打ち据える剣をも我々は用意してきた。つまるところ、兵士諸君、我々は諸君らに報いるためにやってきたのだ。諸君らを勝利に導く指揮官を与えるためにやってきたのだ。

我々は良いところを探し出し、それがみつかれば褒賞を与え、さらに伸ばそうとするだろう。反対に犯罪が目に留まれば、それを犯した人間が誰であろうと、必ずや告発するだろう。

だから、案ずることなく、ひたすら勇気を奮い立たせよ、雄々しきライン方面軍の諸君。諸君らは守り抜いた自由とともに、ほどなく財産と勝利を得るに違いないのだ。

かたわら、全ての将官、将校、政府役人に命令しておく。これから三日以内に兵士から寄せられた苦情を処理するべし。この猶予期間が満了した後に、我々は自身で苦情の聴取を開始する。我々は軍隊が自ら行わずに済ませた公正かつ厳格な模範を示すであろう。

以上、告げる。

サン・ジュスト、ルバ」

24――処分

ルバが続けた。まあ、鬚《あごひげ》なんかで脅《おど》さなくても、熱心に聞かれたろうさ。

「なにせ、君は兵士に甘いからな」

「それも親父から学んだ呼吸だ。反対に指揮官どもには厳しいだろう。甘やかすばかりじゃ、規律が保てない。けれど、まず指揮官から正さないじゃあ、規律も何もあったものじゃないんだよ」

「その通りだが、サン・ジュスト、いくらか厳しすぎやしないかね」

「なにが厳しい。それほど多くを処分したわけではないぞ」

「量はともかく、質は特筆に値するぞ」

「偉い奴《やつ》ばかり処分すると、そういいたいわけか。しかし、だ、ルバ。国民公会《コンヴァンシオン》を代表して、わざわざパリからやってきて、力もない一兵卒を苛《いじ》めたところで、なんになるんだ。派遣委員に権力があるならば、挫《くじ》くべきは強き者であるべきじゃないか」

「そうなんだが……」

「はん、この戦争の最中にストラスブールで芝居見物なんかしている軍人は、本当なら銃殺されても文句をいえた義理ではあるまい」

事実、ライン方面軍の指揮官たちは、ストラスブールで夜遊びに興《きょう》じる日々だった。持ち場を部下の兵卒たちに押しつけると、自らは安全な後方に逃れて、にやにや顔で社交に勤《いそ》しんでいたのだ。

「将校は兵士と寝食をともにせよ。将官といえども、睡眠は幕舎で取れ。軍医は傷病兵を診療所に運びこませるのでなく、自らが前線に出て、その治療にあたれ」

とも、サン・ジュストは訓令を出していた。ごくごく当たり前の義務なのだが、今の今まで誰も命令しなかった。街に繰り出すならば徒《いたずら》に遊ぶのでなく、ジャコバン・クラブのストラスブール支部会合に出席せよと、とんちんかんに勧めた派遣委員がいたきりだ。

「まったく腹が立つ」

憤慨の言葉通りに、サン・ジュストは容赦《ようしゃ》なかった。ペイルデュー少将は芝居見物の間に前線の陣地を攻撃されたことで、問答無用に准将《じゅんしょう》に降格された。テキシエという中隊長にいたっては、ストラスブール市内で偶然サン・ジュストと行き合い、派遣委員だとも知らずに劇場までの道を聞くという失態を犯した。降格どころか、こちらには即時の逮捕が命じられ、今は裁判待ちのはずだ。

裁判といえば、サン・ジュストは着任早々の十月二十六日には、もう軍事法廷を拡大して、バ・ラン県特別司法理事会の開設を決めていた。それこそ一兵卒を裁くなら、既存の軍事法廷で足りるのだが、いっそうの有力者を裁くとなれば、現地に強力な司法機関を置いたほうが早いのだ。

「しかし、サン・ジュスト、あれは、さすがにいいすぎだったぞ」

「なんの話だ」

「決まっている。『将軍もひとりくらいは死ぬべきだ』なんていって……」

「なにが悪い。はん、あんな役にも立たない老いぼれに、最後の奉公の機会を与えてやったんじゃないか」

「あれを奉公というのか。本当に殺したんだぞ、イザンバール将軍を」

イザンバール将軍は、抗戦を試みることもなしに管轄《かんかつ》のサン・レミ要塞を捨て、あっさり逃走したという罪、つまりは敵前逃亡の罪に問われていた。断罪は当然だったが、それにしても仮借《かしやく》なかったというのは、問答無用の銃殺刑だったからだ。

それも王党派の嫌疑をかけられたタウズィアならびにベリル両連隊長、横領が発覚した首席補給官カブレスらと一緒に、兵士たちがみている広場まで連行したあげくの、公開処刑だった。

「そのほうが、みせしめの効果が高い。ああ、将軍を処分すれば、それこそ多くを殺さないでも、軍隊の隅々まで規律が行き渡るだろう」

「行き渡るかい、みせしめだけで」

「ううむ」

さすがのサン・ジュストも口ごもらざるをえなかった。

兵士の規律のなさはライン方面軍のみならず、軍隊の不文律のようなものだったが、それにしてもバ・ラン県はひどかった。命じられた任地を勝手に離れることなど日常茶飯事で、部隊の人数が名簿通りに揃《そろ》うことなど皆無だった。脱走とか、敵前逃亡というのなら、まだしも軍隊らしい話だが、それも村や町に跋扈《ばっこ》しては、盗みを働いたり、押しこみをやらかしたりなのだ。

「もちろん、指揮官には監督業務の徹底を命じている」

「それで改まるかい、兵士の素行は」

「改まらないから、いよいよやるしかない」

「やるのかい、サン・ジュスト。手をつけるのかい、兵士の処分に」

「処分だって？」

「違うのか」

「違う。処分なわけがない。だって、むしろ兵士は被害者じゃないか」

「被害者というのは……。さすがに甘やかしすぎじゃないか。だって、泥棒をやるんだぞ。強盗にまでなりはてるんだぞ」

「それは食糧を探しにいくってことだろう」

「まあ、そうだけど、他に金目のものだって……」

「取りたくもなるさ。前線にはなにもないんだ。それはみてきたとおりじゃないか」

ルバは答えられなかった。前線はひどかった。兵数に不安がある。指揮官が弛《たる》んでいる。規律に乏しい。なにを取り上げてもひどいというが、前線で強いられるのは、観念論ではありえないのだ。

――目の前の兵士がひどい。

兵士と教えられなければ、乞食《こじき》の群れと間違うほどにひどい。垢《あか》じみた粗衣に袖《そで》を通したきり、武器も持たない。行軍を試みようにも、とうに靴は破れて、裸足《はだし》同然の有様だ。がりがりに痩《や》せ、顔は赤黒く汚れ、目に生気なく、うなだれたまま動き出す気配もない。泥棒をやる、強盗になるというが、それだけの元気があれば、まだしも救われているほうなのだ。

「規律の問題じゃない。それは補給の問題だ」

と、サン・ジュストは断言した。

第一に補給が機能していなかった。前線に物資が届けられるまでの、ありとあらゆる経路に腐敗がはびこり、賄賂《わいろ》なし、横領なしでは、パンひとつ、一メートルたりとも、前に進むことがない。

サン・ジュストは摘発に励んだ。嫌疑がかけられれば即逮捕、不正が発覚すれば銃殺と、厳罰をもって臨みもした。戦地だからと言い訳を認めることなく、最高価格法の適用も進めた。バ・ラン県のみならず、周辺八県に対しても物資供出を命令した。運搬路沿いの自治体には、求められ次第に馬と荷車を出すようにも義務づけた。ところが、問題は容易に解決しなかったのだ。

「最大の問題は、そもそもの物品が確保できていないことだ」

「無理もない話だよ。それを買う金が、どこにもないんだから」

「確かにないな、革命政府にも、陸軍省にも」

「どうする、サン・ジュスト」

「どうとでもするさ」

「えっ、それは……」

「俺たちは派遣委員だぞ、ルバ。やろうと思えば、なんだってできるんだ」

「建前としては、もちろん、そうさ。しかし、現実には……」

「我々はフランスの全権代表だ。革命政府の出先であれば、我々を縛る法律はないんだ。血となり肉となった革命の精神に縛られているだけだ。それが革命的ということだ」

「…………」

「とりあえず、ストラスブールに戻ろう」

サン・ジュストは顎《あご》をしゃくるような動きで示した。彼方《かなた》の空に突き抜けて、ちょうど一本の尖塔《せんとう》がみえてきたところだった。

25――ストラスブール

尖塔《せんとう》の高さ百四十二メートル、ストラスブールのノートルダム大聖堂は、ゴシック建築の傑作のひとつである。材料に用いた土地の砂岩が淡い桃色を帯びているため、それは「薔薇色《ばらいろ》の大聖堂」とも呼ばれる。アルザスっ子の誇りだ。

教会建築を誇るからには、ストラスブールは司教座都市として中世来の伝統を誇る古都だった。ライン河から引いた西側の運河、イル河から引いた東側の運河、それぞれ二重に造作された流れに囲まれ、「水の都」の名前にも値していた。ところが、なのだ。

――入市しようとする分には難儀する。

前線の視察から戻り、サン・ジュストとルバは都市の北西サヴェルヌ門から入市した。そこに至るまでが一苦労だというのは、運河を渡らなければならなかっただけではない。複雑な幾何学模様《きかがくもよう》を描きながら、周囲には段々畑のような土塁《どるい》が築かれていたからだ。ひとつ坂道を上がれば、しばらく平坦《へいたん》な道になり、と思えば再び坂道が現れ、つまりは台地また台地の地形である。門まで辿《たど》り着こうとする者は、急勾配《きゅうこうばい》を一気に登らされるでなく、一本道をひた走るでもないままに、だらだらと長い距離を、苦をしたり楽をしたりしながら、辛抱強く踏破しなくてはならないのだ。

念入りに築城されていたのは稜堡《りょうほ》で、それこそ蟻《あり》が這《は》い出る隙間《すきま》もないほどだった。都市の東端にはアルザス防衛の最終拠点となるべき、難攻不落の要塞《ようさい》基地まで建てられている。ストラスブールは典型的な要塞都市でもあった。

稜堡はルネサンスの時代、十六世紀に始まる建築様式だが、それを待たずに、すでに「水の都」ではあった。水の流れを利した天然の要塞として、古《いにしえ》の昔より攻め入ろうとする者を歓迎してこなかったということだ。

ストラスブールはアルザスがフランスに併合されて以後も、なおしばらくドイツに留《とど》まろうとした都市だった。最終的には一六八一年、フランス軍に出動され、市域を完全に包囲されるにいたって、ようやくブルボン王家の主権を容認した。そのかわりに広範な自治権も認めさせ、なお独立不羈《どくりつふき》の気概を示した逸話でも有名である。

門を入ると、そこは十六世紀に築かれた新市街だった。南に下りていくと、ライン河から引いた二本目の運河が現れる。それを越えると、ようやく雅《みやび》やかな中世都市、アルザス風の出窓のある壁木屋が、四階建て、五階建てと高層建築で立ち並ぶ旧市街に辿りつく。

派遣仕事の拠点と定めた県都に戻るや、サン・ジュストは召集をかけた。ストラスブール市役所に集めたのは、ストラスブール市役所ならびにバ・ラン県庁の役人、および、議員、民事刑事の司法関係者、さらに富裕な企業家など、つまりは同市の有力者たちだった。

「急な召集にお集まりいただき、まずは感謝を申し上げる」

と、サン・ジュストは始めた。

年齢は指定のかぎりでなかったが、いざ集合させてみると、市役所の大広間を占めたのは、大方が四十代、五十代という紳士だった。なるほど土地の指導者に然《しか》るべきは、そのくらいの年齢なのかもしれなかったが、それにしては落ち着きがない。サン・ジュストが始めても、大広間からは私語が引けていかなかった。パリから来た若造めと、あるいは意図的な侮辱《ぶじょく》なのかもしれなかったが、最初に手をつけた話が戦況の説明だったこともあったろう。

オーストリア軍の五大隊がどう、対するにフランス軍の八旅団がこうと説明されたところで、ストラスブールの民間人はあまり興味がないようなのだ。

「したがって、細かな説明は差し控える。かいつまんでいえば、フランス軍は敵に大いに恐れられている。それが証拠にオーストリア軍から接触があった」

そう明かすと、今度は反応があった。ざわざわしていた大広間が、スッと静けさに引いたのだ。

自分の口許《くちもと》に皆の注意が集まるのがわかった。それこそ鬚《あごひげ》一本の動きさえ見逃すまいとするかの勢いだ。やはり興味があるらしいと、心のなかで不敵に笑うと、サン・ジュストは先を続けた。ああ、接触だ。このあたりで和平にしないかというのだ。

「もちろん正式な条約交渉は、それぞれの政府に任せるしかない。が、そのための休戦だけでも取り急ぎ前線で成立させておかないかと、そう向こうから持ちかけてきた」

ざわめきではない。それでも大広間の空気は動いた。ぬるい風がふんわりそよいだようでもあり、恐らくは安堵《あんど》の溜《た》め息だったろう。和平こそ願ったりかなったりというのが、ストラスブールの本音なのだろう。

——やはりドイツか、ここは。

フランス以上にフランスになってもらわなければいけないのにと、自らの洞察を重く受け止めながら、上辺《うわべ》のサン・ジュストは軽々しい、茶化すような口ぶりを用いた。ああ、だから私は早々に返事を送りつけた。

「『フランス共和国は敵から施しは受けない。くれてやるのも鉛玉だけだ』とな」

再び大広間に波が立った。ざわざわ音を孕《はら》みながら、剣呑《けんのん》さに一変した空気が満ちた。それも取り違えようがないくらいに、はっきりとだ。なにせ有力者の何人かは、聞こえよがしの言葉まで囁《ささや》いたのだ。

「なんて勝手なことを……」

「我々に相談もなしに、しかも断ってしまったというのか、パリの派遣委員殿は」

「そのようだ。もう取り返しがつかない。そんな挑発口を叩《たた》いてしまっては、オーストリア軍は激怒したに違いない」

残念ながら予想は裏切られなかった。こちらに聞かせるつもりもない会話は全てアルザス語、つまりはドイツ語で、サン・ジュストにはほとんど意味が取れなかったが、耳に届いた囁き以上に好意的であるとは思えなかった。

それでも、いや、それだから、サン・ジュストは本題に入ることができた。

「和平の誘いを蹴《け》ったからには、我々はもう勝つしかなくなった。これまでに増して、どうでも勝たなければならなくなった。ついてはストラスブールに暮らす五万市民の皆さんに、お願いしたいことがある」

また静かになった。細かな数字を投じてやるには、まさに理想的だった。

「軍靴《ぐんか》五百足、内着一万五千枚、それらを大至急で用意してもらいたい」

サン・ジュストは現実的な言葉を重ねた。勝ってもらわなければならないのに、実のところ友軍は満足に戦える状態にない。なにせ前線では一万人の兵士が裸足《はだし》なのだ。その者たちの靴はバ・ラン県で供出してもらわなければならない。また地元の方々であれば、説明の必要もないと思うが、これからの季節、アルザスは寒くなる。ことによると、帽子、それに外套《がいとう》と、さらなる供出をお願いするかもしれない。いや、多分お願いすることになるだろう。この際であれば、軍用に新調したいとはいわない。暖かければ、どんな色でも、どんな形でも構わないから、とにかく外套の供出だけは全戸で協力してほしい。

——フランスが勝手に始めた戦争じゃないか。

そのための物資を、どうして自分たちが負担しなければならないのか。それくらいの言葉を心に渦巻かせながら、有力者の面々も憤懣《ふんまん》やるかたないはずだった。が、奇妙にも感情は表に出ない。休戦交渉を蹴ったと打ち明けたときより、ずっと冷静に受け止めている。

金持ちだからだろう、とサン・ジュストは思った。金持ちであれば、多少の負担くらいは痛くも痒《かゆ》くもないからだ。戦争に負けて、敵軍に乗りこまれたり、巨額の賠償金を求められたりすることに比べれば、そんなもの、負担のうちに入らないのだ。

「が、それだけではない」

と、サン・ジュストは続けた。ああ、足りないのは靴や衣類だけではない。武器も足りない。弾薬も足りない。なかんずく、食糧が行き渡らない。

「そうした物品は別して購入しなければならない」

「…………」

「現金が必要になる」

そこで背後から袖《そで》を引かれた。責めるような、それでいて縋《すが》るような目をしていたのは、相棒のルバだった。なにをするつもりだ。そんな話は聞かされていない。いや、聞かされなくてもわかるが、それだけは止《や》めておけ。

同僚としては窘《たしな》めた、いや、はっきり止めたつもりもあったろう。が、切り出さなければ、なにひとつ始まらないのだ。ライン方面軍の勝利は遠のいていくばかりで、これきり道は拓《ひら》けないのだ。

「ついては当ストラスブールにおいて、九百万リーヴルの臨時課税を行いたい」

と、サン・ジュストは告げた。どやという声は音としては低いながら、大広間いっぱいに波が逆巻くような気配を満たした。

多少の負担なら痛くない。それが現金でも痛くはない。とはいえ、余裕の構えの有力者たちにとっても、九百万リーヴルという金額は小さな額ではないのだろう。ストラスブールほどの大都市であれば、出して出せない金額ではないはずだったが、それにしても簡単な話ではないのだろう。

26——反感

反感が立ち上がるは必定《ひつじよう》だった。が、サン・ジュストは慌てなかった。いくらか聞き取りにくいながら、投げ返されるのはフランス語であると思われたからだ。そこは有力者ばかりであり、相応の教養があるからだ。頭が悪くないとなれば、まずは理屈を捏《こ》ねるのだ。

始めたのは、太鼓腹の中年男だった。

「派遣委員殿のご要望は承《うけたまわ》りました。しかし……」

「要望ではない。これは命令だ」

「い、いずれにしましても、サン・ジュスト議員の意向はわかりました。ただ金額が金額ですから、この場で否も応もありません。いったん持ち帰らせていただきたい」

「そのような余裕はない。前線の補給は急を要するのだ」

「と仰《おつしや》いますが、ストラスブールでも庶民の暮らしは楽じゃないのです」

痩《や》せ男が前に出ると、それからは後から後から声が上がった。それこそ皆して詰め寄せ、サン・ジュストの身体《からだ》に今にも組みつかんばかりだった。ああ、仮にわしらが納得しても、実際に払う者が納得するとはかぎらないのだ。しかし、その時間までもらえないでは、話が前に進まない。我々も最大限の説得に努める。しかし、その時間までもらえないわけじゃない。協力したくないわけじゃない。ええ、ええ、ひとつ常識で考えていただきたい。靴に、衣類にと出させられたうえ、さらに現金までとなると、差はあれ不満は出ざるをえない。

「当然のことでしょうが」

有力者というからには、大広間に集まるのはブルジョワばかりである。が、ストラスブールにもサン・キュロットはいて、やはり大人しい輩《やから》ではない。聞き分けに優《すぐ》れる輩でもないならば、ことによると一騒動ありうる。そう訴えたくなる気持ちは、わかる。

実際その通りだろうと認めながら、なおサン・ジュストは不敵な顔で笑うのだ。いや、ご心配なく。そのへん、我々も考えないではない。なにせサン・キュロットという手合いには、パリでもさんざ手を焼かされてきた。

「ああ、気の荒い貧民たちを好んで刺激するつもりはない」

「だったら、時間をいただけますな、派遣委員殿」

「いや、やはり即答していただきたい」

「ですから、皆を説得するとなると……」

「ですから、その必要はない」

「…………」

「九百万リーヴルはブルジョワ層だけで負担してもらう」

「…………」

「現金の負担は、ストラスブールのなかでも特に富裕な層にかぎってお願いするといったのだ」

それなら騒動など起きまい。それぞれの街区《セクシオン》に持ち帰り、苦しい庶民を相手に事情を説明する必要もない。この場の皆さんに納得してもらえば、ほぼ決まりだ。もちろん該《がい》当者《とうしゃ》の全員が集まっているわけじゃないが、そこはブルジョワ同士で知らせあってほしい。そうしたサン・ジュストの声は響き方が鋭く、今や耳に痛いくらいだった。

他には、ことりとも音がしなかったからだ。大広間は静寂に総《す》べられていたのだ。

ストラスブールの有力者たちは絶句していた。その驚きは察して余りある。話を咀《そ》嚼《しゃく》したとたん、猛烈な勢いで起こるであろう反発も、また想像に難《かた》くない。だからルバは後ろから袖を引くのだ。震える指で捕えると、それを決して放そうとしないのだ。

いよいよルバは小声で耳打ちすることまでした。ああ、やめておけ、サン・ジュスト。派遣先に悪印象を与えて、どうする。徒《いたずら》に憎まれれば、仕事がしにくくなるだけだ。

「それでも祖国フランスのためだ」

と、サン・ジュストは大きな声のままで続けた。もちろん、大広間に向けてだ。ああ、国民公会《コンヴァンシオン》の代表として命令する。フランスの一員たるストラスブールの同志市民には、九百万リーヴルを負担してもらいたい。

「断るとはいいません」

再開したのは、最初の太鼓腹だった。しかしながら、ひとつ派遣委員殿にお聞きしたい。

「派遣委員殿は九百万リーヴルの拠出を負担する者と免除される者を、どう分けるつもりでおられるのか」

きっかけに、後から後から声が上がるのも同じである。ああ、そこだ。そこなんだ。

「金持ちとか貧乏人とか、そうした区別は相対的なものでしかないではないか」

「能動《アクティフ》市民と受動《パッシフ》市民の区別もなくなった。皆が等しいフランス市民だ」

「一口にブルジョワといっても、中身は色々なんだ。サン・キュロットと区別できるといっても、その線引きは曖昧《あいまい》にならざるをえない」

「ですから、ご心配なく」

と、サン・ジュストは繰り返した。ええ、皆さんに苦労はかけない。

「線はこちらで引かせていただく」

「ですから、どういう線なのですか」

「四千リーヴル以上の財産を持つ者だ。我々の算定では、二百人ほどが該当する」

それは後ほど発表しよう。そうやって、サン・ジュストは切り上げた。

ざわざわ、ざわざわ、大広間は鎮まろうという気配がなかった。納得からは程遠い。それでも話を先に進めようというのだから、やや乱暴な印象は否《いな》めなかった。ああ、話を現物の供出に戻すと、軍靴《ぐんか》については追加のお願いがあるかもしれない。兵舎の環境も整っているとはいいがたく、寝台も揃《そろ》っていない。そのへんも今からお含みおき願いたい。

「だから、待たれよ。しばし待たれよ」

「強引だ。あまりに強引だ、派遣委員殿」

そうした非難も含めて、サン・ジュストにすれば全て予定通りだった。であれば、責められても、詰《なじ》られても、ここは立ち止まるべきではない。

どんな風に話してみても、やりとりは平行線を辿《たど》るばかりだからだ。ストラスブールの連中、ただ金など出したくないと、それだけの本音しかないくせに、もっともらしい理屈ばかりは長々と聞かせるのだ。

閉口する。もとより、議論する気などない。これは命令であり、ストラスブールに選択権のある交渉の類《たぐい》ではない。

騒がしいままの大広間に、サン・ジュストは続けた。さて、もうひとつ報告がある。

「フレデリク・ドゥ・ディートリッシュ、あるいはフリードリッヒ・フォン・ディートリッヒというべきか、いずれにせよ、当ストラスブールの元市長については、説明の必要はないと思う」

出された名前に反応して、また潮が引くように、ざわつきが音を下げた。それはストラスブールの名物市長として、ある意味この都市におけるフランス革命を体現している人物だった。

革命前は裕福な鍛冶《かじ》親方で、同時に銀行業も営むという典型的な名士だった。一七六一年にフランス王国で、六二年に神聖ローマ帝国で、それぞれ授爵《じゅしゃく》された「ディートリッヒ男爵」は、郊外に複数の領地を構える貴族の顔も持っていた。

これが革命勃発《ぼっぱつ》後、新たな市政の舵取《かじと》り役と目され、一七九〇年二月の選挙に当選、三月にストラスブール市長に就任することになった。九一年十一月四日に再選、一時は国家の内務大臣にと推挙の声も上がったが、辞退してストラスブールの指導者であり続けた。

ジロンド派に近いといわれた穏健派でありながら、革命に忠実であることに変わりなく、フランスが行う戦争にも協力的だった。

ディートリッヒは素人《しろうと》ながらテノールの歌手であり、その縁で一七九二年四月に音楽に素養のある工兵将校、ルージェ・ドゥ・リールを自宅に招いた。作詞作曲させて、自らが一番に歌ったのが『ライン方面軍のための軍歌』であり、これが後に『ラ・マルセイエーズ』と名前を変えて大流行した経緯は有名である。

が、ほどなく失脚する。同年八月七日付で、王の廃位に反対する意見書を当時の立法議会に宛《あ》てたのは、穏健派として当然の態度だった。その直後の八月十日にパリは蜂起《ほうき》した。王政が倒壊、共和政の樹立へと流れていく、怒濤《どとう》の展開の始まりである。ところが、辺境の地ストラスブールの市長の意見書がパリに届いたのは、八月十二日だったのだ。

ディートリッヒは市長の座を追われ、九月二日に告発された。いったんスイスに逃れたが、ほどなく帰国して自ら出頭、十一月五日に身柄を拘束された。「祖国に対して陰謀を企《くわだ》てた罪」で、バ・ラン県の刑事裁判所、ついでドゥー県の刑事裁判所で裁かれることにもなったが、今年三月に出された判決は無罪だった。

なおドゥー県ブザンソンで拘束が続いていたが、それは「亡命の罪」では嫌疑が晴れていないためである。が、冤罪《えんざい》だと声が上がった。ストラスブールにおける市政全般は、今なお穏健派が掌握するものであり、都市を挙げての釈放運動も始まっていた。

「そのディートリッヒだが、八月二十九日付の公安委員会命令で、今はパリに移送されている」

物議を醸《かも》した一件だった。無罪の市長を返せと、それが、ストラスブールが今の革命政府に示す反感の一因になってもいる。

「その審理が、近く革命裁判所で行われる」

サン・ジュストの声だけが響き続けた。ついては、一応は報告しておきたい。別件ながらストラスブールに出張しているのだからと、私は現地調査とそれに基づく意見書の提出を求められたのだ。

「まず亡命の罪については明らかである。法の定めるところに従い、ディートリッヒ家の財産、すなわちストラスブール内外に見出《みいだ》される動産、不動産の全てを没収する」

「…………」

「もちろん没収財産はライン方面軍のために使わせてもらうが、さておき綿密な調査の結果、ディートリッヒの犯罪は『亡命の罪』で終わるものではないとの結論も得られた」

「…………」

「『陰謀の罪』で死刑に値する嫌疑も濃厚と、ディートリッヒについて、そのようにパリには返答することにしたが、それとして、もうひとつ」

そう話をつなぎながら、今度のサン・ジュストは上着の隠しから、小さく、小さく、それは丁寧《ていねい》に折り畳まれた、一枚の白い紙片を取り出した。

ほんの数日前、国境地帯を哨戒《しょうかい》中の友軍兵士が、外国人と思《おぼ》しき不審者を逮捕、綿密な取り調べを励行して発見した手紙である。肌着の襟《えり》に縫いこまれるという形で、周到に隠し持たれていたものだ。

「差出人はサン・イラール侯爵とある。調べによると、フランスの亡命貴族で、コンデ大公の指揮下にある男だ」

27──追放者の一覧

コンデ大公ルイ・ジョゼフ・ドゥ・ブルボンはフランスの王族である。一七八九年に革命が勃発するや、いち早くフランスから退去して、一七九一年にはプファルツ地方のコブレンツに拠点を構えた。そこに同じような亡命貴族を糾合《きゆうごう》して、つまりは反革命の急先鋒《きゆうせんぽう》で知られていた。今も国境のすぐ向こう側にいて、亡命貴族を中核にスイス、ドイツの傭兵《ようへい》部隊を合わせながら、七歩兵大隊を率いている。

発見されたのは、そのコンデ大公の腹心と思《おぼ》しき男の手紙だという。

「衝撃の内容だ」

打《ぶ》ち上げながら、サン・ジュストは手紙を開いた。ええと、なんでも、神聖ローマ帝国には、ストラスブールを「帝国自由都市」に認める用意があると。平たくいえば自治都市の資格なわけだが、興味があれば内応されたしと。すぐにも市内制圧のための部隊を送ることができると。

「まあ、そのかわりに投降しろと、いつもながらの誘いといえば、それだけの話でしかないわけだが……」

いいよどむほど、いよいよ大広間は皆が固唾《かたず》を呑《の》んだ。問題は明らかだった。ああ、それだからといって、ほうっておくわけにもいかない。派遣委員という立場にあるかぎり、この私も積極的に調査を進めなければならない。

「サン・イラール侯爵がこういう手紙を宛てた、ストラスブールの人間は誰かというと、ええと、ウド、ウドレ、ああ、ドイツ名前だとすると、エーデルマンと読むんだろうか」

「…………」

「着任間もない身であれば、私としては一面識もないのだが、聞くところによれば、バ・ラン県庁の職員だそうだ」

「…………」

「実は昨夜ジャコバン・クラブのストラスブール支部で会合が持たれた。そこで市民エーデルマンの話も聞いた。バ・ラン県の県庁職員、それにストラスブール市役所職員、どちらもよく知らないので、派遣委員の立場上これを機会に知らなければならないと、他にも主《おも》だった面々についても色々と教えてもらった」

もはや空気は凍りつくかのようだった。面々の怯《おび》え方こそ快感であれば、サン・ジュストは嬉《うれ》しさが表に出ないよう、いくらか努力しなければならなかった。ああ、貴族の手先、外国の密偵、つまりは王党派で、祖国に対する裏切り者という手合いは、他にも少なくないようだ。派遣委員という立場上、これも告発しなければならない。おって巡査が出頭を求めにいくと思うが、その前に私の権限で公職追放を済ませておかなければならない。

「追放者の一覧を作成しておいた。官庁職員の、おおよそ三分の一ほどが解雇されるようだ。ああ、一覧といえば先刻の話で、九百万リーヴルを負担してもらう二百人の一覧もある。二枚とも明日までには市役所の壁に張り出しておくので、各々《おのおの》で確認してもらいたい」

大広間は騒然となった。構わずにサン・ジュストは話をまとめた。本題に戻ると、とにかく軍隊では、今も一万人が裸足《はだし》なのだ。ストラスブールにおいては明日十時までに、割り当てられた数の軍靴《ぐんか》を洩《も》れなく供出しているように。

「以上だ」

そうやって話を終わると、サン・ジュストは相棒に目で合図した。頷《うなず》きを確かめるや、さっと出口に踵《きびす》を返し、そのまま出て行こうとした。それも、意地の悪い早足でだ。

「ちょっ、ちょっと、お待ちください、サン・ジュスト議員」

「ああ、あなたは市民シャルケでしたな。九百万リーヴルのほう、よろしく頼みます」

「ああ、そうでしたか。ああ、了解いたしました。ええ、ええ、割り当ててください」

「あの、あの、サン・ジュスト派遣委員閣下、あの、私も実は内々に話したいことがありまして……」

「どういうことでしょう」

「私の名前は担税者の二百人に入っておりますでしょうか。いや、入りたくないというのでなく、逆に洩れているようなことがあれば、些少《さしょう》ながらの志といいますか、私にも是非にも協力させていただきたいのですが……」

「お名前は」

「ラインハルトと申します。ゲオルグ・ラインハルトと」

「市民ラインハルトですね。わかりました。後で一覧を確かめてみます」

必死の形相《ぎょうそう》で、私は、この私はと小声で問い合わせてくる輩《やから》は、しばらく跡を絶たなかった。かたわら、泣き出しそうな顔をして、悲鳴のような声も近づいてくる。

「サン・ジュストさん、サン・ジュストさん、私たちとしては、そういうつもりでお話ししたわけではありません」

ジャコバン・クラブの支部の面々だった。根が真面目《まじめ》な人間だけに、自分たちのせいで隣人を破滅させることになってはと、小心な責任感が疼《うず》いたということだろう。

「しかし、君たちも嘘《うそ》をいったわけではあるまい」

「それは、ええ、嘘というわけでは……」

「だったら、心配に及ばない」

ぽんぽんと肩を叩《たた》くと、サン・ジュストは簡単に片づけてしまった。

実のところ一覧などは、まだ完成していなかった。おおその下書きはできているが、まだ決定稿ではない。明日までに仕上げればよいからだ。今夜は訪問客が引きも切らないだろうから、公職追放一覧に載せるか、担税者一覧に載せるか、各々の態度を鑑《かんが》みてから決めても遅くないのだ。

「しかし、大丈夫なのか」

小声で確かめるのは、またしてもルバである。というのも、追い詰められた連中は、なにをするかわからないぞ。ストラスブールは敵地同然なんだと、そのことを忘れるな。

「なんだ、そんなことか。まったく、ルバ、君も心配性だな」

サン・ジュストは表情ひとつ変えなかった。というのも、ほら、やってきた。

「ブラボ、ブラボ、さすがでございます、サン・ジュスト議員」

今のストラスブール市長フランソワ・モネだった。自らが赤帽子《ボネ・ルージュ》だったのみか、口髭《くちひげ》を捻《ひね》り上げ、吊《つ》りズボンを穿《は》き、やや芝居がかったくらいに、これぞサン・キュロットという輩を、ぞろぞろ十人ほど従えていた。屈強な輩ばかりで、恐らくは護衛を兼ねさせているのだろう。

「ええ、ストラスブール市長としても、異議などございません。ええ、ええ、この調子で行きましょう、サン・ジュスト議員。私としても古い体質の職員が多くて、ほとほと弱っていたところです」

ストラスブールの政官財は穏健派、つまりはブルジョワ勢力が握るものである。にもかかわらず、今年一月の市長選でディートリッヒの後を受けたトゥルクハイムを退け、モネが当選を果たすことができたのは、市内サン・キュロットの支持を集めての話だった。ところが、いざ市役所に乗りこめば、議員から、役人から、ほとんどが穏健派であり、孤軍奮闘を強《し》いられざるをえなかったのだ。

ブルジョワとサン・キュロットの対立は、ストラスブールも御多分に洩れなかった。にしても、サン・キュロットの投票行動は、いけすかない金持ちでなければ誰でもいいということなのか。

当のモネはといえば、二十五歳の若者にすぎなかった。それこそサン・ジュストより若いくらいで、サヴォワから移住してきたというが、従前なにをしてきたかは不明である。

「いや、本当に、いくらでも追放してください。欠員ができても、そうそう、ジャコバン・クラブの皆さんがおられます。若くて、優秀な、それこそ逸材揃いなわけですから、ここから補充すればよいだけの話です」

赤帽子のサン・キュロットたちは手を打ち鳴らした。冷ややかな視線に囲まれているのも構わず、だ。市長モネの取り巻きたちは「プロパガンダ派」と呼ばれていた。とにかく煽動的《せんどうてき》で、鼻につくという意味だろう。

フランス系であることも手伝って、ストラスブールでは嫌われ者の感もありながら、パリから来た派遣委員にしてみれば、それこそ心強い勢力である。

「これを機会にバ・ラン県も組織改革といきませんか。派遣委員閣下におかれましては、監視委員会、全体防衛委員会、そして革命裁判所と、諸々《もろもろ》の機関の新設も検討していただきたく」

続いたのは、僧服の男だった。エウロギウス・シュナイダーといい、こちらは三十七歳という年齢なりに、かつてボン大学で教授をしていたという男だ。つまりは本物のドイツ人だが、ストラスブールにやってきたのは、フランス革命の理想に共鳴しての話だった。

ほどなく司教付助祭に任じられたのは、フランス語で書かれた革命の諸綱領、わけても聖職者民事基本法の条文を、正確にドイツ語に訳して伝えられる知識人が必要とされたからだが、大貴族出身のストラスブール司教、ローアン枢機卿《すうききょう》が亡命してからというもの、俄《にわ》かに発言力を強めてきた。

地元ジャコバン・クラブの会員になるや、たちまち代表的な論客のひとりとなり、オーストリアに対する宣戦布告も支持、王の廃位にも賛成、共和国の樹立には熱狂的な讃《さん》辞《じ》を送るなど、ストラスブールの世論を形成するのにも一役買ってきた。

腐敗した右派であり、ジロンド派であると攻撃して、ディートリッヒ排斥《はいせき》の急先鋒となったのも、このシュナイダーである。今年二月からは地元法廷の訴追検事に就任して、反革命の輩の駆り出しにも奔走している。

この遠隔の地において、パリの革命を代弁してきた人物といっても過言ではない。フランス革命の理想を、ドイツ語を喋《しゃべ》る故国の全てに浸透させることが自分の夢だとも、熱く語る。

――ストラスブールにも味方はいる。

派遣委員が孤軍奮闘になるわけではない。フランスの革命が、あるいはパリの政府が、常に嫌われるわけではない。この逆境においても、共和国に忠誠を誓い続けて、少しも揺るがない輩がいるのだ。

――ただし……。

どことなく胡散臭《うさんくさ》いがなと、そこはサン・ジュストも思わないわけではなかった。

28——脱キリスト教

革命が手がけた仕事のなかでも、聖職者民事基本法の制定、ならびに全聖職者に対する宣誓強制は、禍根を残した案件の最たるものである。

——やっぱ、中途半端なんだ、くそったれ。

結果として、フランスの聖職者を宣誓僧と宣誓拒否僧に二分することになり、事実上のシスマ（教会大分裂）を招いた。のみならず、宣誓拒否僧は反革命の旗幟《きし》を鮮明にしながら、ヴァンデの反乱において王党派の活動、反ブルジョワの活動と結びつき、内乱を深刻化させた大きな原因ともなっている。

——エベールの疑問は、そこで終わらない。宣誓拒否僧は言語道断として、法律に宣誓したほう、立憲派の聖職者だって、問題なんじゃねえか、くそったれ。だって、おかしいじゃねえか。

聖職者民事基本法の肝《きも》のひとつが、聖職者の国家による給養である。教会財産が国有化されたからには、自前の会計は立てられない。かわりに役人と同じように、給料を国家の予算に計上しようというわけだが、ちょっと待て。

――それって、意味あんのか、くそったれ。

立憲派の聖職者が捧《ささ》げさせられた宣誓の、当時の文言《もんごん》というのが、こうである。

「私は誓う。私に委《ゆだ》ねられたる教区の信徒たちが、国民と法と王に忠誠であるよう監督の目を光らせることを。かつまた国民議会に制定され、国王陛下に受諾された憲法を、持てる全ての権限を用いながら堅守することを」

なんだか、おかしい。聖職者だというのに、神が出てこないのは、おかしい。宣誓拒否僧こそ本物なんだと、それを支持する無知蒙昧《むちもうまい》の徒がいうように、欲しいのは神を語る聖職者であって、自由と人権を語る聖職者でないといわれれば、それはそれ、ひとつの理屈として聞けないではない。

これが役人であれば、おかしくない。国から給料を払われるのだから、おかしくない。国から給料を払われる身分とみれば、聖職者が法律を語るのも当然という話になる。

が、神を語らない聖職者は、おかしい。それでも神を語るだけなら、国が養う理由がない。少なくとも今のフランス共和国は、神の恩寵《おんちょう》によって建てられたものではないからだ。人間が自らの知恵と勇気で建設したものだからだ。

とすると、そもそも国家が聖職者を養うというのが、おかしい。いや、法律ばかりを論じて、ほとんど役人と変わらないなら、いっそ役人になればいい。

「ですから、私は僧服を脱ごうと思います」

そう断言したのは、パリ大司教ジャン・バティスト・ジョゼフ・ゴベルだった。

六十六歳の老僧は、もちろん立憲派の高位聖職者である。のみならず、リッダ司教の時代に全国三部会の議員を務めたことで、聖職者民事基本法の制定に立ち会い、しかもパリ司教の叙任が一七九一年三月、つまりは宣誓強制が問題視された時期に、よりによって混乱の元凶ともいうべき問題児タレイラン・ペリゴールの手でなされたという、まさに渦中の歴史を体現するような人物なのである。

そのゴベルが国民公会《コンヴァンシオン》の演壇に立ち、しわがれた声ながらも、さすが説教馴《な》れした聖職者だと感心させる、はっきりした言葉で続けた。

「長く誤りを説いてきたことを認め、聖職を永久に放棄します。ええ、ここに宣言いたします。僧職にまつわる、いうところの印、さらに祭務の一切についても、偽りであり、まやかしであり、詐欺であると片づけながら、それらも全て放棄します。嘘《うそ》でない証拠として、当議会に証書、認可状、叙任状等々も残さず提出いたします。さらに人民という全能にして賢き裁き手の面前で誓います。司牧の職のような悪に二度と手を染めたりいたしません。全力を挙げて自由と平等を保つことに力を注ぎ、民主的かつ一《いっ》にして不可分の共和国を確かならしめるために生き、そして死んでいきたいと思います。かかる言葉に反するような真似《まね》をした際には、宣誓を翻《ひるがえ》した人民の敵であり、卑劣漢であると罵《ののし》られ、しかるべき処置を受けることもやぶさかではありません」

そうやって、ゴベルは十字架と司教の指輪と諸々《もろもろ》の書類を議長席の卓に置いた。輝くような純白の祭服を肩から落とし、宝石がちりばめられた司教冠まで脱いでしまうと、そのあとの白髪頭を隠したのは質素な赤帽子《ボネ・ルージュ》だった。が、それこそは真に誇るべき現代の宝冠、サン・キュロットの目印なのだ。

拍手が起きた。共和暦第二年第二月もとい霧月《ブリュメール》の十七日、糞《くそ》いまいましいグレゴリウス暦にいう一七九三年十一月七日、パリ大司教ゴベルが議会に届けたのは、聖職の返上であり、自らの還俗《げんぞく》であり、さらにいえば聖職そのものの否定だった。

――本当にやりやがった、くそったれ。

その様子を傍聴席から窺《うかが》いながら、エベールは妙に感心した。なにからなにまで予定の行動だったとはいえ、いざ現実のものになってみると、やはり新鮮だったというか、耳目を疑わざるをえなかったというか。いやはや、この俺《おれ》っちまでが、あらためて迷信に毒されてきたものだぜ、くそったれ。

エベール派が進めていたのが、脱キリスト教運動だった。あの風変わりなプロイセン人、アナカルシス・クローツの教理に基づきながら、聖職者民事基本法は中途半端だ、教会改革など意味がない、いっそ聖職をなくしてしまえ、教会を閉じてしまえ、つまるところキリスト教を棄《す》ててしまえと、そう呼びかける運動である。

「過激な意見なんかじゃありませんよ。だって、キリスト教信仰そのものが、つきつめれば妄信でしかないわけですから」

「歴史のなかで長らく押しつけられてきたとすれば、フランスの人民は一刻も早く脱しなければならないんだ。心の奥まで毒されてしまっているなら、それを一気に抜き去る衝撃が必要なんだ」

「それが、パリ大司教である私が議会がみつめるなかで行う、聖職放棄というわけですか」

そうやって昨夜はクローツ、それにショーメットまでが、夜を徹してゴベルの説得にあたっていた。理屈としては納得できる。しかし、この老境にいたるまで、聖職者として生きてきた自分が、今にして全てを捨ててしまうようで、正直怖いような気もする。そうやって渋る様子もないではなかったと聞くだけに、あらためて壮挙であるといってよい。

「みよ。司牧の職が得意としてきた小手先の誤魔化《ごまか》しが、ついに最後の息をひきとったとして、これこそ記念されるべき光景だ」

興奮のあまり、ショーメットが叫んでいた。なるほど、傍聴席から眺めるだけで、確かに壮観ではあった。ゴベルは自分の甥《おい》を含む司教付助祭を引き連れていた。それらが上司の範に倣《なら》ったのみならず、議席のほうでも後から後から席を立ち、自ら演壇に向かう者が絶えなかったのだ。

――聖職者の議員も動いた。

聖職者として枠を与えられるわけではないながら、他と横並びの資格で選挙に出馬し、議員の資格で登院する聖職者は、今もって少なくなかった。

その多くがパリ大司教ゴベルの後に続こうとした。いいかえれば、脱キリスト教運動に賛同した。ある程度は根回しもあったろうが、それにしても多くがコルドリエ派もしくはエベール派を支持したのだ。

「待ってくれ、待ってくれ」

騒いだのは、これまた有名な立憲派聖職者、今はブロワ司教になっているグレゴワール師のみだった。あとの聖職者議員は、本当にひとり残らず演壇に列をなし、背後の議席を見事に隙間《すきま》だらけにしていく。

「聖職を永久に放棄します」

「ここに司祭の指輪を捨てます」

「叙任状を破らせてもらいます」

国民公会も聖職者ならぬ俗人議員のほうは、ざわめかずにいられないようだった。とはいえ、なにがなんでも否認してやるという、汚い野次が飛んでくるのではなくて、まだ当面は困惑のほうが勝つようだった。

「どういうつもりだ。なんなのだ、これは」

「聖職者を辞めるというのか。還俗したいということなのか」

「今さら還俗の意味などあるまい。すでに聖職者は妻帯まで許されているのだ」

「説明しろ。誰か、きちんと説明しろ」

戸惑いの声に応《こた》える形で登壇したのが、パリ市の第一助役だった。

「アナクサゴラス・ショーメットと申します。『ピエール・ガスパール』と名乗っていましたが、あまりにキリスト教的であると嫌気がさして、最近改名いたしました。ちなみに『アナクサゴラス』とは古代ギリシャの哲学者です。かの大政治家ペリクレスの家庭教師でもありました」

そんなことは、どうでもよい。どうして、パリ自治委員会が出てくるのだ。これはコルドリエ派の運動なのか。憤懣《ふんまん》と困惑の声は上がりながら、それでも始められれば、皆が耳を傾けないではいられなかった。

「全ての聖職者は聖職を返上するべきだと考えます」

と、ショーメットは始めた。国家による給養も直《ただ》ちに廃止するべきです。というのも、聖職者という存在そのものがアンシャン・レジーム的であるからです。宣誓僧であれ、宣誓拒否僧であれ、この現代には必要ありません。

「もっといえば、有害でさえあります」

「まさか、カトリック教会の廃止をいうのではあるまいな」

「廃止といえば、廃止です。パリ自治委員会は、市内における全ての教会の閉鎖についても検討中です。なお聖職に留《とど》まりたいという輩《やから》には、厳しい監視がつけられるべきだとも考えております」

国民公会は困惑をすぎて、そろそろ絶句する体《てい》だった。が、行くところまで行けば、後は反発するしかない。

「教会に喧嘩《けんか》を売る気なのか。またぞろ宗教戦争を起こす気なのか」

はっきりとはみえなかったが、議席から声を飛ばしたのは、さしあたり車椅子《くるまいす》の闘士クートンあたりだったろうか。とすると、後に続くのは疲れを知らないバレールか。

「まさに宗教戦争の企《くわだ》てだ。カトリックの聖職者は、有害だとか、堕落しているとか、悪魔の遺いだとか、まるでプロテスタントの言い草だ」

「いえ、聖職者民事基本法の制定こそ、宗教改革の焼き直しにすぎなかったと、反省されるべきでしょう。なによりの証拠に妻帯する立憲派聖職者ときたら、今やプロテスタントの牧師そっくりではありませんか」

「それが悪いというのか、ショーメット。プロテスタントが悪いというのか」

「だから、カトリックとか、プロテスタントとかじゃねえっていってんだろ、くそったれ」

29――理性を拝め

エベールは我慢できずに立ち上がった。傍聴席からだったが、皆が一斉に振り返った。千もの目が自分に集まるのがわかった。

誰かと間違えられることもなかった。出たな、コルドリエ派の親玉め。ふざけた暴言は『デュシェーヌ親爺《おやじ》』の紙面だけにしておけ。エベール、おまえ、おかしな外国人に妙な知恵をつけられたな。急ごしらえの学問で飾り立てても、そんなものは、すぐに禿げ落ちてしまう……。

「誰が禿《は》げだ、くそったれ。禿げは関係ねえじゃねえか、くそったれ」

そう返せば、こちらの傍聴席では太鼓を鳴らし、笛を吹き、赤帽子《ボネ・ルージュ》を振り回しと、詰めかけていた仲間たちが、ここぞと大騒ぎである。

「しかし、どうして『禿げ』で盛り上がるかなあ」

零《こぼ》しながら、エベールは帽子をなおした。なにはなくとも禿げと茶化されてしまうので、試すようになっていた。

帽子で隠してみたところで、薄毛を馬鹿にされなくなるわけではなく、もちろん髪が増えるでもなければ、かえって蒸れて、抜け毛が増えるくらいなのだが、多少の気休めにはなるようだった。

いや、禿げは別として、しぶい鼠色《ねずみいろ》で、チューリップを逆さにしたような形の帽子は、なかなか似合っていると褒める声もある。ときおり硝子《ガラス》に映る自分をみかけて、我ながら悪くねえかなと思うときもある。だから、ほんと、苛々《いらいら》するぜ。わからず屋どもときたら、どこまで頭が鈍いんだと、いい加減腹が立つぜ。

「いいか、おまえら。俺《おれ》っちがいいてえのは、つまるところキリスト教なんてものは、金輪際《こんりんざい》いらねえんじゃねえかってことだ、くそったれ」

「馬鹿をいえ。キリスト教なくしては、生活が成り立たなくなるではないか」

「だったら、なんで暦《こよみ》を変えちまったんだよ」

それについては、議席も反論できなかった。グレゴリウス暦は悪習でしかないとして、共和政が開始された一七九二年九月二十二日に始まる革命暦もしくは共和暦の採用を、今年十月五日に決めたからだ。すでに部分的には、キリスト教を否定したのだ。

「僕は劇作家だったんだなんて、ファーブル・デグランティーヌの野郎まで、しゃしゃり出てきたじゃねえか。十月二十四日というか、第二月三日というか、とにかく数字ばかりじゃ味気ないからなんて、葡萄月《ヴァンデミエール》、霧月《ブリュメール》、霜月《フリメール》、雪月《ニヴォーズ》、雨月《プリュヴィオーズ》、風月《ヴァントーズ》、芽月《ジェルミナール》、花月《フロレアール》、草月《プレリアール》、収穫月《メッシドール》、熱月《テルミドール》、実月《フリュクチドール》の呼び名も作ったたって話じゃねえか。あれがキリスト教なのかよ。おまえらだって、キリスト教を否定してるんじゃねえかよ」

「といって、一気に廃止するなんて、極端な真似《まね》をするつもりはない」

「極端だろ。十分に極端だろ。それとも、なにか。ダントンの郎党がやることは穏当で、俺っちたちがやることは極端だってのか」

「…………」

「暦は変えるが、キリスト教は残すなんていうより、むしろ理屈が通ってると思うがな。キリスト教を棄てたところで、困ることなんかねえと思うけどな。この際だからいっちまうけど、正直、神さまなんていらねえだろ、くそったれ」

議席が静かになった、というより、硬直したのが、はっきりと感じられた。「正直」と断られて、なお禁忌《きんき》に触れた衝撃は小さくないということか。

しかし、とエベールは思う。そんなんだから、おまえら、中途半端で終わるんだ。いつまでたっても前に進めやしねえんだ。

「実際のところ、神さまなんているのかよ、くそったれ」

と、エベールは続けた。神さまなんて、みたことあるのか。神さまと話したことあるのか。マリアさまのおっぱいでさえ、さわったことある奴《やっ》なんていねえだろ。

吹いてみると、身内のはずの傍聴席までが固まっていた。あるいは萎縮《いしゅく》したというほうが正しいのかもしれなかったが、その分を取り戻さなければならないと、焦るようにして弾《はじ》けたのが、それまで絶句を余儀なくされていた議席だった。

「きさま、罰当たりをいうな」

「呪《のろ》われるぞ、エベール。神を冒瀆《ぼうとく》した罪で、おまえは必ず呪われる」

「ああ、地獄に堕《お》ちるに違いない。業火《ごうか》に焼かれることを思って、それから口を開けというのだ、この不届き者が」

それでもエベールは萎縮しない。はん、なんだ、なんだ、おまえら、それでも議員かよ。

「それじゃあ、まるで出来そこないの坊主じゃねえか。いや、そんな陳腐な脅《おど》し文句、いまどき本職の坊さんだって使わねえぞ、くそったれ」

「ならば、聞く」

その声はキンと高く響くような印象だった。さしものエベールも刹那《せつな》は知らず息を止めていた。議席の一番高いところで立ち上がるのは、遠目にも小柄な男だった。

「ロベスピエール……」

ビビらねえぞ、とエベールは自分に言い聞かせた。ああ、ビビらねえ。もうロベスピエールなんか落ち目だ。公安委員会に入ったきり、まるで冴《さ》えなくなっちまった。マラのほうは死んじまって、もう俺っちの天下なんだから、誰も恐れる理由がねえ。

ロベスピエールは続けた。いや、勘違いしてもらっては困る。ああ、皆も落ち着いてほしい。多くが同じなのだと思うが、実のところ私にしても、唐突な印象を免《まぬか》れなかった。不徳と恥じるしかないながら、宗教の問題を真正面から考えてはこなかったからだ。

「だから、忌憚《きたん》ない意見を聞かせてほしい。神がいるのかいないのか、それは確かに知りようがない。が、仮に神がいないとして、それで人間は困らないものだろうか」

「どういう意味だよ、困るって」

「市民エベール、君は庶民感情に通じている。人々とともにありたいと私も常に念じているが、君の直感的な把握には、とてもじゃないが及ばないと、これまでも何度か舌を巻かされている。だからこそ、聞きたいのだ。哲学者なら確かに神などいらないだろう。啓蒙主義《けいもうしゅぎ》に親しんだ教養家なら、あるいは神など迷信だと笑って済ませられるかもしれない。しかし、庶民は神を必要としないのか」

「本も読めねえ貧乏人は、まやかしのキリスト教で我慢してろって理屈かよ」

「そうじゃない。それでも人間は祈り、恐れ、なにか超越的な存在に縋《すが》ろうとするものではないのか」

「そりゃ、そうだ」

「だったら、神は必要ではないのか。どんなに腐敗し、どんなに不条理が多くとも、それを正すことで、なおキリスト教を守っていくべきではないのか」

「いや、そいつは馬鹿げてる。それほどの価値はねえ。てえか、なにも俺っち、拝むのを止《や》めろとはいった覚えはねえぜ」

「神なくして、なにを拝むというのだ」

「理性《レゾン》に決まってんだろ、くそったれ」

エベールは鉄砲を構えるように指を立てた。ああ、理性だ。これからのフランス人は理性を拝み奉るんだよ。啓蒙主義思想がよりどころとした理性だ。革命を起こしたのも、それは正しいと判断した理性なんだ。共和政を樹立したのも、それが最善の政体だと結論した理性の働きなんじゃねえか。

「学のねえ貧乏人には、どうせわからねえだろうなんて見下《みくだ》さないで、そいつをサン・キュロットにもよこせっていってんだ」

「しかし、そういう意味がわからない……」

「神さまなんかいらねえ。かわりに理性があればいい。聖人なんていらねえ。かわりに聖マラ、聖ルペルティエ・ドゥ・サン・ファルジョー、聖シャリエと、革命の殉死者たちがいる。竜を退治する天使もいらねえ。聖断頭台《サン・ギヨティーヌ》さまがいるんだ」

そこまで続けたとき、ロベスピエールはハッとした顔になった。急ぎ背中を振り返るのは、演壇のショーメットが後を続けたからだった。

「パリ自治委員会は、『理性の祭典』を計画しております」

「理性の祭典とは……」

「霧月二十日、ノートルダム大聖堂で行いますが、祀《まつ》るのはノートルダム（我らが女性）、つまりは聖母マリアではありません」

「聖母マリアなんかいらねえ。かわりに自由の女神がいればいいんだ、くそったれ」

昨今流行《はやり》の自由の女神マリアンヌだ。新しい共和国の偶像だ。今度は俺っちだとばかりに、エベールが叩《たた》きつけると、またくるりと回る小男は機械仕掛けの玩具《おもちゃ》かなにかのようだった。眼鏡《めがね》の丸を白く曇らせ、もしやロベスピエールは泣いたのか。唱える理屈がなくなって、ベソをかくしかなくなったのか。はん、人間、なりたかねえもんだよなあ、落ち目にだけは。

エベールは繰り返した。自由の女神だ。自由の女神だ。ほら、女に興味がねえだなんていってねえで、かっと目ん玉でっかく開いて、しっかりみてみやがれってんだ。

「ほら、どうだ」

いいながら押し出したのは、古代風の装束《しょうぞく》で女神に仮装した女だった。どうだ、どうだ、美人だろうが。残念ながら俺っちの上《かみ》さんじゃなくて、ラ・アルプ通りの印刷屋、むっつり助平のモモロさんが、こっそり小金を貯《た》め続けて、山と貯金を積み上げて、それを餌《えき》に騙《だま》した若い女房ソフィーさんなわけだが、とにかく女神らしいだろうが。

「そっから連想できればいいんだよ、自由のありがたさって奴を」

ああ、自由の女神だ。自由の女神だ。女神さえあればいい。エベールが連呼すれば、今度の傍聴席は迷いがなかった。自由の女神だ。自由の女神だ。女神さえあればいい。後に続いて、大合唱が巻き起これば、議席のロベスピエールは同じ場所に立ち尽くすまま、右を仰《あお》ぎ、左を仰ぎするしかなくなっていた。

ロベスピエールでさえ、こうなのだ。

——残りのカスども、もしやチビってんじゃねえだろうな。

くくく、くくく、と独り笑いを噛《か》んでいると、隣から確かめてくる女もいた。なによ、エベール、どうしたのよ。クレール・ラコンブが一緒だった。今日も一緒なのだと胸に自信の言葉が続けば、いくらかは打ち明けようかという気にもなる。

「いや、本当のところ、自由の女神は、クレール、おめえに演じてもらいたかったなあ」

「いやよ、私は。あんな肩なんか出す衣装、いそいそと着ちゃったら、なんていうの、あんたと特別に親しいみたいじゃないの」

「なんで、そうなるんだ」

「そうなるわよ。今だって、つきあってるんじゃないかって、勘繰《かんぐ》る奴がいるんだから」

いや、そうなのか。いや、まいったな。いや、クレールも、少し曲がってるわよなんて鍔《つば》の向きを直してくれるんだから、いや、そうか、俺っちって、そんなに男前かなあ、帽子をかぶると。だらしないほどニヤニヤしながら、エベールとしては叫ぶ言葉に変わりはなかった。ああ、女神だ。女神だ。大切なのは自由の女神だってんだよ、くそったれ。

30――馬鹿な女

オランプ・ドゥ・グージュが処刑された。「女性と女性市民の権利宣言」で一世を風《ふう》靡《び》した運動家が、断頭台の露と消えてしまったのは、共和暦第二年霧月《ブリュメール》十三日、まだまだ馴染深《なじみぶか》いグレゴリウス暦でいえば、一七九三年十一月三日の話だった。

その逮捕は七月二十日、『三つの壺《つぼ》、あるいは祖国の安寧《あんねい》』という著作が、当局に問題視されたためだった。

君主政、連邦制、共和政の三つの壺を用意して、各自が最善と思うものを選択させることで、フランスが取るべき進路を決めたらどうかと、ある種の国民投票を提唱した小冊子だが、これが「一《いっ》にして不可分の共和国」という大原則に抵触しているというのだ。オランプ・ドゥ・グージュはアベイ監獄に送られた。八月には革命裁判所で審理が開始されたが、ひどく体調を崩したために、ラ・プティット・フォルス女子監獄に身柄を移され、さらに九月末にはシュマン・ヴェール通りの施療院に入院となった。が、それも十月二十八日には、コンシェルジュリに移送となってしまったのだ。

シテ島の旧王宮は、これまでの歴史でも監獄として使われてきた。が、昨今の気分をいえば、なかんずく不吉な場所になっていた。ここから刑場に送られる者が多いからだ。ジロンド派の面々も死刑が決まると、前夜に送りこまれているのだ。

なるほど、すぐ隣に革命裁判所が鎮座していた。判決を言い渡した後の事務を処理するに、すぐ隣のコンシェルジュリは、しごく便利ということらしい。

霧月十二日あるいは十一月二日、いずれにせよ朝早く、オランプも革命裁判所に呼ばれた。最終の審理において、訴追検事フーキエ・タンヴィルは死刑を求刑した。人民主権を侵害し、内乱を誘発したというのが、死刑に値する罪状だった。

――馬鹿な女。

やっぱり馬鹿と、聞いてロラン夫人は思った。だから女は、自分が前に前にと、しゃしゃり出ていっては駄目なのよ。本を発表するなんて、なかでも下《げ》の下《げ》とされるべきだわ。告発するための種から、有罪にするための証拠からを、好んで敵に与えるようなものだもの。絶大な人気を誇ったマラでさえ、新聞の文言《もんごん》を取《と》り沙汰《ざた》されての攻撃には手を焼いたほどなのに、ただでさえ出しゃばり女と嫌われた分際にして、文章なんか残しては駄目なのよ。だって、それで通用すればよし、なんの役にも立たなかったら、もう裸同然だもの。書きものなんかする女は、あとが御粗末《おそまつ》と相場が決まるものだもの。

事実、あとは陪審員による評決だけという段になって、オランプ・ドゥ・グージュは発言を求めた。

「告白いたします。わたくし、妊娠しております」

赤子を孕《はら》んでいれば、女は処刑されない。少なくとも出産するまでは殺されない。殺せば、一緒に赤子の命も奪うことになるからだ。母親に罪があり、命を奪われざるをえないとしても、赤子の命まで奪う理由はない。そうした中世の昔からの決まり事を、オランプ・ドゥ・グージュともあろう時代の最先端を行こうとした女が、いよいよの土壇場で持ち出したというのだから、驚かずにはいられない。

——だったら、あなた、なにが女の進歩だったの。

裁判の経過をいえば、妊娠の申告は容《い》れられなかった。すでに四十五歳の女であれば信用されなかったし、実際に嘘《うそ》だったろう。

陪審員の評決は求刑通りの死刑だった。獄中からダントンやエロー・ドゥ・セシェルに、助命を嘆願する手紙も出したらしいのだが、最後まで奏功することはなかった。

「祖国の子供たち、私の死に復讐《ふくしゅう》して」

それが断頭台に送られた、オランプ・ドゥ・グージュの最後の言葉だった。

——馬鹿な女……。

と、ロラン夫人は心に繰り返した。本当に馬鹿な女ばっかり。

もうひとり、同じく女性活動家として知られたテロワーニュ・ドゥ・メリクールは、気がふれたため、病院に隔離入院させられていた。国民公会《コンヴァンシオン》に乗りこもうとしたところ、市井《しせい》の女たちに取り囲まれ、裾《すそ》をめくられ、公衆のなかで尻を剝《む》かれ、それを遊び半分で打ち据えられと、ひどい私刑を加えられたあげくのことだった。

やっぱり馬鹿と、ロラン夫人の確信は動かない。ええ、全然わかってない。だから、女というのは、自分で動いちゃ駄目なのよ。

「…………」

元のフランス王妃マリー・アントワネットも殺されていた。やはりコンシェルジュリに収監され、ここから刑場に送られた。自分ではひとつも動かず、陛下、陛下と、万事にルイ十六世を頼りに生きた女までが、容赦なく殺された。

——なんの努力もしていない。

それは断じて許せない生き方だった。ええ、マリー・アントワネットは許せない。オランプやテロワーニュに増して、報われてはならない女だ。断頭台に送られたときも、ほら、みたことかとしか思わなかったが、今にしてロラン夫人は少し考えを変えたくなった。ええ、殺されるほど馬鹿な女だったわけではないわ。少なくとも利口をひけらかしたりはしなかったもの。言質《げんち》を取られるような文章も書いていないし、自分が、自分がと、表だって動きまわったわけでもないんだもの。

「………」

私は違う。当然オランプやテロワーニュとは違うし、マリー・アントワネットのような怠惰な女とも、やはり一線を画している。だから大丈夫と、心に続けたときだった。

「女市民マノン・ロラン」

そう呼ばれて、ビクとした。

みやると、ぽっかりと白く浮かんだ光の半円に、そこだけ黒く抜いたような影絵が動いていた。マノン・ロラン、外に出ろ。中庭をまっすぐ進んで、馬車の荷台に上がれ。そう居丈高に命令したのは、コンシェルジュリの獄吏《ごくり》のようだった。

ロラン夫人の逮捕は六月一日から二日にかけてのことだった。アベイ監獄に送られ、六月二十七日には釈放となったのだが、二十九日に再び逮捕されて、今度はサント・ペラジ監獄に送られた。

——ひどい場所だった。

政治犯が入れられているのなら、まだしも我慢のしようがある。が、一緒に収監されていたのは売春婦、女泥棒、女贋金造《にせがねづく》り、つまりは貧しい庶民も、下の下というような女たちだった。同じ場所で同じ空気を吸うだけでも癪《しやく》だったのに、その女たちときたら、こちらの素性を知っていて、さかんにからかうような調子だったのだ。

「ねえ、あんた、内務大臣だったロランの上《かみ》さんなんだろう」

「人徳者ロランの、かい。あの寝取られ亭主の……」

「しっ、聞こえるよ」

「聞こえたって構うもんかい。ああ、はっきり尋ねてやる。ねえ、あんた、ブリソとヤったって、ほんとなの」

「馬鹿ねえ、あんた。この女が毛むくじゃらのあそこをみせてあげたのは、デブのパリ市長のほうじゃないか」

「違うよ、違うよ、ヤったのはダントンだよ。でかいのが好きなんだよ、この助平女は」

ヤってません、と心のなかで反駁《はんばく》するだけ業腹《ごうはら》だった。

監獄の下品な騒々しさから逃れるため、ロラン夫人はペンに頼ることにした。手紙を書き、遺言を書きとやるうちに、思いついたのが回想録の執筆だった。ええ、これまでの人生を事細かに思い出して、正しく残しておかなければ。おもしろおかしく嘘で捩《ね》じ曲げられたままでは、とても気持ちが収まらないなら、自分の手で真実を綴《つづ》らなければ。

始めると、楽しかった。没頭するほど、からかい口など耳に入らなくなった。完成した原稿を、面会に来た友人ボスクに託《たく》すほど、また続きが書きたくなった。

時間だけは、たっぷりとある。どれだけでも書き続けられる。監獄暮らしも悪くない。そう思えるようになったところで、ロラン夫人もコンシェルジュリに移されたのだ。

霧月十日、つまりは十月三十一日の話である。

——数日、オランプ・ドゥ・グージュと一緒だった。

死刑判決を下されるため、革命裁判所に呼ばれるところも、実は間近でみている。六日前の話だ。断頭台に送られる朝も見送った。それは五日前の話になる。そっくり同じ境遇から、ことごとくを目撃したから、ロラン夫人はわかるのだ。

——それが今日は私の番なんだわ。

霧月十八日、グレゴリウス暦にいう十一月八日、ロラン夫人は革命裁判所に呼ばれた。「一にして不可分の共和国と、フランス人民の自由と安全に対して、恐るべき陰謀を企《くわだ》てた」かどで、やはり死刑判決だった。

陪審員が評決に達したのが、午後三時だった。量刑が確定するや、オランプ・ドゥ・グージュとは違って、即日の執行だと教えられた。革命裁判所の地階で待たされていたところ、とうとう呼び出されたのだ。

ロラン夫人は馬車に乗った。車室があり、座席があり、車にバネが付いているというような馬車ではなく、ただの荷車にベンチを据えつけただけの、屋根さえ付いていない裸馬車だった。恐らくは、罪人を曝《さら》しものにする意図があるのだろう。

ひとりが先に座っていた。頼みもしないのに、勝手に獄吏が教えてくれたことには、その男は名前をラマルシュといい、アッシニャ紙幣の偽造で、やはり死刑を宣告された男だった。

なるほど、それなら重大犯罪だ。贋金造りと同じなのだから、厳罰に処されなければならない。が、それにしては貧相な男だった。煉瓦色《れんがいろ》の相貌《そうぼう》は不精髭《ぶしょうひげ》の頰《ほお》が痩《や》せこけ、見開かれた目は常に充血していた。ぶるぶる、ぶるぶる、小刻みに手が震えて、さながら子供たちに苛《いじ》められた野良犬の体《てい》である。

――こんな男と一緒に運ばれなければならない。

刑場への移送が始まった。石畳の窪《くぼ》みに車輪を嵌《は》めたことで、一度グラリと大きく左右に揺れてから、馬車は石造りの楼門を出た。そこは旧王宮らしいのだが、あとのコンシェルジュリは正面に雑多な町屋を並べていた。古着屋だの、香水屋だの、腸詰屋だの、もう下世話なパリが始まるというわけだ。

31——自由の女神

北に抜ける両替屋橋《シャンジュ》の袂《たもと》にあるのが、シテ島名物の大時計だった。馬車に運ばれながら、とっさに針の位置を確かめると、時刻は午後の四時を少しすぎたところだった。荷台のうえで術《すべ》もなく揺られながら、ロラン夫人は呻《うめ》かずにはいられなかった。

——こんなはずではなかった。

確かにジロンド派は失脚した。が、ただの政争だ。政権の座を下りれば、それで済む話なのだ。虐殺だの、弾圧だの、凶行に手を染めたわけでもなければ、報復される謂《いわ》れもない。失政はあったかもしれないが、それは刑罰が加えられるような罪ではない。逮捕など不当だ。裁判こそ望むところだ。仮に裏から手が回され、革命裁判所がジャコバン派のいいなりであったとしても、形ばかりの有罪が宣告されて終わりだ。死刑などありえない。禁固刑さえ長期は考えられない。いずれにせよ、釈放の日は近い。

——そのはずだった。

風向きが変わり始めたのは、連邦主義者の蜂起《ほうき》が、カーン、ボルドー、マルセイユ、リヨンと地方で相次いでからだった。

ジロンド派が内乱を起こしたと、パリは腹を立て始めた。その怒りがマラの暗殺で、いよいよ決定的になった。

黒幕はジロンド派だ。全てジロンド派のせいだ。ジロンド派など殺してしまえ。そうした声が高まるのに乗じて成立したのが、ジャコバン派による恐怖政治《テルール》だったのだ。

問答無用の断罪が始まった。ジロンド派は全員が処刑された。しかし、私までが刑場に送られるのは、おかしい。証拠として残る文章を、なにか書いているわけではなく、自身が前に出たわけでもない。ただ夫のロランがジロンド派で、内務大臣を務めたことがあるだけだ。内助が専《もっぱ》らという女を告発し、逮捕し、断罪する法律があるというなら、是非みせてほしいものだ。

――ええ、おかしい。

やっぱり、おかしい。絶対におかしい。かかる確信は揺るがなかった。手紙を書いたり、回想録を綴ったり、ロラン夫人が獄中でも割合に落ち着いてすごすことができたのは、そのおかげだったかもしれない。

――だから、私は大丈夫。

こんな奴《やつ》とは違うと、ロラン夫人は改めて隣席の男をみやった。これが、これから殺されるという人間だ。貧相で、情けなくて、すでに生気に乏しくて、なるほど、これが死相というものなのだ。

――私は違う。

見た目からして、まるで違う。ロラン夫人は自信を深めた。ええ、この白いモスリン、イギリス風で素敵でしょう。金刺繍《きんししゅう》の飾りから、繻子《しゅす》の帯から、とっておきなんだもの。合わせた小さな帽子だって、ちょっとは自慢できるものだわ。肩にかかる髪だって、こめかみのところで、きちんと渦を巻いているもの。この斜めの角度から微笑《ほほえ》めば、今だって決して悪くは思われないんだもの。

水の臭《にお》いがした。橋の上でも左右の沿道に隙間《すきま》なく建物が立ち並び、気持ちよく視界が開けたわけではないながら、セーヌ河を右岸に渡っているのだと、そのことは考えてみるまでもなかった。

――パリ生まれだもの。

それはグラン・シャトレの楼門を、今にも潜《くぐ》ろうというときだった。ほんの一瞬ながら、建物の並びが切れた。川面《かわも》の向こうに覗《のぞ》いたのは、シテ島の大時計河岸《がし》だった。なに特筆するような景色ではない。現にさっき時間を確認してきたばかりだ。が、その奥に小さな肩を寄せ合いながら、みすぼらしい家並が続いていることまでは、ついぞ思い出さなかった。

——あんなところ……。

それは自分が生まれ育った家だった。職人だった父親、ガシャン・フィリポンが店を構えていた。与えられた小さな部屋で、少女だった自分は本を読んでいた。ヴォルテールを読み、レナルを読み、マブリを読み、ルソーを読み、そうして大きな夢をみた。

馬車はサン・トノレ通りに入った。沿道の群集が急に増えたのは、そこからだった。恐らくは処刑が触れ回られたのだろう。たぶん待ち構えていたのだろう。

「来たぞ、来たぞ、阿婆擦《あばず》れが」

「死ね、女市民ロラン、おまえみたいな性悪は、さっさと殺されるがいい」

「ははは、助けにこないのかい。あんたが抱えた愛人は、十人とも、二十人ともいうじゃないか。その男たちの一人として、あんたを助けに駆けつけたりはしないのかい」

「いや、そいつは無茶な話だぜ。なにせジロンド派は、みんな殺されちまったんだ」

「生きている奴もいるぜ。こいつの旦那《だんな》のロランも、元市長のペティオンも、張り切り屋のビュゾだって、まだどこかに逃げたままだ」

「つまりは、ヤり逃げしたってわけだ」

最後は下卑《げび》た笑いだった。ロラン夫人は唇を噛《か》んだ。憎しみなら、わかる。呪詛《じゅそ》の言葉なら、いくらでも投げつけるがいい。あからさまな面罵《めんば》ならば、いっそ清々《すがすが》しいかもしれない。けれど、この手の冗談口だけは許せない。この私の高尚な魂を汚《けが》すことだけは、何人《なんぴと》たりとも許さない。

人混みのサン・トノレ通りを進むと、馬車はテュイルリ宮の庭園に折れた。実際には庭園に入るのでなく、革命広場が行き先だった。かつては「ルイ十五世広場」といわれた場所で、中央に王の騎馬像が聳《そび》えていた。撤去されて今はないが、その後に新たな彫像が据えられていた。

古代風の衣装を着て、高く松明《たいまつ》を掲げている女神像——これが噂《うわさ》の自由の女神なのだろう。

「自由よ、汝《なんじ》の名の下にいかに多くの罪がなされることか」

と、ロラン夫人は口走った。馬車を走らせてきた御者《ぎょしゃ》も、迎えに出てきた処刑役人も、きちんと聞いたはずだった。

ええ、うまくいえたわと、我ながら満足の出来でもあった。ええ、私の高尚なところをみなさい。しっかり記憶に刻んで、なるだけ多くの人間に伝えなさい。

——もっとも、これだけの言葉を吐ける役者が……。

そう簡単に殺されるわけがないけれど。そう心にうそぶきながら、ロラン夫人は馬車を降りた。アッシニャ偽造を問われた男も後に続いた。転ぶのじゃないかと思うほど、もう膝《ひざ》が覚束《おぼつか》なくなっていた。

「でしたら、ラマルシュさん、先にどうぞ」

「えっ」

「先に断頭台に向かいなさいな」

「ちょっと待て」

介入したのが処刑役人、有名な「ムッシュー・ドゥ・パリ」こと、シャルル・アンリ・サンソンだった。ああ、待て、女市民ロラン。勝手をされては困る。書類によれば、あなたの処刑が先なのだ。

「けれど、ラマルシュさんの様子からして、私の処刑をみてなんかいられないでしょう。次は自分の番だなんて思いながら、じっと待たされているなんて、こんな残酷な仕打ちもないくらいなのではなくて」

「……かも、しれんな」

サンソンは理屈を認めた。処刑はラマルシュが先になった。罪人は最後に泣いたようだったが、その嘆きさえ弱々しく、ろくろくロラン夫人の耳には届かなかった。

――で、そろそろ来るんでしょう。

そう心に呟《つぶや》くので、忙しかったこともある。なにが来るといって、そんなのは決まっている。恩赦の報《しら》せが来るのである。

ロラン夫人は手紙を書いていた。やはり助命嘆願の手紙だが、オランプ・ドゥ・グージュのそれと違うのは、ダントンとか、エロー・ドゥ・セシェルとか、かねて懇意にしてきてはいるけれど、悲しいかな、所詮《しょせん》は二流でしかない人物には頼まなかった点である。ええ、私が手紙を宛《あ》てたのは他でもない。

——ロベスピエールさんなのよ。

いうまでもないながら、マラを殺したのは自分ではない。ジロンド派にいたとはいえ、そもそもマラの告発にも反対していた。それも聞き入れられなかった程度の女に、どんな犯罪行為もおかせるはずがない。かかる道理を書き連ねれば、必ずや理解されるはずだった。だから、さあ、早く恩赦の令状を持ってきなさい。

「だから、さあ、女市民ロラン」

名前を呼ぶのは、パリの処刑役人サンソンだった。断頭台の処刑というのは、まるで時間がかからない。ラマルシュに先を譲ったのに、あっという間に順番が来てしまった。自慢の小さな帽子を脱がされ、念入りに整えた髪を乱暴につかまれ、項《うなじ》のところで大雑把《おおざっぱ》な束にされたと思うや、えっ、ばっさり切られてしまう?

やけに大きく耳に響く、ジャキジャキという鋏《はさみ》の音を聞きながら、ロラン夫人は首を傾《かし》げた。えっ、そんなはずないでしょう。呟いた直後には、もう大慌てになった。ちょ、ちょっと、まって。

「本当に殺されるっていうの?」

ロラン夫人は踏み止《とど》まった。サンソンに先を促されたが、歩を進める気になどなれなかった。が、そうして立ち尽くす間にも、革命広場の群集は拳《こぶし》という拳を突き上げるのだ。

「断頭台へ、断頭台へ」

大合唱が始まった。

「断頭台へ、断頭台へ」

音が渦を巻いていた。ぐるん、ぐるんと足元から世界が回るような気もした。気分が悪い。こんなはずはない。生きているということが、こんな不愉快であるはずがない。ええ、わかった。わかりました。

「いくわよ《ジィ・ヴェ》」

ロラン夫人は再び歩き出した。その間にも心に続けるのは、ひとつだった。まだ間に合う。馬車で駆けつけるなら、まだ間に合う。議会だって、ジャコバン・クラブだって、下宿のデュプレイ屋敷までが、すっかり界隈《かいわい》のうちなのだから、ロベスピエールさん、あなた、まだ間に合うのよ。

木組みの直線が組み合わさるほど、断頭台は黒くみえた。秋の日暮れのせいかとも思ったが、近くまで寄ると、黒いのでなく赤黒いのだとわかった。

機械に血が沁《し》みこんでいた。マリー・アントワネットの血だろうか。それともジロンド派の仲間の血なのか。オランプ・ドゥ・グージュの血だって、少しは混じっているかもしれない。そんなことを考えているうちに、もう腹這《はらば》いになっている自分がいた。

顎《あご》の下に籠《かご》がみえる。やっぱり赤黒く色づいている。一ピエ（約三十二センチメートル）ほど先の底が、てらてら濡《ぬ》れているのは、さっき殺されたラマルシュの血がついて、まだ乾かないからだった。それを綺麗《きれい》に拭《ぬぐ》うまでの手間はかけてはくれないのだ。

「だから、ちょっと、まってちょうだい」

ロラン夫人は早口になった。自分でも聞くのが嫌になるような早口だった。でも、まって。こんなはずない。まって、まって、この私が、このまま死んでしまうっていうの。嫌よ。そんなの、嫌よ。だって、このままじゃ死にきれない。

――まだビュゾさんとは……。

ほんの一ピエ先には死の闇《やみ》がある。いざ覗ける場所にきたとき、ロラン夫人の無念はひとつだけだった。

愛する男と結ばれたかった。ビュゾさんと結ばれたかった。不倫でもいい。姦通《かんつう》でもいい。どうして許さなかったのだろう。どうして裸にならなかったのだろう。私が頷《うなず》きさえすれば、あのひとだって服を脱いだはずなのに、どうして私はもったいつけて……。

いうまでもなく、正しい人妻だったからだが、今はっきりわかることには、そんなことに意味はなかった。なんとなれば、この土壇場でロランのことなんか、少しも考えないんだもの。無理に考えようとすれば、苛々《いらいら》するだけだもの。

——もう時間が勿体《もったい》ない。

そう心に吐き出して、ロラン夫人はハッとした。そんなことのために、なんと多くの犠牲を払ってきたのか。人生のほとんど全てを注ぎこんだほどではないか。どうして、そこまでしたかといって、ああ、私は夢をみたのだ。みすぼらしいパリの街の片隅で、このままじゃ終わらせないと夢をみて、本当の世界を生きてこなかったのだ。

——けれど、それは誰のせいでもない。

誰に強《し》いられたわけでもなく、誰かの言うことを素直に聞く女でもない。私は自由に生きてきた。あげくに選んだのが偽りの人生だったと、それだけのことだ。抜け出せないまま、本当の世界ではあえなく殺されてしまう……。

なにか重いものが、スッと落ちた。一瞬ふわっと浮いた感覚があり、それでもう最後だった。

32――反論

霧月《ブリュメール》二十日、グレゴリウス暦にいう十一月十日、パリ自治委員会の主催において、「理性《レゾン》の祭典」が行われた。

予告された通り、会場はシテ島のノートルダム大聖堂だったが、それも「理性の神殿」と改称されて、もはやキリスト教の教会ではなくなっていた。

磔《はりつけ》のキリストが祀《まつ》られていた内陣に、大きな山が築かれた。張りぼてだが、芝居小屋から本職が呼びよせられて、岩山に真理の炎が燃えさかり、頂《いただき》に哲学の神殿が鎮座しと、迫真の舞台装置になっていた。

『シャルル九世』で当てた劇作家マリー・ジョゼフ・シェニエが作詞し、鎮魂歌でミラボーの葬儀を演出した音楽家ゴセックが作曲した賛歌を、少女たちの合唱隊が歌い上げた。その堂内に反響する声のなかに、三色旗に飾られながら、自由の女神とも理性の女神ともされた白衣の女が現れたのだ。

感動的な祭典ではあった。随所に象徴的な演出が加えられて、なるほど無学な者にも伝わるように親切な工夫もされていた。

全員が招待されて、国民公会《コンヴァンシオン》の議員たちも可能なかぎり出席した。これはこれで悪くないのではないかと、概《おおむ》ね好評でもあった。ああ、これまでの連盟祭と比べても、悪くない。自由、平等、友愛と掲げながら、キリスト教の聖職者が唐突に神を語るというチグハグさがなくなって、これこそ革命の完成というべきなのかもしれない。それくらいの寸評を加えながら、皆が大人しく家路についたものなのだ。

――しかし……。

やはり黙して帰宅しながら、デムーランは複雑な思いだった。

事実として、「理性の祭典」だけではなかった。脱キリスト教運動はみる間に猛威を振るい始めた。パリ大司教ゴベルと司教付助祭、それに議員聖職者が禄《ろく》を返上すると、それから数日のうちに四百人以上の司祭が僧籍を離れてしまった。

信徒の側でも棄教の動きが加速した。パリでは「理性の祭典」に先立ち、霧月十七日にはジャック・アレクシ・テュリオの主導でテュイルリ区が、十九日にはレオナール・ブールドンの主導でグラヴィリエ区が、それぞれキリスト教信仰を棄《す》てる旨《むね》を明らかにした。さらに他の街区《セクシオン》でも、追随する動きがある。

パリ自治委員会は近く市内全ての宗教施設の閉鎖を発表するといわれていたが、正式な決定を待たずして、あちらこちらの教会が略奪され、あるいは装いを一変させられて、集会場だの、学校だの、施療院だのに転換させられたりもしている。

いうまでもなく、現象はパリに留《とど》まるものではない。脱キリスト教はフランス全土を今にも席捲《せっけん》する勢いである。

——これほどとは……。

デムーランは驚きを禁じえなかった。

いや、かねてフランス人は必ずしも教会に好意的だったわけではなかった。好意的な地域、好意的な層を残すとしても、それらはヴァンデの反乱を起こし、あるいは王党派として地下に潜伏している。聖職者民事基本法を支持し、あるいは受け入れたこと自体が、すでにキリスト教離れの証左といえなくもない。

交戦中の敵国が全てキリスト教を奉じていることも、敵愾心《てきがいしん》に拍車をかけたのかもしれない。が、それにしても、これほど嫌われていたとは思わなかったのだ。

——やりすぎだ。

とも、デムーランは思わないではいられなかった。理屈としては通らないわけではない。いっそキリスト教を棄てるといえば潔い響きがあり、ある種の清々《すがすが》しさを覚えないでもない。これぞ新時代の印のような気もする。一丸となって、困難な戦争に立ち向かうべきだとも思う。が、本当に構わないのかと、一抹《いちまつ》の不安も拭《ぬぐ》えないのだ。一時の感情で突っ走ってよいのかと、疑問を禁じえないのだ。

「神を否定して、かわりに理性を拝む」

かかるテーゼにも違和感がないではなかった。キリストのかわりに自由の女神、大天使のかわりに断頭台、聖人のかわりに革命の殉死者と、うまく置き換えられてはいるが、それだけといえば、それだけだ。

信仰とは本質的に別なのではないかとも思う。大衆から信仰を奪うことの危険を、自ら認めたようなものだとも責めたくなる。ところが、脱キリスト教運動には、容易に反論できないのだ。

ひるがえって、キリスト教の肩を持つ気にもなれないこともある。が、それ以上に脱キリスト教運動の勢いが怖かった。なぜに怖いかといって、その急加速にこそ、今のコルドリエ派あるいはエベール派の実力が、端的に表れているように思うからだ。

自らが教会関係者でないかぎり関係ない。脱キリスト教運動の如何《いかん》で、フランスの命運が大きく変わるという話でもない。身を挺《てい》して止めなければ、気が咎《とが》めるという問題でもない。他に取り組まなければならない問題が、山積している体《てい》でもある。だからと放置しているうちに、運動は激化の一途を辿《たど》り、辿るほどにエベール派の勢いが増していくと、かかる側面もないではない。

が、それならばと正面から反対して、脱キリスト教運動を止められるかといえば、それは明らかに容易ではなかった。やはりエベール派が恐ろしいからだ。今や、ちょっと手がつけられない感さえあるからだ。

「しかし、我々の不幸の最たる因《もと》は、今なおキリスト教に捧《ささ》げられ続けている、その妄信なのでしょうか」

ジャコバン・クラブに甲高い声が響いたのは、霜月《フリメール》一日、グレゴリウス暦にいう十一月二十一日の夜だった。

「だいいち妄信などは、すでに息も絶え絶えです。いや、もう死んでいるといってもよいでしょう。数日というもの、妄信にはずいぶんな注意を払ってきましたが、そうしたからといって、我々は真の危険を回避できたわけでもありません」

演壇に立つ影は小柄で、その日も眼鏡《めがね》の丸い硝子《ガラス》が、ふたつながら輝いていた。以前は書斎で読みもの書きものをするときしかかけなかったが、日々の激務で酷使して、さすがに目が悪くなったのか、最近は演説を打《ぶ》つときも外さない。

立ち上がっていたのは、マクシミリヤン・ロベスピエールに他ならなかった。

脱キリスト教運動が猛威を振るう、エベール派の勢いは誰にも止められないとて、これに異を唱えてきた唯一の例外がロベスピエールだった。

霧月十七日あるいは十一月七日、パリ大司教ゴベルらの動きを受けて、その直後からロベスピエールは動いた。霧月十九日あるいは十一月九日、パリ自治委員会の要請を受け、国民公会はノートルダム大聖堂を「理性の神殿」に転用する決議に達したが、その場で政治の革命政府主導が守られない恐れがあると発言して、一派の増長に釘《くぎ》を刺したのが始まりだった。

霧月二十七日あるいは十一月十七日の議会でも演壇に登り、脱キリスト教運動の行きすぎは、フランスに残された数少ない中立国の反感を買いかねないと、今度は外交の観点から掣肘《せいちゅう》を加えた。

そうして積み重ねたうえで、今宵《こよい》のジャコバン・クラブでは満を持して、脱キリスト教運動の内容そのものに対する批判、ないしは非難に手をつけたのだ。

「司祭が怖いと、よくいわれます。が、かねて啓蒙主義《けいもうしゅぎ》の進歩に恐れを抱《いだ》いてきたのは、司祭たちのほうだ。なるほど司祭が怖いとすれば、今まさに大喜びで聖職者の称号を投げ捨て、自治体の、行政機構の、あるいは人民協会《ソシエテ・ポピュレール》の代表のポストと引き換えにしようとしているからです。かかる急激な聖職放棄をみせられて、専《もっぱ》ら祖国に寄せる愛ゆえの業《わざ》なのだと、諸君は信じることができるのですか」

集会場に拍手が湧《わ》いた。ちらほらと湧いただけで、それほどの勢いはなかったが、それでもデムーランは痛いくらいに手を叩《たた》いた。

脱キリスト教運動に、あえて反対の声は上げない。エベール派の勢いには抗しきれない。それでも一連の動きを歓迎しているわけではないと、その思いは表現しないでいられなかったのだ。

ロベスピエールは続けた。

「あるいは司教が怖いとも、いわれます。最近まで七万リーヴルの年金という、憲法で認められた利得に浴してきたからと。それを六千リーヴルまで下げるという、その程度の犠牲しか払わなかったとも責めますが、かかる司教たちにしても今まさに、かわりになるような議員歳費を求めようとしていますし、また実際に手に入れた者も少なくありません。なるほど、怖い。つまり、怖いのはその者たちの妄信でなく、その者たちの野心なのです。その者たちが着ている僧服でなく、その者たちが手に入れた新しい顔なのです」

聞くほどに、デムーランは嬉《うれ》しかった。エベール派を打倒すると、そう宣言したロベスピエールの言葉は嘘《うそ》ではなかった。約束を裏切ることなく、敢然と戦いに出てくれた。あれだけの勢いをみせつけられながら、なお逃げようとはしなかった。

「国民公会がカトリックを禁止したと、一般には信じられているようですが、そんなこともありません。国民公会は左様《さよう》に向こう見ずな行動には出ない。ええ、国民公会は決してしない。意図するのは、すでに出された宣言にある通り、信教の自由を維持することだけなのです。同時にその濫用《らんよう》において公《おおやけ》の秩序を乱す者を許さないことだけなのです」

いうまでもなく、ジャコバン・クラブの集会場には敵もいた。議会でなければ、いっそう野次にも遠慮がない。テュイルリでは議員でないからと黙らされてきている分、ここでは正式な会員として、発言権というものを行使してやるというわけだ。

「なにが向こう見ずだ。むしろ議会のほうが、のろまなんじゃねえか」

「信教の自由だと。だから、この現代にはキリスト教なんかいらねえんだよ。棄てる自由も、信教の自由じゃねえのかよ」

「おおさ、キリスト教なんかあったら、それだけで世が乱れるっていってんだ」

相応の会費を払わなければならないはずなのに、サン・キュロットの赤帽子《ボネ・ルージュ》が一場を席捲する様はジャコバン・クラブでも変わらなかった。

パリの人々は本来的に敵ではない。それどころか、これまでは常に味方だった。今も民衆の支持なくしては、ジャコバン派もしくは山岳派《モンターニュ》の政権は成り立ちえない。それでもロベスピエールは、止《や》めるわけにはいかないのだ。ええ、そうなのです。さらに前に進もうという人々がいるのです。

「迷信を壊すのだという口実で、ある種の無神論の宗教を打ち立てようとしています。哲学者たちなら、あるいは個人としてなら、受け入れられる者もいるでしょう。しかしながら、皆が倣《なら》えと積極的に推すとするなら、その者は常軌を逸しています。公的な立場にある人間が、つまりは立法者が、無神論のようなシステムを容《い》れるとするなら、百倍も非常識だといってよい。現に国民公会は嫌悪《けんお》しています。国民公会は本《ほん》を作る組織ではない。形而上学的《けいじじょうがくてき》なシステムの考案者でもない。専ら政治組織であり、それゆえに人民に密着しなければならないのです。諸々《もろもろ》の権利を守るのみならず、フランス人民の性格というものも尊重するべく、義務づけられているのです。人権宣言が最高存在《エートル・シュープレーム》の立ち会いにおいて宣言されているのは、なにも伊達《だて》ではなかったのです」

33――対峙

サン・キュロットの野次は止まない。靴が飛ばされ、筒にして丸められた新聞で突《つつ》かれ、あろうことか金の十字架まで放られる荒れ模様に、デムーランは瞠目《どうもく》せずにはいられなかった。ロベスピエールが物を投げつけられるなんて、みたことがない。ロベスピエールまで、こうなのか。

小男の金切り声が、いよいよ鬼気迫る印象だった。

「無神論というのは、貴族的だ。偉大な存在という考え方こそ、虐《しいた》げられた罪なき人々を見守り、驕《おご》り昂《たかぶ》る犯罪を罰するのです。偉大な存在がいるという考え方こそ、大衆的なのです。私に拍手をくれる者がいるとすれば、かくも不幸な大衆たちでしょう。逆に私を酷評する者がいるとすれば、それは金持ちでしょうし、罰せられるべきものでしょう」

「おいおい、俺《おれ》らは金持ちじゃねえぞ」

「大衆は大衆だからって、無知蒙昧《むちもうまい》なままにしといていいのかよ」

「それこそ神には、金持ちも、貧乏も関係ねえんじゃねえか」

「だから、いっそ神なんかいないってことを、きちんと教えてやるべきなんだ」

「ああ、いもしない神のためになんか、熱心に祈り続ける必要はねえ」

「いや、そうでしょうか。もし神がいないのならば、それを発明しなければならないと、それが私の考えなのです」

すぐさま反論して、なおロベスピエールは一歩も引かない構えだった。相手が一を話すなら、十も返してやろうという意気込みさえ感じさせたが、それが直後に沈黙に後退した。

「それが革命に反しても、かよ」

やはり、来ていた。やはり、現れた。空気を一変させながら、帽子の鍔《つば》を直し直し立ち上がるのは、ジャック・ルネ・エベールでしかありえなかった。

「いや、少し様子が変わったか」

と、デムーランは首を傾《かし》げた。帽子のおかげで、乱れ放題の薄毛が隠れて、それが清潔感になっているのか、エベールはなんだか小綺麗《こぎれい》な感じだった。顔が白くなった、肌艶がよくなった、ああ、ぽっちゃりしたのかと気がつけば、ポンと腹が前に突き出し、ずいぶん肥えたようでもあった。

なるほど、『デュシェーヌ親爺《おやじ》』が売れに売れて、相当に儲《もう》けている。食べ物だって、よくなる。近頃は一端の美食家を気取るようになったとも聞く。今や一党の首領でもあれば、みっともない格好ばかりはできないという理屈もある。が、かたわらでは前より大人しくなったような、独特の迫力が減じてしまったような、そんなような印象も受けないではなかったのだ。

「いや、俺っちは本気で神さまなんかいねえと思うが、いると思う、いないじゃ困るっていう向きもあるってことも承知してらあ」

演壇の正面まで進みがてら、エベールが始めていた。もっと本音をいうと、神さまなんか、いてもいなくても、どっちでもいいんだけど、そこは革命家として、どうだい、ロベスピエール大先生。いるとか、信じてるとか、必要だとか、はっきり口に出すようじゃあ、お終《しめ》えだと思わねえか。

「てえのも、つまるところ革命とキリスト教は合わねえんだ、くそったれ」

「それこそ、合う合わないの問題なのだろうか」

「問題だろう。聖職者民事基本法を決めたとき、なにで、どう揉《も》めたのか、すっかり忘れちまったのか、ロベスピエール大先生ともあろう御仁《ごじん》が」

「なにを指しての発言なのか、そこを明らかにしてほしい」

「だから、坊主ども、選挙を嫌がったじゃねえか。選挙は仕方ないとしても、叙任だけは別にして、フランス教会会議を設立して、そこがやるって形だけでも整えてくれなんて、なんだか随分こだわったものじゃねえか」

そう焦点を示されれば、ロベスピエールも軽々しくは口を開こうとしなかった。旗色の悪さは、デムーランも感じた。なんとなくだが、これと繰り出される理屈もみえたようだった。

エベールは続けた。つまりは坊主ども、自分たちのほうが上だと思ってやがんだよ。平の信徒なんかより、ずっと偉いと思ってんだよ。

「そいつは、ヤバいんじゃねえかなあ。いってみれば、縦社会の発想だからな。皆が同じ市民で、互いに契約を結ぶのが革命の世であるとすれば、そいつは横社会ってことだろう。合わねえんじゃねえか、坊主どもの了見は」

「…………」

「ただ坊主どもを叱《しか》りつけて、性根を入れ替えさせりゃあ済むって、そんな簡単な話でもねえと思うぜ。ああ、キリスト教があるかぎり、変わらねえよ。坊主どもがそんななのも、もうひとつ上に神さまがいて、その神さまに近いって思うからだろうが」

自分の身体《からだ》を低くしながら、その日も風変わりな外国人アナカルシス・クローツが、すぐ背中で影のようにエベールに張りついていた。それがときおりボソボソ囁《ささや》き、入れ知恵する。

「つまり、だ。神、聖職者、平信徒ってな具合に、頭のなかが徹底して縦社会なんだから、そら、革命と合わねえはずだぜ、くそったれ。そのまんまの勢いで、聖職者、貴族、平民なんて、この期《ご》に及んで縦に並べかねねえぜ、くそったれ」

「そ、それは飛躍だ。そう説くような聖職者は、フランスにはいないし、いたとしても許されない。ああ、断じて混同させない。宗教は宗教、政治は政治、全く別なのだ」

「違うだろ。キリスト教が厄介なのは、政治に関《かか》わってくるからだろう」

「関わらない。少なくとも、この革命には関わらせない」

「それでも、王には関わってくるってんだよ」

「王権神授説を御存じないとはいわせませんぞ」

奇妙な形の鬘《かつら》を突き出し、クローツまでが立ち上がった。ええ、十七世紀にボシュエ神父が確立した神学です。王は神から地上の統治を委《ゆだ》ねられたという理屈です。だから、王はなにをやっても許される。それを否定することは神を否定することだから、ひとつも咎めることはできない。

「そうして成立した体制が、絶対王政であり、アンシャン・レジームだったのではありませんか」

「しかし、それならば、すでに脱却している。フランスは共和政に移行し、それに伴い、元の王、そして王妃と、死刑に処している」

「それでも、全ての王族が死んだわけじゃねえ」

再びエベールが前に出た。ああ、そうだったと、デムーランは思い出した。その夜のジャコバン・クラブは、ロベスピエールの演説に始まったわけではない。エベール派のモモロが壇に上がり、残された王族、わけても王妹エリザベートの処刑を訴えたのだ。

「ロベスピエール大先生、あんた、王族を殺すのは嫌なんだろ」

エベールは、そう続けた。乱暴な飛躍だったが、ロベスピエールは少し慌てた。そ、そうはいっていない。ああ、誰も、そんなことはいっていない。

「フランス王ルイ十六世ことルイ・カペー、王妃マリー・アントワネットことカペー未亡人、それにオルレアン公フィリップことフィリップ・エガリテと処刑が続いて、今は民心も動揺しているというのだ。ほんの数年前まで、それこそ神とも崇《あが》めてきた人間を次から次と殺すのでは、理屈では片づけられない衝撃に見舞われずにおかないというのだ」

「だから、だよ。動揺するってことは、王政復古もありえるってことだよ。キリスト教があるかぎり、それが正当化されるってことだよ」

「…………」

「王族を殺せねえんなら、せめてキリスト教くらいは棄《す》てちまおうや」

両方ともなくなるほうが、すっきりするが、そこは俺っちも駄々っ子じゃねえ。片方だけでも消せるんなら、とりあえずは革命も安泰だから、それで我慢してやろうって、つまりは大人の会話ってやつだ、くそったれ。クローツの耳打ちに逐一《ちくいち》知恵をつけられながら、エベール一流の話術は今も絶好調だった。

デムーランは唸《うな》らないではいられなかった。

――やはり勢いがある。

脱キリスト教運動など始めて、これだけ短い間に猛威を振るわせる実力は、やはり半端なものではない。恐ろしい。恐ろしい。今に全てを押し流す凶暴な奔流に成長するとは思ってきたが、その成長の速さときたら予想を遥《はる》かに上回る。

苦労して櫛《くし》を入れた癖毛の髪を、デムーランは滅茶苦茶《めちゃくちゃ》に掻《か》き乱した。マクシムが出てくれたのだから、今度は食い止められるだろう、いくらなんでも今しばらくは凌《しの》げるだろうと、そう楽観してしまった自分が悔しくて仕方ない。ああ、さすがのマクシムも、孤軍奮闘では限界がある。にもかかわらず、ジャコバン派もしくは山岳《モンターニュ》派は、その多くが派遣委員として出張し、パリを遠く離れている。味方がほしい。ともに戦う同志は欠かせない。わかっていながら、マクシムだからと楽観したきり、今日まで気楽な傍観者のまま来てしまった。

「やはり、僕が出るしかないんだ」

そう小さく呟《つぶや》いたが、デムーランは動けなかった。なにも用意していないからだ。即席に反論など試みても、無残に一蹴《いっしゅう》されてしまうのが落ちなのだ。なにせ周到に演説を用意してきたロベスピエールでさえ、こうなのだ。

「はん、要は臆病《おくびょう》なだけじゃねえか、くそったれ」

エベールが続けていた。色々いうが、理屈になんかなってやしねえ。王族を始末できねえのも、キリスト教を棄てられねえのも、結局のところは怖いからじゃねえのか。

「ロベスピエール大先生も、そのうち腰抜けなんて呼ばれちまうぜ」

「それでも俺さまのことだけは、腰抜けとは呼ばねえだろうな」

「…………」

「こうして出てきてやったんだ。どうだ。この俺さまは立派に玉があるだろう」

そう打《ぶ》ち上げた野太い声は、あらぬ方角から聞こえた。デムーランは急ぎ頭《こうべ》を回《めぐ》らせた。

34――反撃開始

集会場の入口には確かに大きな影があった。半ば暗がりに沈んでいたが、そんなもので打ち消される存在感ではなかった。なにより、復活の予感が走った。

「ダントン！」

と、デムーランは叫んだ。名前が出されるまでもなく、ジャコバン・クラブは真実その全員が後ろを振り返っていた。

空気が変わった。エベールまでが失速した。何度も目を瞬《しばたた》かせて、少なくとも驚かないではいられなかった。なんとなれば、ダントンはパリにいなかったのだ。十月に議会に休暇を届けたきり、ずっと故郷のシャンパーニュに引いていたのだ。そのまま政界を引退するともいわれた。けど、俺《おれ》さまは戻ってきたぜ。パリの噂《うわさ》を聞けば、戻らないではいられなくなったんだ。

「気に入らねえな、エベール、おまえの脱キリスト教ってやつは。てえのも、やってることは、ただの宗教弾圧じゃねえか。ラ・ファイエットがシャン・ドゥ・マルスで人民に発砲した、あれそっくりの弾圧だ。あっちの『両世界の英雄』が反革命なら、こっちの『デュシェーヌ親爺《おやじ》』も反革命ってことにならねえか、えっ、エベールよお」

「けっ、色々いうが、ダントン、おまえだって……」

「だから、腰抜けとは呼んでくれるな」

「……わかった。ああ、今回は褒めてやる。ああ、ダントン、さすがに度胸がありやがる。よくぞパリに戻ってきたな、わざわざ殺されるためによ」

そう受けたのは他でもない。エベール派は告発攻勢をかけていた。

フランス共和国は経営不振の東インド会社を清算すると決めていたが、その事務処理の過程において不正を働き、巨利を懐に入れたとして、ダントン派のシャボ、それにバズィールを告発したのだ。

霧月《ブリュメール》二十七日あるいは十一月十七日、そのままシャボとバズィールは逮捕された。国民公会が本格的な調査に乗り出せば、追及の手はダントンにも伸びざるをえない。いや、ダントンこそ巨額横領事件の本丸だというのが、パリでは専らの定評でもある。

「しかし、それはお互い様だろう」

と、ダントンは返した。東インド会社の清算を巡る事件は、ダントン派のファーブル・デグランティーヌが取り扱ったものだった。渦中にあっては外国人の投資家も多数関与したが、これと強いつながりを有しているのは、誰よりエベール派だというのだ。クローツはじめ、プロリ、デュビュイッソン、ペレイラと、現に外国人ばかり出入りしているではないかと責めたのだ。

それは不正隠しだ、ファーブル・デグランティーヌの自作自演だ、横領の本丸は誰がみたってダントンだと、あちらのエベール派も返し、かくて今日までの告発合戦になっていた。

「けっ、こいつは楽しみが増えたもんだな」

そうやって唾《つば》を吐くと、エベールは外に出ようと歩き出した。逆に中に入ろうとするダントンとは、集会場の中央あたりで擦《す》れ違ったが、お互いに眼光鋭く、二人とも首が回る限界まで、相手を睨《にら》み通しだった。

緊迫の数秒にジャコバン・クラブは硬直した。それだけに、エベール派が大挙して退場したあとは、一気の勢いで弛《ゆる》んだ。知らず力が入っていたらしく、デムーランなど今になって、がくがく膝《ひざ》が揺れ出したくらいだった。が、それを支える男がいる。大きな男だ。なんて存在感なんだ。

「ダントン、よくぞ……。よくぞ帰って……」

「脱キリスト教なんか聞こえてきちゃあ、シャンパーニュくんだりで、のんびりしているわけにもいかなくなってな」

「やっぱり反対なのかい、君も」

「ああ、反対だ。こういうときだからこそ、神さまがいてくれなくっちゃ」

「こういうとき、というと？」

「人がたくさん殺されるときだ」

ダントンがいう通りだった。恐怖政治《テルール》というのは、物の譬《たと》えではなかった。

第一月二十五日あるいは十月十六日にはマリー・アントワネットが、霧月十日あるいは十月三十一日にはブリソらジロンド派が、霧月十三日あるいは十一月三日にはオランプ・ドゥ・グージュが、その翌日にはマノン・ロランが、霧月十七日あるいは十一月七日には元オルレアン公フィリップ・エガリテが、霧月二十二日あるいは十一月十二日には元パリ市長バイイが、霧月二十五日あるいは十一月十五日には元パリ市第一助役マヌエルが、それぞれ断頭台の露と消えた。

処刑されたのではないながら、霧月二十五日あるいは十一月十五日には、逃亡を続けていたロラン・ドゥ・ラ・プラティエールが、ノルマンディの田舎道《いなかみち》で自殺している。妻の刑死を知るに及んで、生きる希望をなくしたのだといわれている。

まさに粛清の嵐だ。

「尋常な話じゃねえ。神さまの力でも借りないことにゃあ、人の心が荒れて荒れて、どうしようもねえぜ、こいつは」

デムーランは思う。冗談めかしていいながら、それこそダントンにしてみれば、復帰を決意させられた本題だったのかもしれない。脱キリスト教化に反対するというより、自らに投げかけられた告発に抗するというより、万策を尽くして恐怖政治を止めることこそ、ダントンの……。

「マクシム……」

小柄な影に気づけば、胸を衝《つ》かれざるをえない。またロベスピエールも演壇を降りていた。ダントンを迎えるため、急ぎ降りてきたのだろう。巨漢の政界復帰は、やはり大歓迎なのだろう。

実際、ロベスピエールは手を差し出した。ダントンの手を迎えて、がっちりと握手も交わした。が、その表情が心なしか硬く、また会話も弾まなかった。

「…………」

ロベスピエールは公安委員会にいる。いうなれば、恐怖政治を敷いている側である。しかし、それは本意ではないはずだ。そもそもがエベール派の蜂起《ほうき》に強《し》いられたのだ。できることならロベスピエールだって、こんな風に人を殺したくなんかないはずなのだ。

――それでも、これまでは術《すべ》がなかった。

エベール派の要求を呑《の》むしかなかった。でなくては、大衆の支持をつなぎとめられないからだ。いくら本意でないとしても、騙《だま》し騙しに先延べするのが精いっぱいだった。

が、いつまでも勝手を許すつもりはないのだ。

「反撃開始だね」

と、デムーランは始めた。ああ、『デュシェーヌ親爺』になんか、いつまでも天下を握らせておくもんか。続けながら、さっと動いて背中に回ると、ダントンとロベスピエール、二人の肩を押しながら、まずはジャコバン・クラブを出ることだった。ああ、まだ公《おおやけ》にできる段階じゃない。内々の話だから、僕のアパルトマンに行くしかない。

「実は二人に読んでもらいたいものがあるんだ」

「なんだ、カミーユ、あらたまって」

「僕の新しい新聞だよ」

ああ、かかりっきりで準備したんだ。ようやく形になってきたんだ。我ながら出来も悪くないと思う。ああ、エベールを倒すくらいの自信はあるから、まずは君たちで読んでくれよ。そう続けて、大小二人の男たちを促しながら、デムーランは疑わなかった。ああ、形になってきた。ああ、三人で復活だ。これで勝てる。三人なら、僕らは何も怖くない。

35——改善の兆し

「なるほど、『コルドリエ街の古株《ル・ヴュー・コルドリエ》』か」

ぶつぶつ呟《つぶや》き、サン・ジュストは独り言のようだった。なるほど、よく考えたものだ。

「なんのことだい」

確かめたのが、同僚のルバだった。

独り言のようでも、よく聞こえる。それは静かな昼下がりだった。さすがの北国で、もうアルザスは雪だった。今このときも、表に出れば街並も白一色である。しんしんと降り積もり、それが音という音を吸収してしまえばこそ、不気味なくらいに静かになっていたのである。

それでも家のなかは暖かい。北国だけに暖房が行き届いて、存分に寛《くつろ》げる。サン・ジュストは椅子《いす》で仰向《あおむ》いていた。それくらいに背もたれに身体《からだ》を預け、左右の足はといえば不躾《ぶしつけ》にも卓上に投げ出している。

我が物顔で占めているのは、派遣委員特別室と称しながらストラスブール市役所に空けさせた部屋だった。ルバに問われて、サン・ジュストは答えるかわりに、右手の紙片を高く掲げた。パリから届けられた、こいつのことさ。

「デムーランさんの新しい新聞かい。霜月《フリメール》十五日に出されたという」

あるいはグレゴリウス暦で十二月五日というべきなのかもしれないが、いずれにせよ同郷の先輩議員は念願を果たしたようだった。

「その命名が『コルドリエ街の古株』というんだが、本当に感心させられるよ。今のコルドリエ派、つまりはエベール派とは違うんだ、自分たち古株こそ本当のコルドリエ派なんだ、まさに革命の本流なんだと、それくらいを端的に表現しているわけなんだが、この『古株』という語感がいいよ」

「やけに褒めるじゃないか」

「なに」

「嫌っていたんじゃないのか、デムーランさんを」

「別に。確かに向こうは俺《おれ》なんか気に入らないかもしれない。ああ、生意気だなんていわれて、目上には滅多に気に入られないからね。それでも、俺は嫌ってるわけじゃない」

「そうなのか。本当なのか」

「ああ、本当だ。ああ、デムーランさんは尊敬するべき男さ。文章だけ取り上げても、尊敬に値するよ。特に今度の新聞は切れている感じだ。いいか、こうだ。勝利は今なお手中にあり。かくも多くが声望を損なわせ、かくも大きく公徳心が廃《すた》れる昨今でありながら、ロベスピエールのそれだけは健全であり続けているからだ」

一気に読み上げてから、サン・ジュストは寸評した。つまりは言葉の選び方が非凡なんだな。どことなく洒落《しゃれ》ていて、それが人々に読もうという気を起こさせるんだな。

「君が絶賛するのは、ただロベスピエールさんを褒めているからじゃないのか、サン・ジュスト」

「それも、ある」

ははは。と声を上げて、二人ながら笑ってから、ルバのほうから改めた。冗談はさておくとして、実際、デムーランさんは大したものだよ。

「その霜月十五日だけど、パリでは物凄《ものすご》い騒ぎだったらしいからね」

新妻エリザベートがパリにいて、頻々《ひんぴん》と手紙をくれることから、そのあたりの事情はルバのほうが詳しかった。ああ、発売当日はパレ・エガリテが熱狂したらしい。パレ・エガリテだけで限定販売したってところが、またデムーランさん一流の気が利いた演出なわけだけど、とにかく聞きつけた人々は奪い合うようにして、その新しい新聞を手に入れようとしたらしい。

「またぞろパリの暴動かと、そうまで思わせたというよ。暴動にならなかったのは、デムーランさんが自分でパレ・エガリテに現れて、ひとつ演説を打《ぶ》ったからだ。うん、そのへん、やっぱり上手だな。自分が始めた革命だから、自分が幕を引かなくてはならない、そのための新聞だなんて、実際に蜂起《ほうき》を呼びかけた人間が、当時はパレ・ロワイヤルの名だけれど、まさに震源地となった場所で叫ぶんだから、そりゃあ、パリの人々だって痺《しび》れるよ」

「その通りだ、ルバ。デムーランさんは文字通りに『コルドリエ街の古株』なんだよ。筋金入りの革命家なんだよ。おまけに気が利いてるっていうんだから、売れるだろうな、この新しい新聞は」

「実際に売れてるらしい。いよいよ危ないんじゃないか、エベールも」

危ないと、ルバがどういうつもりでいったのかは知れない。が、サン・ジュストはサン・ジュストで、にやりと口角を歪《ゆが》める笑みで応《こた》えてやった。

実際のところ、エベールは危ないだろう。『コルドリエ街の古株』は『デュシェーヌ親爺《おやじ》』に対する宣戦布告に他ならない。しかも拳《こぶし》を構えているのは、デムーランだけではない。ダントン、それにロベスピエールと、まさに古株の革命家たちが肩を組んで、エベール派と全面対決する格好なのだ。

デムーラン、ダントン、そしてロベスピエールと来れば、これは最強トリオである。霜月九日あるいは十一月二十九日には、フイヤン派の雄バルナーヴも処刑されて、革命の生き証人のうち、生き残った最後の三人が遂《つい》に結集したともいえる。

さすがのエベールも安穏《あんのん》とはしていられない。パリの大衆が味方だなんて、人気に胡坐《あぐら》をかいている場合じゃない。だから、いよいよ危ないのだ。

ルバは続けた。

「軍隊御用達《ごようたし》の新聞も『デュシェーヌ親爺』じゃなくなるんじゃないか。前線でも『コルドリエ街の古株』が購読されるようになるんじゃないか」

この仕組みでエベールの懐に大枚《たいまい》が流れこむ。陸軍省を経由した、一種の錬金術である。資金源と目して省内支配を強めながら、あの一派は戦争の遂行《すいこう》にも口を出してくるのだから、前線の派遣委員としては多分に歯がゆい話でもある。

「競合紙は増えるさ」

と、サン・ジュストは答えた。一般紙を配布するんじゃなくて、あのカルノなんか特に軍隊に向けた新聞を用意しているって話だ。まあ、何を読んでくれても構わんよ。

「仕事にさえ励んでくれれば」

「励んでくれるだろうか」

「とは思うがな」

そう答えてやると、ルバは無言で頷《うなず》いた。一変した表情は緊張に捕われていた。戦場では、そろそろ始まっているはずだからだ。

アルザス戦線の決戦は、やはりランダウの攻防に的《まと》が絞られるようだった。ピシュグリュ将軍のライン方面軍、オッシュ将軍のモーゼル方面軍と、二軍の合流も果たされた。あとは拠点要塞《ようさい》を守ることで、同盟軍の侵攻を食い止めるか。あっさりと抜かれることで、このストラスブールまで包囲されるか。

「まあ、やるだけのことは、やったんだ。あとは結果を待つのみさ」

サン・ジュストは椅子に長々と伸びながら、興味なさげに天井の染みを数えた。

仕事は悪くないはずだった。銃や刀は無論のこと、軍靴《ぐんか》から軍服から、帽子から外套《がいとう》から、必要な装備は全て兵士に届けた。食糧も余るくらいに行き渡らせた。みるみる規律が取り戻されて、略奪も、脱走もなくなった。

見違えるくらいの変わり方に、自《おの》ずと士気は高まった。指揮官たちも投げ遣《や》りでなくなった。かえって手柄の挙げ時と、仕事に逸《はや》るようになった。だから、あとは信じるのみだ。ああ、なにも心配いらないのだ。

「戦場のことはな」

ぼそという感じで、サン・ジュストは続けた。びくと痙攣《けいれん》するかの動きで、ルバは後ろに椅子を飛ばした。それくらいの勢いで立ち上がった。

「こっちにも問題はないだろう」

36――フランス語学校

事実、後方の仕事は戦場に輪をかけて徹底された。後方が正されたからこそ、前線が改善されたのだといってもよい。

ストラスブールの戦争協力は完璧《かんぺき》だった。要求された物品は数を違《たが》えず納められたし、富裕層に求められた九百万リーヴルの拠出も満額で果たされた。最終的に百九十三人を数えた担税者たちは、祖国の勝利のためならばと、進んで金庫を開けたのだ。

かたわら、ストラスブール市役所ならびにバ・ラン県庁においては、おおよそ半数までに上る職員が、公職追放の処分を免《まぬか》れることができなかった。元市長ディートリッヒに連なる穏健派、あるいは外国の諸勢力と連携しようとするドイツ派は、思いのほかに多かったのだ。

いずれにせよ、こうして派遣委員の仕事は徹底された。県都ストラスブールの手本に倣《なら》い、あまねくバ・ラン県が協力的な態度を示し、のみか隣のムルト県においても、県都ナンシーが五百万リーヴルの拠出に応じてくれた。

「だから、問題ないだろう。これ以上は、もう」

ルバは今にも泣き出しそうな声だった。辛抱づよい相棒には、そのことだけでも申し訳ないと思いながら、なおサン・ジュストは続けないではいられなかった。

「いや、ひとつだけ仕事を残した」

「やりすぎは感心しないぞ、サン・ジュスト」

「いや、やりすぎるくらいで丁度いい。手心を加えたりすれば、貴族政治家だの、ブルジョワ官僚だのは、すぐに調子づいてしまう。抑えるためには、もっと強い手を打たなければならなくなる。それこそ虐殺に手を染めなければならなくなる。だから、そうなる前に連中を大人しくさせるというのが、最も効率的なのさ」

「これぞ恐怖政治《テルール》の真髄《しんずい》なんだと、君の持論は何度となく聞いているが、しかし、サン・ジュスト、それなら成功したじゃないか。少なくとも軍隊を支えられる程度には安定をみたじゃないか」

「だから、当面の戦争を心配しているわけじゃない。劇薬めいた処方を用いるつもりもない。ただ、あと六十万リーヴルほどの臨時課税だけは求めたいのさ」

「六十万リーヴル……。確かに法外な金額ではないけれど、それでサン・ジュスト、なにをする気だ」

「学校を建てる」

「…………」

「バ・ラン県の各自治体に、フランス語学校を造るのさ。授業料なしの学校だ。望めば誰でも入れる学校だ」

「それは結構な話だが、この有事に急ぎ手をつけるべき話だとも思われないぞ」

「いや、この有事だから千載一遇《せんざいいちぐう》の好機なのさ。乗じなければ、二度と手をつけられなくなるかもしれないのさ」

「そうだろうか」

「なにせアルザスからドイツ色を一掃してやろうというんだからな」

「…………」

「脅威といえば、この土地のドイツ色こそ最大の脅威だ。ドイツ色ゆえに、いつ敵に寝返るか知れないんだ。それは、この戦争が終わった先も、変わらないんだ」

「だろうが、それは仕方ないのじゃないか。ドイツ色そのものは悪というわけでは……」

「悪だよ、ルバ。革命が善であり、その革命がフランスにあるかぎり、ドイツ色は悪なんだ。自由という人類最高の価値すら忘れさせるなら、ドイツ語はじめ、果てはドイツ風の麦酒《ビエール》から、ドイツ風の腸詰から、ドイツ風の酢キャベツにいたるまで、全てが否定されなければならない」

「そ、そうかもしれないが……。まあ、フランス語学校については、うん、それは悪くないと私も思う。ああ、それについては反対しない」

とても納得した風ではないが、さらなる議論を戦わせる気はないようだった。サン・ジュストは思う。ルバは気の弱い男だ。裏を返せば、根っからの好男子だ。そのへんは嫌いではない。同じロベスピエールに傾倒する身であることを考えれば、かくいう自分とて本質的には大きく変わるものではないとも思う。ああ、俺《おれ》も気が弱い。ただ、それを自覚しているから、俺は自分をけしかける。常に鼓舞して、常に行動に逸る。

「わかってもらえたなら、嬉《うれ》しい」

と、サン・ジュストは続けた。それで、早速なんだが、ルバ、この書類に君の副署を入れてほしい。すでに仕上げて、俺の署名は入れてある。

「わかった」

ルバは特に抗《あらが》わず、そのまま書類を受け取った。すぐ羽根ペンをとり、すらすら署名も入れたのだが、慎重な男だけに、最後になってざっとだけは文面を確かめたようだった。みるみる顔が蒼《あお》くなっていったのは、そのせいだ。

「これは……」

「ああ、逮捕状だ」

「しかし、どうしてシュナイダーを……」

「そこに書いてある通りだ。貴族的な行動に及んだためだ」

ちょっとした物議を醸《かも》したことは事実だった。昨日の霜月《フリメール》二十四日、あるいは十二月十四日の話だ。

シュナイダーはバール市の娘と結婚していた。ストラスブールに新居を構えるといって、家具満載の馬車を六頭の馬に引かせて入市した。しかも馬車の周りには自らの郎党数人を張りつかせ、抜き身の軍刀で沿道の人々を威嚇《いかく》するような真似《まね》もさせた。あげく派手な披露宴を四時間も続けて、どういうつもりだったのか、それは知れない。なにか意味がある話でもなく、シュナイダーは単に泥酔していただけかもしれない。それでも、やってしまったのだ。

「ああ、あれは共和国の慎ましい風習に加えられた、あからさまな侮辱だよ」

「だからといって、すぐに断罪するなんて……。それは口実にすぎないんだろう、サン・ジュスト。本当の理由はなんなんだ」

「だから、あの男もドイツ色が強いのさ」

「確かにドイツ系だが、シュナイダーは革命に協力的だった。ああ、このストラスブールじゃあ、元市長ディートリッヒの人脈が、まだまだ幅を利かせているんだ。これを抑えるのに、シュナイダーの貢献は決して小さくなかったんだ」

「だからさ」

サン・ジュストがそう返すと、ルバの目が泳いだ。意味がわからなかったのだろう。悪意はないと思われたが、それでも無視する形で、同僚は強引に先を続けた。ああ、シュナイダーは悪くない。

「我々にも協力的だった。実に意欲的でもあった。ほら、霧月《ブリュメール》三十日だって」

そう仄《ほの》めかされれば、サン・ジュストとてわからないわけではなかった。つまりは十一月二十日の話で、ストラスブールでも、市民の誇り、あのノートルダム大聖堂で、「理性の祭典」が行われていた。それを主導したのも、シュナイダーだったのだ。

「派手な結婚式も、それさ。シュナイダーは聖職者だからね。還俗《げんぞく》することで、革命に寄せる忠誠心を証明しようとしたんだろうさ」

「しかし、そいつは脱キリスト教運動という奴《やつ》だ。革命の本流じゃない。ジャコバン派の本流でもない。シュナイダーが進めたのは、つきつめればエベール派の政策だ」

「そこまでの意識はないだろう。パリから流れてきたものに、ただ迎合しただけだろう。ああ、哀れな話だが、シュナイダーは物真似にすぎないんだよ」

「だとしても、ただ甘い顔をしながら、ありがたい、ありがたいと重用を続ければ、そのうち怪物に育つ。パリでエベールが、そうなったように」

「だから、切るというのかい。パリでデムーランさん、ダントンさん、ロベスピエールさんまでが、エベール派との対決姿勢を鮮明にしたからには、このストラスブールでもエベールまがいのシュナイダーを……」

「おかしいか」

そこでルバは大きな溜《た》め息だった。

「サン・ジュスト、はっきりいわせてもらう。それこそパリの物真似じゃないのか。やってしまえば、ストラスブールは滅茶苦茶《めちゃくちゃ》になるよ」

「どうしてだい」

「ディートリッヒの一派を追放したばかりなんだぞ。ただでさえストラスブールは不安定になっているんだぞ。シュナイダーまで切り捨ててしまったら、権力の空白が生まれてしまう」

「結構な話じゃないか。その空白に座るから、恐怖政治というんじゃないか」

「……………」

「切るときは全て切るのさ。全て切れば自動的に、それを非難する者もいなくなる」

その霜月二十五日あるいは十二月十五日、エウロギウス・シュナイダーはストラスブール市内の自宅で逮捕された。雪月《ニヴォーズ》九日あるいは十二月二十九日、パリでは有罪が確定したストラスブール元市長ディートリッヒが断頭台の露と消えた。フランス軍がランダウの攻防に大勝したのは、その同じ雪月八日あるいは十二月二十八日のことだった。

主要参考文献

・J・ミシュレ『フランス革命史』（上下）桑原武夫／多田道太郎／樋口謹一訳　中公文庫　2006年

・R・ダーントン『革命前夜の地下出版』関根素子／二宮宏之訳　岩波書店　2000年

・R・シャルチエ『フランス革命の文化的起源』松浦義弘訳　岩波書店　1999年

・G・ルフェーヴル『1789年―フランス革命序論』高橋幸八郎／柴田三千雄／遅塚忠躬訳　岩波文庫　1998年

・G・ルフェーブル『フランス革命と農民』柴田三千雄訳　未来社　1956年

・S・シャーマ『フランス革命の主役たち』（上中下）栩木泰訳　中央公論社　1994年

・F・ブリュシュ／S・リアル／J・テュラール『フランス革命史』國府田武訳　白水社文庫クセジュ　1992年

・B・ディディエ『フランス革命の文学』小西嘉幸訳　白水社文庫クセジュ　1991年

・R・セディヨ『フランス革命の代償』山崎耕一訳　草思社　1991年

・E・バーク『フランス革命の省察』半澤孝麿訳　みすず書房　1989年

・J・スタロバンスキー『フランス革命と芸術』井上堯裕訳　法政大学出版局　1989年

・G・セレブリャコワ『フランス革命期の女たち』（上下）西本昭治訳　岩波新書　19

73年
・スタール夫人『フランス革命文明論』（第1巻〜第3巻）井伊玄太郎訳　雄松堂出版　1993年
・A・ソブール『フランス革命と民衆』井上幸治監訳　新評論　1983年
・A・ソブール『フランス革命』（上下）小場瀬卓三／渡辺淳訳　岩波新書　1953年
・G・リューデ『フランス革命と群衆』前川貞次郎／野口名隆／服部春彦訳　ミネルヴァ書房　1963年
・A・マチエ『フランス大革命』（上中下）ねづまさし／市原豊太訳　岩波文庫　1958〜1959年
・J・M・トムソン『ロベスピエールとフランス革命』樋口謹一訳　岩波新書　1955年
・遅塚忠躬『フランス革命を生きた「テロリスト」』NHK出版　2011年
・遅塚忠躬『ロベスピエールとドリヴィエ』東京大学出版会　1986年
・新人物往来社編『王妃マリー・アントワネット』新人物往来社　2010年
・安達正勝『フランス革命の志士たち』筑摩選書　2012年
・安達正勝『物語　フランス革命』中公新書　2008年
・野々垣友枝『1789年　フランス革命論』大学教育出版　2001年
・河野健二『フランス革命の思想と行動』岩波書店　1995年
・河野健二／樋口謹一『世界の歴史15　フランス革命』河出文庫　1989年
・河野健二『フランス革命二〇〇年』朝日選書　1987年

・河野健二『フランス革命小史』岩波新書　１９５９年
・柴田三千雄『フランス革命』岩波書店　１９８９年
・柴田三千雄『パリのフランス革命』東京大学出版会　１９８８年
・芝生瑞和『図説　フランス革命』河出書房新社　１９８９年
・多木浩二『絵で見るフランス革命』岩波新書　１９８９年
・川島ルミ子『フランス革命秘話』大修館書店　１９８９年
・田村秀夫『フランス革命』中央大学出版部　１９７６年
・前川貞次郎『フランス革命史研究』創文社　１９５６年

◇

・Artarit, J., *Robespierre*, Paris, 2009.
・Attar, F., *Aux armes, citoyens!: Naissance et fonctions du bellicisme révolutionnaire*, Paris, 2010.
・Bessand-Massenet, P., *Femmes sous la Révolution*, Paris, 2005.
・Bessand-Massenet, P., *Robespierre: L'homme et l'idée*, Paris, 2001.
・Biard, M., *Parlez-vous sans-culotte?: Dictionnaire du Père Duchesne 1790–1794*, Paris, 2009.
・Bonn, G., *La Révolution française et Camille Desmoulins*, Paris, 2010.
・Carrot, G., *La garde nationale,1789–1871*, Paris, 2001.
・Chevalier, K., *L'assassinat de Marat: 13 juillet 1793*, Paris, 2008.
・Claretie, J., *Camille Desmoulins, Lucile Desmoulins*, Paris, 1875.

- Cubells, M., *La Révolution française: La guerre et la frontière*, Paris, 2000.
- Dingli, L., *Robespierre*, Paris, 2004.
- Dupuy, R., *La garde nationale, 1789-1872*, Paris, 2010.
- Dupuy, R., *La République jacobine: Terreur, guerre et gouvernement révolutionnaire, 1792-1794*, Paris, 2005.
- Furet, F., Ozouf, M. et Baczko, B., *La Gironde et les Girondins*, Paris, 1991.
- Gallo, M., *L'homme Robespierre: Histoire d'une solitude*, Paris, 1994.
- Gallo, M., *Révolution française: Aux armes, citoyens! 1793-1799*, Paris, 2009.
- Hardman, J., *The French revolution sourcebook*, London, 1999.
- Haydon, C. and Doyle, W., *Robespierre*, Cambridge, 1999.
- Martin, J.C., *La Vendée et la Révolution: Accepter la mémoire pour ècrire l'histoire*, Paris, 2007.
- Mason, L., *Singing the French revolution: Popular culture and politics 1787-1799*, London, 1996.
- Mathan, A.de, *Girondins jusqu'au tombeau: Une révolte bordelaise dans la Révolution*, Bordeaux, 2004.
- Mathiez, A., *Le club des Cordeliers pendant la crise de Varennes, et le massacre du Champ de Mars*, Paris, 1910.
- McPhee, P., *Living the French revolution 1789-99*, New York, 2006.
- Monnier, R., *À Paris sous la Révolution*, Paris, 2008.

- Palmer, R.R., *Twelve who ruled: The year of the terror in the French revolution*, Princeton, 2005.
- Popkin, J.D., *La presse de la Révolution: Journaux et journalistes,1789–1799*, Paris, 2011.
- Robespierre, M. de, *Œuvres de Maximilien Robespierre, T.1–T.10*, Paris, 2000.
- Robinet, J.F., *Danton homme d'État*, Paris, 1889.
- Saint-Just, *Œuvres complètes*, Paris, 2003.
- Schmidt, J., *Robespierre*, Paris, 2011.
- Scurr, R., *Fatal purity, Robespierre and the French revolution*, New York, 2006.
- Soboul, A., *La Ire République(1792–1804)*, Paris, 1968.
- Vovelle, M., *Combats pour la révolution française*, Paris, 2001.
- Vovelle, M., *Les Jacobins, De Robespierre à Chevènement*, Paris, 1999.
- Walter, G. édit., *Actes du tribunal révolutionnaire*, Paris, 1968.
- Walter, G., *Marat*, Paris, 1933.

解　説

西上心太

フランス革命のことは小学生のころからなんとなく知っていた。一七八九年という年号も覚えやすかったし、なにより当時（昭和四十年代）は、七月十四日が近づくと「パリ祭」のことがニュースなどでよく話題になっていた記憶がある。もっとも「パリ祭」と呼ぶのは日本だけで、戦前に公開されたルネ・クレール監督の映画「Quatorze Juillet」（七月十四日）の邦題を「巴里祭」としたところに由来するという。革命記念日の前夜に出会ったタクシー運転手の男と花売り娘の恋を描いた映画だ。たしか昔テレビ放映で見たはずだが……。

わたしがニュースで覚えている「パリ祭」は、一九六三年にシャンソン歌手で名エッセイストでもあった石井好子が始めた、シャンソンの大イベントのことだったろう。このイベントはすでに五十回を超え、二〇一五年も七月十一日の東京公演を皮切りに各地で開催が予定されているという。赤塚不二夫の「おそ松くん」に登場するフランスかぶれのイヤミではないが、映画、文学、ファッションなど、フランスに関する諸々のことが、今以上に憧れだった時代でもあった。いずれにせよ、フランスの国民祭である革命記念日が、違う形となって、今でも日本で続いているというのも興味深い話である。

さて、フランス革命のことを一通り習うのは、中学か高校の世界史の授業でだろう。しかし教科書には、「事実」や「史実」に基づく平板な記述しか書かれていない。人名や年号を暗記するだけの無味乾燥な授業で終わってしまっている例が多いのではないか。だが本書『小説フランス革命』は、人形浄瑠璃において、手練《てだれ》の人形遣いが木偶《でく》に過ぎない人形を操り、生身の人間に負けない感情を表出させるように、「史実」に命を吹きこみ、ダイナミックな躍動を味わわせてくれる画期的な歴史群像小説なのだ。佐藤賢一の手によって、教科書や歴史書では「木偶」でしかなかった多くの歴史上の人物が、生き生きと紙上で躍動するのである。

しかも彼らは理想の実現を願うだけの存在ではなく、名誉や権力を欲して止《や》まない生臭い存在として、現代に生きるわれわれの前に登場する。時代が変わっても、国が変わっても、人間の根本は変わらない。このことを如実に知らしめてくれる。これこそが優れた歴史小説を読む楽しみである。

このシリーズはまさにオールスターキャストの映画のようだ。わたしがこの小説を読んで真っ先に連想したのが、昭和三十年代に毎年のように制作されていた東映の「忠臣蔵」だった。だが映画は史実の「赤穂《あこう》事件」に、芝居や講談のネタをたっぷりと取り入れて肉付けされている。史実以外の創作的なエピソードを付加することを極力排除しているであろう本書とは大いに異なる点だ。では制約を課している本書が面白いのは何故なのか。

それはロベスピエール、ミラボー、デムーラン、ダントンなど革命の中心人物たちの内面に自在に入り込み、「史実」は不変だが、そこに至るまでの心の動きや葛藤《かっとう》、他者からの影響などを詳細かつリアルに描いていることにあるだろう。芝居における主役級の役者たちのように、本書は革命の中に生き、そして死んでいった者たちの行動原理となった言葉＝名台詞の数々が、どのページを開いても現れるのである。

個人的な好みを言わせてもらえば、わたしがもっとも贔屓《ひいき》にした「役者」が、ミラボーである。若いころは放蕩《ほうとう》の限りを尽くし、貴族の身でありながら全国三部会召集の宣言が下されると、第三身分の平民代表としてトップ当選を果たす。やがて第三身分の議員のみで構成された国民議会は、ルイ十六世の解散命令を受けてしまう。そこでミラボーは「我々は人民の意志によって、ここにいるのだ。銃剣の力によるのでないかぎり、ここから動くことはない」と啖呵《たんか》を切って解散を拒否する。

しかし「大衆を煽動《せんどう》する言葉の魔力、議会を震撼《しんかん》させる弁論の凄《すさ》まじさ、千里眼というべき洞察力の鋭さから、自らの足で稼ぐ意欲的な行動力、果ては権謀術数たくましき政治力まで、ほとんど超人というしかない、まさに革命の立役者」である彼は、理想ばかり唱えるロベスピエールたちとは違い、「公の自由と王の権威を両立させうる方策」を常に考えていた現実派だった。そのミラボーが志半ばにして病没してしまう。もし彼にもう数年の寿命が与えられれば、ルイ十六世や王妃マリー・アントワネットの処刑もなく、恐怖政治（テルール）へと進んでいく革命のあり方も、ずいぶん違った形になっていたのではないだろうか。

佐藤賢一の『フランス革命の肖像』（集英社新書ヴィジュアル版）は、このシリーズを読む上で必須の副読本として役立つ一書である。革命の立役者たちの肖像画が多く収録され、作者による人物月旦とともに、革命の概説が記されているからだ。この中で縦横ともに巨大な体軀《たいく》の持ち主であるミラボーは、デュマの『三銃士』に登場する好漢ポルトスに比せられている。第六巻の巻末に描かれるミラボーの死は、『三銃士』におけるポルトスの死と同様、思わず涙する場面である。

一方、革命の敗者であるルイ十六世も、国を支配していた王にふさわしい、したたかな一面を見せる。パリのテュイルリ宮殿を抜け出し、亡命して捲土重来《けんどちょうらい》を計ろうとしたルイ十六世は「馬鹿だと思われていることにも、もう我慢ならない。鈍重とも陰口されて、確かに当意即妙の機転が利く質でないとは認めるが、だから愚鈍と退けられるのは釈然としない」「私のことを愚鈍と笑う革命のほうが、粗忽《そこつ》で、また思慮に欠け、致命的なくらいに軽々しいではないか」と、革命を批判し、さらに「このルイ十六世こそ、啓蒙《けいもう》の時代の申し子なのだ」と千両役者ぶりの見得を切るのだ。

しかしそのルイ十六世の亡命は失敗し、やがて幽閉の身となり、国民公会においてサン・ジュストの演説によりギロチンで処刑される。「王の裁判というものは、その者が統治において重ねた犯罪についてでなく、その者が王であったという事実そのものについて、行わなければならないのです。（中略）なべて王とは反逆者であり、簒奪者《さんだつしゃ》なのです」。後にロベスピエールが、サン・ジュストに引きずられるように恐怖政治を進行させていくのも肯《うなず》ける言葉の力を持った人物だったのだろう。

王の死を後押ししたのは民衆の力も大きかった。「マラが唆《そそのか》し、ダントンが支持し、ロベスピエールが暗黙の了解を示した」、九二年九月の民衆たち（サン・キュロット）の暴動は、パリ各地の監獄を襲撃し、収監されていた反革命容疑者の多くを虐殺した。八九年七月十二日に革命の契機をつくったデムーランは「僕は全体どうしたらいいんだ」と悩み、暴走する民衆を「止めなければ」と決意する。革命の立役者でありながら、恋人のこと、自らの吃音《きつおん》のこと、革命の行方など、あらゆることに悩み続けるデムーランは、常識的でバランス感覚を忘れない、人間くさいキャラクターとして描かれている。

この少し前、国民議会解散後に引退を決意し、故郷に帰ることにしたフイヤン派のバルナーヴは、ロベスピエールに「問題は革命が続くということなのです。憲法があり、法治国家があるというのに、それに満足することなく革命は続き、のみならず、その制御不能な状態、まさしく無法な状態を上手に扱えると自惚《うぬぼ》れる馬鹿者が、これからも跡を絶たないということなのです」と、まさに予言というべき言葉を告げる。

しかしその言葉を受けたロベスピエールはやがて「自由は無制限の聖域ではない」という啓示を受け、彼に傾倒し、より過激なサン・ジュストを中心に「行動において、接触において、発言において、文書において、暴君、連邦主義者、あるいは自由の敵の支持者であると思われた者」を問答無用に取り締まる嫌疑者法を制定し、自由を加害する者の保証となり、それらの者を抑圧するのに必要な暴力を欠いている共和国憲法を否定し、恐怖政治を進めていく。

こうした暴走の契機となった一つが、本巻冒頭にあるマラの暗殺である。過激な政府攻撃をくり返す新聞を発行し、九月虐殺事件の火付け役であり、国民公会の議員選出後はジロンド派追放の急先鋒であった彼は、入浴中にシャルロット・コルデーに刺され、手当ての甲斐なく出血多量で死亡する。ベッドに寝かされていたマラの遺体は国民公会の命令で、再び浴槽に移され、その死の様子をジャック・ルイ・ダヴィッドに描かせる。構図の邪魔になる、口から飛び出した舌を切り取れというシーンはこの場面の白眉である。こうして描かれた絵が有名な『マラーの死』である。

本巻はマラが暗殺された九三年七月から十二月までのおよそ半年間が描かれているが、この年は前年に続き、内憂外患の年であった。オーストリアを始めとしたヨーロッパ各国を相手取った戦争に加え、ヴァンデの反乱を契機に、フランス西部は内乱状態になっており、トゥーロンでも王党派の蜂起が起きる。食糧不足による物価の高騰も続き、二月にはパリで暴動が起きていた。さらに六月には国民衛兵と民衆が国民公会を包囲し、その威圧によってジロンド派が追放される。この議会政治の死ともいえる出来事により、ジャコバン派の独裁が始まっていくのだ。

この六月の事件は、フランス革命史における大きなエポックの一つであると同時に、ロベスピエールの心に大きな影を落とす事件でもあった。彼は心中の迷いを払拭することなく、ジロンド派の追放に加担し、議会の威信失墜に手を貸してしまったからだ。彼は「精神的な蜂起、道徳的な暴動」を実現できなかったことを激しく悔いるのだが、それは後の祭り。

その矢先のマラの暗殺である。外交も内政もうまくいっていない。革命は失敗したのではないか。デムーランが言うところの「一七八九年からの戦友たち」であるロベスピエールやダントンは、激動の日々が続くことによる倦怠《けんたい》や、革命の成否への疑問から、金属疲労に陥ったかのように弱気な一面を見せるのだ。いまやサン・ジュストに代表される「頭でっかちな正義」を振りかざす「若造」たちがロベスピエールの尻をひっぱたくような現状に、デムーランは不快と不安を隠せなくなっている。

そうして、九月五日に起きたパリの民衆蜂起をきっかけに、国民公会で恐怖政治の設置が決議され、先述したように嫌疑者法が成立してしまうのである。十月に入ると、マリー・アントワネットが有罪となり死刑が執行される。王妃の裁判における、エベールの下品極まりない発言には驚かされる。大向こうであるサン・キュロット受けを狙った発言なのであろうが、オーストリアから嫁いだ王妃に同情を禁じ得ない。王妃に続いて、ブリソ以下ジロンド派の二十一名が断頭台へ送られ、彼らのサロンを開いていたロラン夫人も同様の運命をたどっていく。

余談であるが、『マラーの死』が関係するミステリーがある。木口木版画作家として有名な柄澤齊《からさわひとし》のデビュー作『ロンド』（創元推理文庫）がそれだ。写真も図録も残されていない幻の絵画をめぐる謎が掲示され、やがてその絵の行方を知っているのではと思われた美術評論家が、自宅の浴室で『マラーの死』に見立てた状況で殺されているのが発見されるのが、物語の発端だ。文庫上下巻あわせて八百ページ近い大作である。ご興味のある方はご一読を。

次巻以降ではエベール派に続き、ダントンやデムーランなど、ロベスピエールの盟友だった者たちが次々と断頭台の露と消えていく。そしてもちろん最後にはテルミドール九日の反動が待っている。まさに「そして誰もいなくなった」という状態だ。暴動による無名の死は多数あったが、本巻以降は中心的人物たちの死が次々とくり返される血塗られたパートが描かれる。これまで表舞台に立ち、革命を成し遂げてきた者たちがどのような死を迎えるのか。ここまで読み続けてきた読者ともども、終焉《しゅうえん》間近なこの長大な物語を見守りたいと思う。

（にしがみ・しんた　文芸評論家）

小説フランス革命 1～18巻 関連年表

（■の部分が本巻に該当）

1

1774年5月10日	ルイ16世即位
1775年4月19日	アメリカ独立戦争開始
1777年6月29日	ネッケルが財務長官に就任
1778年2月6日	フランスとアメリカが同盟締結
1781年2月19日	ネッケルが財務長官を解任される
1787年8月14日	国王政府がパリ高等法院をトロワに追放
	——王家と貴族が税制をめぐり対立——
1788年7月21日	ドーフィネ州三部会開催
8月8日	国王政府が全国三部会の召集を布告
8月16日	「国家の破産」が宣言される
8月26日	ネッケルが財務長官に復職
	——この年フランス全土で大凶作——
1789年1月	シェイエスが『第三身分とは何か』を出版

3月23日	マルセイユで暴動
3月25日	エクス・アン・プロヴァンスで暴動
4月27～28日	パリで工場経営者宅が民衆に襲われる（レヴェイヨン事件）
5月5日	ヴェルサイユで全国三部会が開幕
同日	ミラボーが『全国三部会新聞』発刊
6月4日	王太子ルイ・フランソワ死去
6月17日	第三身分代表議員が国民議会の設立を宣言
1789年6月19日	ミラボーの父死去
6月20日	球戯場の誓い。国民議会は憲法が制定されるまで解散しないと宣誓
6月23日	王が議会に親臨、国民議会に解散を命じる
6月27日	王が譲歩、第一・第二身分代表議員に国民議会への合流を勧告
7月7日	国民議会が憲法制定国民議会へと名称を変更
	――王が議会へ軍隊を差し向ける――
7月11日	ネッケルが財務長官を罷免される
7月12日	デムーランの演説を契機にパリの民衆が蜂起

1789年7月14日	パリ市民によりバスティーユ要塞陥落 ――地方都市に反乱が広まる――
7月15日	バイイがパリ市長に、ラ・ファイエットが国民衛兵隊司令官に就任
7月16日	ネッケルがみたび財務長官に就任
7月17日	ルイ16世がパリを訪問、革命と和解
7月28日	ブリソが『フランスの愛国者』紙を発刊
8月4日	議会で封建制の廃止が決議される
8月26日	議会で「人間と市民の権利に関する宣言」（人権宣言）が採択される
9月16日	マラが『人民の友』紙を発刊
10月5～6日	パリの女たちによるヴェルサイユ行進。国王一家もパリに移動
1789年10月9日	ギヨタンが議会で断頭台の採用を提案
10月10日	タレイランが議会で教会財産の国有化を訴える
10月19日	憲法制定国民議会がパリに移動
10月29日	新しい選挙法・マルク銀貨法案が議会で可決
11月2日	教会財産の国有化が可決される

3 4

11月頭	ブルトン・クラブが憲法友の会と改称し、集会場をパリのジャコバン僧院に置く（ジャコバン・クラブの発足）
11月28日	デムーランが『フランスとブラバンの革命』紙を発刊
12月19日	アッシニャ（当初国債、のちに紙幣としても流通）発売開始
1790年1月15日	全国で83の県の設置が決まる
3月31日	ロベスピエールがジャコバン・クラブの代表に
4月27日	コルドリエ僧院に人権友の会が設立される（コルドリエ・クラブの発足）
1790年5月12日	パレ・ロワイヤルで1789年クラブが発足
5月22日	宣戦講和の権限が国王と議会で分有されることが決議される
6月19日	世襲貴族の廃止が議会で決まる
7月12日	聖職者の俸給制などを盛り込んだ聖職者民事基本法が成立
7月14日	パリで第一回全国連盟祭
8月5日	駐屯地ナンシーで兵士の暴動（ナンシー事件）
9月4日	ネッケル辞職

5

1790年9月初旬	エベールが『デュシェーヌ親爺』紙を発行
1790年11月30日	ミラボーがジャコバン・クラブの代表に
12月27日	司祭グレゴワール師が聖職者民事基本法に最初に宣誓
12月29日	デムーランとリュシルが結婚
1791年1月	宣誓聖職者と宣誓拒否聖職者が議会で対立、シスマ（教会大分裂）の引き金に
1月29日	ミラボーが第44代憲法制定国民議会議長に
2月19日	内親王二人がローマへ出立。これを契機に亡命禁止法の議論が活性化
4月2日	ミラボー死去。後日、国葬でパンテオンに偉人として埋葬される
1791年6月20〜21日	国王一家がパリを脱出、ヴァレンヌで捕らえられる（ヴァレンヌ事件）

6

7

1791年6月21日　一部議員が国王逃亡を誘拐にすりかえて発表、廃位を阻止
7月14日　パリで第二回全国連盟祭
7月16日　ジャコバン・クラブ分裂、フイヤン・クラブ発足
7月17日　シャン・ドゥ・マルスの虐殺
1791年8月27日　ピルニッツ宣言。オーストリアとプロイセンがフランスの革命に軍事介入する可能性を示す
9月3日　91年憲法が議会で採択
9月14日　ルイ16世が憲法に宣誓、憲法制定が確定
9月30日　ロベスピエールら現職全員が議員資格を失う
10月1日　新しい議員たちによる立法議会が開幕
——秋から天候が崩れ大凶作に——
11月9日　亡命貴族の断罪と財産没収が法案化
11月16日　ペティオンがラ・ファイエットを選挙で破りパリ市長に
11月25日　宣誓拒否僧監視委員会が発足

1791年11月28日　ロベスピエールが再びジャコバン・クラブの代表に

12月3日　亡命中の王弟プロヴァンス伯とアルトワ伯が帰国拒否声明

——王、議会ともに主戦論に傾く——

12月18日　ロベスピエールがジャコバン・クラブで反戦演説

1792年1月24日　立法議会が全国5万人規模の徴兵を決定

3月3日　エタンプで物価高騰の抑制を求めて庶民が市長を殺害（エタンプ事件）

3月23日　ロランが内務大臣に任命され、ジロンド派内閣成立

3月25日　フランスがオーストリアに最後通牒を出す

4月20日　オーストリアに宣戦布告

——フランス軍、緒戦に敗退——

6月13日　ジロンド派の閣僚が解任される

6月20日　パリの民衆がテュイルリ宮へ押しかけ国王に抗議、しかし蜂起は不発に終わる

10

1792年7月6日	デムーランに長男誕生
7月11日	議会が「祖国は危機にあり」と宣言
7月25日	ブラウンシュヴァイク宣言。オーストリア・プロイセン両国がフランス王家の解放を求める
8月10日	パリの民衆が蜂起しテュイルリ宮で戦闘。王権停止（8月10日の蜂起）
8月11日	臨時執行評議会成立。ダントンが法務大臣、デムーランが国璽尚書に
8月13日	国王一家がタンプル塔へ幽閉される
	11
1792年9月2〜6日	パリ各地の監獄で反革命容疑者を民衆が虐殺（九月虐殺）
9月20日	ヴァルミィの戦いでデュムーリエ将軍率いるフランス軍がプロイセン軍に勝利
9月21日	国民公会開幕、ペティオンが初代議長に。王政廃止を決議
9月22日	共和政の樹立（フランス共和国第1年1月1日）
11月6日	ジェマップの戦いでフランス軍がオーストリア軍に勝利、約ひと月でベルギー全域を制圧
	12

1792年11月13日	国民公会で国王裁判を求めるサン・ジュストの名演説
11月27日	フランスがサヴォワを併合
12月11日	ルイ16世の裁判が始まる
1793年1月20日	ルイ16世の死刑が確定
1月21日	ルイ16世がギロチンで処刑される
1793年1月31日	フランスがニースを併合
	——急激な物価高騰——
2月1日	国民公会がイギリスとオランダに宣戦布告
2月14日	フランスがモナコを併合
2月24日	国民公会がフランス全土からの30万徴兵を決議
2月25日	パリで食糧暴動
3月10日	革命裁判所の設立。同日、ヴァンデの反乱。これをきっかけに、
	フランス西部が内乱状態に
4月6日	公安委員会の発足
4月9日	派遣委員制度の発足

13

14

1793年5月21日 十二人委員会の発足
5月31日〜6月2日 アンリオ率いる国民衛兵と民衆が国民公会を包囲、ジロンド派の追放と、ジャコバン派の独裁が始まる
6月3日 亡命貴族の土地売却に関する法律が国民公会で決議される
6月24日 共和国憲法（93年憲法）の成立

15

1793年7月13日 マラが暗殺される
7月27日 ロベスピエールが公安委員会に加入
8月23日 国民総動員令による国民皆兵制が始まる
8月27日 トゥーロンの王党派が蜂起、イギリスに港を開く
9月5日 パリの民衆がふたたび蜂起、国民公会で恐怖政治（テルール）の設置が決議される
9月17日 嫌疑者法の成立
9月29日 一般最高価格法の成立

1793年10月5日 革命暦（共和暦）が採用される（フランス共和国第2年1月19日）
10月16日 マリー・アントワネットが処刑される
10月31日 ブリソらジロンド派が処刑される
11月8日 ロラン夫人が処刑される
11月10日 パリで理性の祭典。脱キリスト教運動が急速に進む
12月19日 ナポレオンらの活躍によりトゥーロン奪還、
この頃ヴァンデの反乱軍も次々に鎮圧される

1794年 ——食糧不足がいっそう深刻に——
3月3日 反革命者の財産を没収し貧者救済にあてる風月法が成立
3月5日 エベールを中心としたコルドリエ派が蜂起、失敗に終わる
3月24日 エベール派が処刑される

1794年4月1日 執行評議会と大臣職の廃止、警察局の創設
——公安委員会への権力集中が始まる——

17 16

4月5日	ダントン、デムーランらダントン派が処刑される
4月13日	リュシルが処刑される
5月10日	ルイ16世の妹エリザベート王女が処刑される
5月23日	ロベスピエールの暗殺未遂（赤服事件）
6月4日	共通フランス語の統一、フランス各地の方言の廃止
6月8日	シャン・ドゥ・マルスで最高存在の祭典。ロベスピエールの絶頂期
6月10日	訴訟手続きの簡略化を図る草月法が成立。恐怖政治の加速
6月26日	フルーリュスの戦いでフランス軍がオーストリア軍を破る
1794年7月26日	ロベスピエールが国民公会で政治の浄化を訴えるが、議員ら猛反発
7月27日	国民公会がロベスピエールに逮捕の決議、パリ自治委員会が蜂起（テルミドール九日の反動）
7月28日	ロベスピエール、サン・ジュストら処刑される

18

初出誌　「小説すばる」二〇一一年九月号～二〇一一年十一月号

二〇一二年十二月に刊行された単行本『ジャコバン派の独裁　小説フランス革命Ⅸ』と、二〇一三年三月に刊行された単行本『粛清の嵐　小説フランス革命Ⅹ』（共に集英社刊）の二冊を文庫化にあたり再編集し、三分冊しました。

本書はその三冊目にあたります。

佐藤賢一の本

王妃の離婚

1498年フランス。国王が王妃に対して離婚裁判を起こした。田舎弁護士フランソワは、その不正な裁判に義憤にかられ、孤立無援の王妃の弁護を引き受ける……。直木賞受賞の傑作。

集英社文庫

佐藤賢一の本

カルチェ・ラタン

時は16世紀。学問の都パリはカルチェ・ラタン。世間知らずの夜警隊長ドニと女たらしの神学僧ミシェルが巻き込まれたある事件とは？　宗教改革の嵐が吹き荒れる時代の青春群像。

集英社文庫

集英社文庫

粛清《しゅくせい》の嵐《あらし》 小説《しょうせつ》フランス革命《かくめい》15

2015年2月25日 第1刷 定価はカバーに表示してあります。

著 者 佐藤賢一《さとうけんいち》

発行者 加藤 潤

発行所 株式会社 集英社
東京都千代田区一ツ橋2-5-10 〒101-8050
電話 【編集部】03-3230-6095
【読者係】03-3230-6080
【販売部】03-3230-6393(書店専用)

印 刷 凸版印刷株式会社

製 本 凸版印刷株式会社

フォーマットデザイン アリヤマデザインストア マークデザイン 居山浩二

ISBN978-4-08-745285-3 C0193